Georg Unterholzner

Die Gezeichneten

Für Walter Kuhn,
der nur im Kopf tanzen konnte

Georg Unterholzner

Die Gezeichneten

Kriminalroman

rosenheimerkrimi

Die Handlung dieses Romans ist frei erfunden. Eventuelle Ähnlichkeiten der Romanfiguren mit lebenden oder toten Personen sind nicht beabsichtigt, ebenso wenig eine Beschreibung der Verhältnisse in tatsächlich existierenden Institutionen, Organisationen oder Vereinigungen.

Besuchen Sie uns im Internet:
www.rosenheimer.com

© 2012 Rosenheimer Verlagshaus GmbH & Co. KG, Rosenheim

Lektorat und Satz: Bernhard Edlmann Verlagsdienstleistungen, Raubling
Titelfoto: © Munic, www.istockphoto.com
Autorenfoto auf der Buchrückseite: Patrick la Banca
Druck und Bindung: CPI Moravia Books s. r. o., Pohořelice
Printed in Czech Republic

ISBN 978-3-475-54133-9

1

Denn die Tage sind vergangen wie im Rauch,
und meine Beine sind verdörrt wie im Feuer.
Mein Herz ist geschlagen und spröde wie Gras,
dass ich sogar vergesse, mein Brot zu essen.

(Psalm 102)

Montag

»Du musst kommen«, hörte ich Elli sagen. »Sofort!«

Ich stand auf dem Gang des Studentenheims, hielt den Telefonhörer in der Hand und hatte überhaupt keine Lust, an diesem kalten, verregneten Herbstabend das Haus zu verlassen.

Außerdem kannte ich Elli kaum. Wir saßen in den Seminaren gelegentlich nebeneinander und hatten zwei, drei Mal einen Kaffee zusammen getrunken. Woher wusste sie überhaupt meine Telefonnummer?

»Nein«, entgegnete ich und versuchte, hart zu klingen.

»Bitte«, flüsterte sie nach einer kleinen Pause. »Bitte, Kaspar, komm vorbei. Es ist etwas Schreckliches passiert.«

»Was denn?«

»Das kann ich dir am Telefon nicht erzählen.«

Ich atmete tief ein und wieder aus. Es war mir immer schon schwergefallen, einer Frau einen Wunsch abzuschlagen. Elli saß noch dazu im Rollstuhl. Doch das Wetter war

5

scheußlich, der kalte Novemberregen schlug gegen die Fensterscheiben, und es war schon nach zehn.

Da fing sie an zu weinen. Aber sie heulte nicht einfach los wie ein Schlosshund. Sie schniefte vielmehr und sagte kein Wort. Ich hörte sie stoßweise atmen und das Wasser in der Nase hochziehen. Aber sie legte nicht auf.

Gibt es etwas Schlimmeres für einen Mann als das Weinen einer Frau? Ich jedenfalls kann es nicht ertragen und habe in meinem Leben schon weiß Gott was unternommen, damit die jeweilige Dame damit wieder aufhörte. So auch diesmal.

»Okay, Elli, ich komme. Wo wohnst du?«

Sie nannte mir eine Adresse in der Kaulbachstraße, bat mich noch einmal, so schnell wie möglich da zu sein, und legte auf.

Ich nahm meine Motorradjacke, lief nach unten und fuhr los. Der Regen schlug mir ins Gesicht, und ich ärgerte mich vom ersten Meter an, dass ich nachgegeben hatte. Außerdem hatte ich keinen Helm aufgesetzt. Hauptsache, ich hatte meine Papiere dabei; Leute in meinem Alter wurden zurzeit ständig kontrolliert, denn in diesem Herbst ging die Angst vor der RAF und ihren Sympathisanten um wie noch nie zuvor.

Es war nur ein Kilometer bis zur Kaulbachstraße, und spätestens in einer Dreiviertelstunde, also um elf, musste ich wieder zurück sein. Dann wurden im Wohnheim die Pforten geschlossen, und ich kannte noch kein Schlupfloch, durch das man nachts ungesehen hineinkam.

Bald erreichte ich die richtige Adresse und wunderte mich über den aufwendig sanierten Altbau, an dessen Eingang eine Rampe angebracht war.

Ich überlegte, wie Elli es sich leisten konnte, hier zu wohnen. In den restaurierten Schwabinger Bürgerhäusern waren Zahnarztpraxen und Anwaltskanzleien untergebracht, keine Buden für schwerbehinderte Studentinnen der Klassischen Philologie.

Ich klingelte bei Guthor und hörte kurz darauf Geräusche in der beleuchteten linken Parterrewohnung. Dann summte der Türöffner, und ich drückte die schwere Pforte auf.

Im Hausgang mit der hohen Stuckdecke brannte Licht. Elli saß in ihrem Rollstuhl in der geöffneten Tür. Blass und mit dunklen Augenschatten sah sie mir entgegen. Sie war wie immer schwarz gekleidet, die dunklen Locken waren durcheinander, und nur der knallrote Lippenstift brachte etwas Farbe in ihr mageres Gesicht.

»Was ist passiert?«, fragte ich und schloss die Haustür hinter mir.

Elli rollte wortlos in die Wohnung, und ich folgte ihr. Die erste Tür links führte in die Küche, wo sie in ihrem Rollstuhl an der Stirnseite des Tisches saß und sich mit zittrigen Fingern eine Zigarette drehte. Die zündete sie wortlos an, nahm einen tiefen Zug und starrte in den überquellenden Aschenbecher.

Sie hatte schöne Hände mit langen, kräftigen Fingern. Das war mir noch nie aufgefallen. An ihren Schläfen und am Unterkiefer auf Höhe der Mundwinkel verliefen dünne blaue Venen direkt unter der Haut.

»Warum hast du mich angerufen?«, fragte ich und gähnte.

Sie deutete mit den beiden Fingern, zwischen denen die Zigarette steckte, auf den Gang. Schräg gegenüber der Küche stand eine Zimmertür halb offen. Aus dem Türspalt drang Licht.

»Und was ist da?« Ich hatte keine Lust zu raten.

»Der Horst«, antwortete sie mit belegter Stimme.

»Und?«

Ich kannte Horst, ihren Zivi. Er kam mit ihr jeden Tag an die Uni. Während der Vorlesungen verschwand er und tauchte wieder auf, wenn Elli in einen anderen Hörsaal, in die Mensa oder nach Hause gebracht werden wollte. Er hatte lange blonde Haare und trug meist einen alten Parka. Obwohl er nichts für sein Äußeres tat, war er ein sehr hübscher Kerl. Die Mädchen im Kurs tuschelten, Horst sehe aus wie David Bowie, bloß besser und mit schöneren Zähnen.

Doch Horst machte sich nichts aus dem Interesse, das die Damenwelt ihm entgegenbrachte. Er bewegte sich langsam und tat zögerlich, was Elli ihm auftrug. Wenn sie sich über seine Trägheit beschwerte, grinste er, als könne er sich dadurch ihre schlechte Stimmung vom Leib halten, und befolgte unaufgeregt ihre Befehle.

»Der Horst liegt da drüben«, wiederholte sie so leise, dass ich sie kaum verstand. »Er rührt sich nicht, und sein Kopf ist voll Blut. Ich glaube, er ist …«

Sie stockte, und ich merkte, wie mir eine eisige Hand in die Magengrube fuhr.

»Ich glaube, er ist tot«, vervollständigte Elli den Satz, drückte die Zigarette in den Aschenbecher und sah mich mit gelben Katzenaugen an. Ihr Gesicht war spitz geworden. Sie kam mir vor wie ein halb verhungertes, scheues Herbstkätzchen, das man in die Enge getrieben hatte, um es zu fangen.

»Und warum rufst du nicht die Polizei an?«, brachte ich gerade noch heraus. Mein Mund war strohtrocken.

Sie blickte auf den Boden vor meinen Füßen. »Ich wusste nicht, was ich tun sollte. Da bist du mir eingefallen.«

»Warum ich?«

»Ich habe nicht viele Freunde. Und die wenigen sitzen im Rollstuhl.«

»Wie kommst du darauf, dass wir Freunde sind?«

»Ich hatte immer den Eindruck, dass du mich magst.« Sie schaute kurz auf. Jetzt tat sie mir leid.

»Jedenfalls müssen wir die Polizei holen«, meinte ich.

»Willst du nicht nachsehen, ob er wirklich …?«

»Nein!«, sagte ich und schüttelte energisch den Kopf. »Ich kann kein Blut sehen.«

»Vielleicht habe ich mich getäuscht«, flüsterte sie und zündete sich eine weitere Zigarette an.

»Das wird die Polizei feststellen. Ich geh jedenfalls nicht in das Zimmer. Mir graust es vor Toten.« Ich erhob mich und schaute an den Türstock gelehnt in den Gang. »Hast du ein Telefon?«

»Nein.«

»Und wo kann ich anrufen?«

»Fünfzig Meter vom Haus ist eine Telefonzelle.«

Ich kontrollierte meine Hosentaschen. Mist! Ich hatte kein Geld eingesteckt.

»Der Notruf ist frei«, sagte Elli.

Ich verließ die Wohnung und lief zur Telefonzelle. Dort schilderte ich der Dame in der Notrufzentrale in knappen Sätzen die Situation. Sie versprach mir, eine Streife vorbeizuschicken. In wenigen Minuten sollte sie da sein.

Auf dem Rückweg beschloss ich, mich gleich nach Eintreffen der Beamten zu verdrücken. In einer knappen halben Stunde würde das Studentenheim geschlossen.

9

Als ich zurückkam, saß Elli immer noch am Küchentisch. Immer noch starrte sie in den vollen Aschenbecher. Die Polizei würde bald eintreffen, sagte ich. Ich verschwieg aber, dass ich dann gleich verschwinden wollte.

»Horst war ein seltsamer Typ«, begann sie mit monotoner Stimme. »Nach drei Monaten wusste ich nicht viel mehr über ihn als nach drei Stunden.«

»Wie meinst du das?«

»Wir waren monatelang fast jeden Tag zusammen, und doch war er immer sehr weit weg von mir.« Elli hob die Augenlider. »Sogar wenn er mich aus dem beschissenen Rollstuhl hob oder mich wieder hineinsetzte.«

Ihre Augen hatten etwas, das mich auf der Hut sein ließ.

Ich überlegte. »Sind uns nicht die meisten Menschen fremd? Sogar Leute, mit denen wir jeden Tag zu tun haben.« Als ich den Satz beendet hatte, ärgerte ich mich, eine derart hohle Phrase gedroschen zu haben.

Doch Elli nickte und sagte kein Wort mehr.

So hatte ich Zeit, über sie nachzudenken: Wir mochten uns irgendwie, und in den Pausen zwischen den Vorlesungen hatten wir uns öfters unterhalten. Es ging ihr auf die Nerven, in einem Zeitalter der Überarbeitung und Unterbildung zu leben. Ihrer Meinung nach waren die meisten Akademiker so fleißig, dass sie über ihren Büchern verblödeten. Und mit dieser Ansicht hielt sie nicht hinterm Berg. Ihr beißender Sarkasmus und dass sie den anderen Studenten, aber auch den Professoren gegenüber kein Blatt vor den Mund nahm, beeindruckte mich. Sie erinnerte mich an Max Stockmeier, meinen Freund aus dem Internat in Heiligenbeuern.

Die meisten Dozenten konnten sie nicht leiden. Elli war vorlaut und kritisierte alles, was ihr nicht passte. Aber in

10

den Übersetzungskursen war sie die Beste. Mit Abstand. Sie hatte einen scharfen Verstand und ein hervorragendes Gedächtnis. Je schwieriger ein Text war, desto mehr Spaß schien sie daran zu haben.

Nach einer kleinen, stummen Ewigkeit hörte ich die Sirene eines Streifenwagens näher kommen. Autotüren wurden zugeschlagen. Es klingelte. Kurz darauf standen zwei Polizisten in der Wohnung.

»Sie haben angerufen?«, fragte der Größere der beiden. »Wo ist die Leiche?«

Ich deutete zu Horsts Zimmer, in dem immer noch Licht brannte. Die beiden betraten vorsichtig den Raum. Von der Küche aus hörte ich nun die Geräusche von Männern in Straßenschuhen, die sich langsam, mit Bedacht bewegten.

»Da liegt jemand«, sagte der eine tonlos.

»Der ist tot«, ergänzte der andere. »Erschlagen.«

Wenige Augenblicke später kam der Größere wieder auf den Gang. Er meinte, ich solle in der Küche bleiben. »Ich werde die Dienststelle anfunken, damit die Mordkommission verständigt wird.«

Der Mann verschwand, und bald darauf erschien der kleinere Polizist mit blassem Gesicht in der Küchentür. Er setzte sich an den Tisch und nahm unsere Personalien auf.

Als ich fragte, ob ich jetzt gehen könne, da mein Studentenheim in wenigen Minuten seine Pforten schließe und ich nicht wisse, wo ich sonst schlafen sollte, sah er mich fassungslos an.

»Da drüben liegt ein Mann, dem der Schädel eingeschlagen wurde«, meinte er kopfschüttelnd. »Und Sie machen sich Sorgen, wo Sie heute Nacht schlafen.«

»Du kannst hier bleiben, wenn du willst.« Elli nahm ihren rechten Oberschenkel mit beiden Händen und legte ihn über den linken. »Platz ist genug. – Außerdem wäre ich dann nicht allein.«

Das Letzte sagte sie etwas leiser, es fiel ihr nicht leicht.

»Sie werden beide heute noch vernommen. Bis dahin dürfen Sie die Wohnung nicht verlassen«, fügte der Polizist hinzu.

»So ein Mist!«, murmelte ich und dachte an Max, der in den vergangenen Jahren Mordfälle angezogen hatte wie ein Misthaufen Fliegen. Jetzt war ich auch ohne Max in Schereien geraten, als hätte er mich mit seinem außergewöhnlichen Talent angesteckt. Max hatte immer einen Mordsspaß daran gehabt, auf ein Verbrechen zu stoßen. Mir dagegen grauste es vor Blut und jeder Form von Gewalt. Es interessierte mich wenig, wer wem etwas angetan hatte. Hauptsache, ich hatte mit der Angelegenheit nichts zu schaffen.

Jetzt saß ich hier in der verrauchten Küche, und mein eben erst begonnenes Studentenleben hatte eine unerfreuliche Wendung genommen.

Keine zehn Minuten später wimmelte es in der Wohnung von Beamten in Uniform und Zivil. Zuletzt kam ein dunkelhaariger Mann, der von den anderen mit Hauptkommissar Hastreiter angeredet und mit großem Respekt behandelt wurde.

Er sah sich den Tatort ausführlich an. Anschließend kam er in die Küche, stellte sich vor und richtete ohne Umschweife seine erste Frage an Elli: »Sie sind Frau Guthor, wie auf dem Türschild steht?«

Elli nickte.

»Vorname?«

»Lisbeth.«

»Und wer ist der Tote?«

»Horst Lang, mein Pfleger.« Sie wandte den Kopf ab. »Jeder sagt Zivi, aber Horst war mein Pfleger. Er wurde für seine Arbeit ordentlich bezahlt.«

»Ich verstehe.« Der Polizist machte eine kleine Pause, während er mit einem kurzen Bleistift seine Aufzeichnungen in einen kleinen braunen Block notierte. »Wann haben Sie ihn gefunden?«

»Kurz bevor ich den Kaspar anrief.« Sie machte mit dem Kopf eine Geste in meine Richtung. »Also kurz vor zehn.«

»Was ist passiert?« Hastreiter schrieb die ganze Zeit, sogar während er Fragen stellte. Das machte mich nervös, da er weder Elli noch mich anschaute, wenn er mit uns sprach.

Ich hätte ihn gerne gebeten, den Block wegzulegen, traute mich aber nicht.

»Keine Ahnung.« Elli drückte ihre halb gerauchte Zigarette aus und warf den Kopf nach hinten. »Zwischen halb neun und halb zehn höre ich oft Musik im Wohnzimmer. Das heißt: Ich stülpe mir den Kopfhörer über die Ohren und drehe die Anlage auf.« Sie sah den Kommissar an, als würde sie ihm nun weiß Gott was für eine Intimität verraten. »Und wenn ich Glück habe, vergesse ich diese beschissene Welt wenigstens für eine Stunde.«

»War Herr Lang zu dem Zeitpunkt, als Sie die Kopfhörer aufsetzten, zu Hause?«, unterbrach sie Hastreiter.

»Ja.«

»War er allein?«

13

»Ja.«

»Erwartete er Besuch?«

»Keine Ahnung.«

»Bekam er oft Besuch?«

»Ja.«

»Von wem?«

Elli überlegte einen Augenblick. »Von seiner Schwester, seiner Mutter, von der Polizei und von allen möglichen seltsamen Typen, mit denen ich beim besten Willen nichts zu tun haben wollte und wegen denen Ihre Kollegen schon öfters da waren.«

»Warum ist die Polizei gekommen?«, fragte Hastreiter.

»Ich sage es Ihnen gleich, denn Sie werden es ohnehin erfahren: Ihre Kollegen behaupteten, Horst würde mit Rauschgift handeln.« Elli hob ihre Katzenaugen und musterte den Kommissar interessiert, als überlege sie, was für eine Art Bulle er wohl sei.

»Und – hat er gedealt?« Hastreiter sah zum ersten Mal von seinem Schreibblock auf. Er hatte wenig Mühe, ihrem Blick standzuhalten.

»Keine Ahnung.« Elli drehte sich schon wieder eine Zigarette. »Ihre Kollegen hatten einen Verdacht, und im letzten Monat haben sie die Wohnung zweimal durchsucht.«

»Und?«

Elli hob die Arme und drehte die leeren Handflächen nach außen. »Sie haben nichts gefunden.«

Hastreiter zögerte einen Augenblick, diese Spur schien ihm nicht ergiebig. Also kam er zu den Geschehnissen des Abends zurück. »Um halb neun hat Herr Lang also noch gelebt?«

Elli nickte.

»Haben Sie einen Verdacht, wer ihn erschlagen haben könnte?«

»Nein«, antwortete Elli knapp.

Nun wandte sich der Polizist mir zu. »Und Sie sind Herr –«

»Spindler. Kaspar Spindler«, antwortete ich.

»Was machen Sie hier?« Er sah mich an, als würde er überlegen, ob er mir den Mord zutrauen könnte. Denn um Mord handelte es sich offensichtlich, sonst hätte man nicht ein solches Aufgebot hergeschickt.

»Elli hat mich angerufen und gesagt, dass etwas Schlimmes passiert ist. Also bin ich gekommen.« Ich merkte, wie mein Hals rau wurde.

Ich ärgerte mich darüber. Schließlich hatte ich nichts angestellt.

»Aha«, machte der Kommissar. »Und jetzt sitzen Sie in aller Ruhe hier in der Küche, während eine Wand weiter ein Toter liegt?«

»Kann ich denn was dafür? Ich hab ihn schließlich nicht umgebracht«, stieß ich hervor. »Ich will mit der ganzen Sache nix zu tun haben.«

»Der Mensch denkt, Gott lenkt«, murmelte Hastreiter. Die müden Augen des Polizisten streiften scheinbar ziellos durch den Raum. »Wir können uns oft nicht aussuchen, wo wir hingeraten.«

Sein flüchtiger Blick traf mich, und augenblicklich hatte ich ein stechendes Gefühl im Bauch, als würde sich ein altes Magengeschwür wieder melden.

»Sie sind also von Frau Guthor angerufen worden und dann gleich hergekommen?«, fragte er.

Ich nickte.

»Frau Guthor hat aber kein Telefon.« Hastreiter schaute mir jetzt direkt ins Gesicht. »Und sie sitzt im Rollstuhl. Wie konnte sie unter diesen Umständen bei Ihnen anrufen?«

Ich spürte, wie mir das Blut ins Gesicht schoss. Daran hatte ich noch gar nicht gedacht und hob hilflos die Achseln. Ich hatte keine Ahnung, von welchem Apparat aus Elli mit mir telefoniert hatte.

»Mein Vater hat seine Anwaltskanzlei gleich gegenüber«, erklärte sie.

Hastreiters Blick schweifte wieder zu Elli. »Sie haben also das dortige Telefon benutzt?«

Elli nickte.

Ich überlegte, worauf der Polizist hinauswollte.

»Sind Sie eng mit Frau Guthor befreundet?«, fragte der Kommissar, nun wieder in meine Richtung gewandt.

»Eigentlich nicht.«

»Warum ruft sie dann ausgerechnet bei Ihnen an?«

»Was weiß ich? Vielleicht, weil ihre anderen Freunde im Rollstuhl sitzen. Die können ihr in einer solchen Situation nicht gut helfen.«

»Und Ihre Eltern? Warum haben Sie Ihren Eltern nicht Bescheid gegeben?« Hastreiter hatte sich vorgebeugt und musterte Elli auf eine direkte und unangenehme Art. »Oder wohnen die nicht in München?«

Elli brauchte einige Augenblicke, bis sie die richtige Antwort fand. So hatte ich Zeit, den ungewöhnlichen Kopf des Polizisten zu studieren. Er hatte einen lang gezogenen Schädel mit einer extrem hohen Stirn, als wäre er bei seiner Geburt nicht bloß mit einer Geburtszange herausgezogen, sondern anschließend noch ein halbe Stunde daran aufgehängt worden. Die dunklen Haare waren kurz und der

16

Schnauzbart sorgfältig ausgeschnitten. Der Kerl war hässlich, doch seine Kleidung geschmackvoll und teuer. Eine üble Mischung! Mit solchen Typen hatte ich bisher nur schlechte Erfahrungen gemacht.

»Meine Eltern leben in Grünwald und hätten in einer halben Stunde hier sein können. Aber ich wollte nicht, dass sie kommen. Ich habe kein besonders gutes Verhältnis zu ihnen.« Elli sprach sehr leise. Offensichtlich fühlte auch sie sich unwohl in der Gegenwart des Polizisten.

»Wieso haben Sie dann einen Schlüssel zum Büro Ihres Vaters?«, fragte Hastreiter, klappte seinen Notizblock zu und erhob sich, ohne Ellis Antwort abzuwarten.

Er ging zu den Beamten in Horsts Zimmer.

Elli saß eine Weile still da. Dann erklärte sie, sie müsse jetzt pinkeln und ich solle ihr dabei zur Hand gehen.

Damit hatte ich nicht gerechnet und spürte einen Knödel im Hals. Einerseits konnte ich schlecht nein sagen, denn wer hätte ihr sonst helfen sollen. Andererseits hatte ich keine Ahnung, was zu tun war. Es wäre mir lieber gewesen, ein Profi hätte diesen Job übernommen.

Elli kümmerte sich nicht um meine Befindlichkeiten und fuhr durch den Gang zur Toilette, die sich rechts neben der Eingangstür befand. Ich tappte hinter ihr her.

»Sie können da jetzt nicht rein«, sagte ein älterer Herr in einem weißen Laborkittel mit durchsichtigen Gummihandschuhen. »Die Spurensicherung ist noch nicht fertig.«

»Verdammte Scheiße!«, keifte Elli. »Soll ich etwa in meiner eigenen Wohnung in den Gang pissen?«

Der Beamte schrak zusammen und starrte sie ungläubig an. Dann überlegte er einen Augenblick und machte schließlich den Weg frei.

17

Ich betrat hinter Elli den großen Raum, der Bad und Toilette in einem war. Das Waschbecken hing sehr niedrig, und neben der Kloschüssel gab es zwei massive Metallstangen.

»Hebst du mich bitte aus dem Rollstuhl«, bat sie mit kühlem Blick.

Ich stellte mich mit krummem Rücken vor sie hin und hielt ihr beide Arme entgegen.

»Ich will nicht mit dir knutschen, sondern aufs Klo!«, zischte sie.

Dann verdrehte sie die Augen zur Decke, als wären ihr heute ausschließlich Idioten über den Weg gelaufen.

Nach etwa zehn Minuten war die Angelegenheit erledigt. Elli hatte mir erklärt, was ich tun sollte. Und ich hätte mich gar nicht so blöd angestellt, wie sie abschließend meinte.

»Sie haben eine sehr großzügige Wohnung«, bemerkte Hastreiter, der uns am Küchentisch sitzend erwartete.

»Ist das verboten?« Elli blitzte den Polizisten mit gelben Augen an.

»Nein, aber …« Hastreiter hielt den Kopf etwas schief und wartete auf eine Erklärung.

»Sie wollen wissen, woher das Geld für eine solche Wohnung kommt, stimmt's?« Elli ließ ihn nicht aus dem Blick. »Die Bude gehört mir.« Sie nahm ihren rechten Oberschenkel und warf ihn über den linken. »Mein Vater gehört nicht zu den Dorfarmen, und ich habe die Wohnung letztes Jahr aus steuerlichen Gründen überschrieben bekommen. – Ganz legal.«

Eine gute Stunde später waren die Polizisten fertig und verließen einer nach dem anderen den Tatort. Mitarbeiter der

Pathologie hatten die Leiche abgeholt. Als Letzter ging der Kommissar, der sich kühl verabschiedete und ankündigte, er würde wiederkommen, sobald weitere Fragen auftauchten. Also wahrscheinlich schon bald.

Ich hatte inzwischen eine Flasche Rotwein geöffnet, einen guten Gallo Nero. Diese Nacht würde ich bei Elli in der Wohnung zubringen. Das Studentenheim war eh schon geschlossen.

»Du musst bei mir bleiben. Wenigstens die nächsten Tage. Ich kann alleine kaum aufs Klo gehen, wie du gesehen hast.« Sie musterte mich ernst.

»Das geht nicht«, entgegnete ich. »Ich habe keine Ahnung von diesen Dingen. Außerdem muss ich lernen.«

»Es ist ja bloß übergangsweise.« Elli trank ihr Glas leer und versuchte ein scheues Lächeln. »Vielleicht finde ich bald jemand anderen, dann bist du wieder entlassen. Möglicherweise gefällt es dir auch bei mir. Ich habe genug Haushaltsgeld. Du kannst dich hier jeden Tag umsonst satt essen. Wir haben dieselben Kurse an der Uni, außerdem kann ich dir ein Gehalt für deine Dienste zahlen. Dann brauchst du in den Semesterferien nicht zu arbeiten oder unterbelichteten Gymnasiasten Nachhilfe in Latein zu geben.«

»Nein.« Ich schüttelte den Kopf. »Ich bleibe nur heut Nacht. Ab morgen musst du dich nach jemand anderem umschauen.«

Elli teilte den Rest der Flasche zwischen uns auf, dann sah sie mich mit bernsteinfarbenen Augen an. »Du hast doch eine Freundin, oder? Karin Kobek, glaube ich, heißt sie.«

Ich hob den Kopf. »Ja, warum?«

Sie hatte wirklich ein gutes Gedächtnis. Ich hatte Karin nur ein einziges Mal erwähnt, und zwar vor Wochen.

»Die Hausregeln im Studentenheim sind in Sachen Damenbesuch etwas reaktionär, habe ich gehört.« Sie trank einen ausgiebigen Schluck und wandte mir ihren Blick zu. »Hier hast du immer eine sturmfreie Bude.«

Ich überlegte ein wenig. »Ich könnte also das Zimmer von Horst haben?« Ein ungestörtes Liebesleben mit Karin war eine echte Versuchung.

»Genau«, meinte Elli, nahm ihr Glas und trank es auf einen Zug leer. Sie wusste jetzt schon, dass sie gewonnen hatte.

Anschließend half ich Elli bei der Abendtoilette und brachte sie ins Bett. Einige Dinge hätte sie auch alleine geschafft. Doch anscheinend tat es ihr gut, wenn jemand da war.

Als sie endlich im Bett lag, wünschte ich ihr eine gute Nacht und wollte das Zimmer verlassen.

Ich hatte den Türknauf schon in der Hand, da fragte sie plötzlich: »Kannst du dir vorstellen, warum ich ausgerechnet dich angerufen habe?«

Ich stutzte und wandte mich um.

»Du bist anders als die Streberseelen in unserem Kurs«, sagte sie leise. »Du stinkst nicht gleich nach Angstschweiß, wenn die Übersetzung mal kompliziert wird. Du magst zwar die langen, komplizierten Schachtelsätze nicht, die ich so liebe. Du gehst den Problemen gerne aus dem Weg. Dir sind die einfachen Passagen lieber, das habe ich schon gemerkt.« Ein kleines, kraftloses Lächeln erschien in ihrem mageren Gesicht. »Aber du scheißt dir auch nicht gleich in die Hosen, wenn es mal schwierig wird. Du bleibst ruhig. Ich hatte noch nie den Eindruck, dass du nervös wirst.«

Ich überlegte, warum sie mir das erzählte.

»Horst war auch sehr ruhig«, schloss sie. »Das hat mir gutgetan. Horst hat mir sehr gutgetan.« Sie legte den Kopf aufs Kissen und drehte sich um. »Gute Nacht.«

Sie rollte sich im Bett zusammen wie ein kleines Kind. Ich ließ die Tür einen Spalt offen, damit sie sich nicht so alleine fühlte.

Nun ging ich ins Wohnzimmer, wo ich mir auf dem Sofa ein Bett zurechtmachte. Warum hatte sie gesagt, ich sei wie Horst? Das passte mir nicht. Ich wollte nicht mit ihm verglichen werden. Er hatte mir nie etwas getan, doch er war mir nicht gerade sympathisch gewesen mit seinem zögerlichen Gehabe. Möglicherweise war ich aber auch bloß neidisch auf die Blicke, die die Mädchen ihm zugeworfen hatten.

An Schlaf war noch nicht zu denken nach all der Aufregung, also sah ich mich im Wohnzimmer um. Es war geräumig und mit neuen, hellen Möbeln eingerichtet. In der Mitte einer Einbauwand aus Fichtenholz stand eine Stereoanlage, wie sie nicht einmal Max besaß. Ein Uher-Tonbandgerät, ein Dual-Plattenspieler, auf dem eine Scheibe von Patty Smith lag; dazu ein erstklassiger Verstärker und riesige Boxen. Über eine Beethovenbüste war ein überdimensionaler Kopfhörer gestülpt. Eine solche Ausstattung hatte ich noch nie gesehen.

Ich trat näher und bestaunte das Ensemble, für das ich mindestens ein halbes Jahr im Sägewerk hätte arbeiten müssen. Mindestens!

Dann fiel mein Blick auf die Plattensammlung, die eine Breite von knapp einem Meter einnahm. Platten sagen meiner Meinung nach mehr über einen Menschen aus als ein handgeschriebener Lebenslauf. Also schaute ich nach, was die Elli für eine war.

Geschmack hatte sie: Beatles, Simon and Garfunkel und die Doors. Weiter rechts standen die neuesten Scheiben von Led Zeppelin, Pink Floyd und vielen anderen Bands, die gerade angesagt waren. Sogar drei Platten von Gentle Giant fand ich. Mit deren Musik konnte niemand aus meinem Bekanntenkreis etwas anfangen. Max hatte einmal gesagt, der Sänger jaule wie ein Hund, den man kastriert hat und der – aus der Narkose aufgewacht – gerade seinen Verlust bemerkt.

Wie sehr mir Max in diesem Augenblick fehlte. Er hätte sicher schon eine Ahnung, was hier abgelaufen war. Und er hätte sicher auch eine Idee, wie ich mich am schlauesten verhalten sollte.

Aber er war in Heiligenbeuern, und es sah nicht danach aus, als würde er das Kloster wieder verlassen. Immer wenn ich ihn danach fragte, sagte er, dass die Entscheidung, in den Orden einzutreten, die beste seines Lebens gewesen sei. Dabei hatte sich niemand vorstellen können, dass dieser Weiberheld eines Tages eine Kutte anziehen würde.

Nun schaute ich mir die Bücherwand genauer an. Links beim höhenverstellbaren Schreibtisch standen die Bände, die Elli für die Uni brauchte. Sie hatte alles, was uns die Professoren als Lektüre empfohlen hatten. Verschiedene Ausgaben von Cicero, Seneca und anderen Größen der römischen Literatur. Dazu die Kommentare, alles sorgfältig geordnet. Diese Sammlung kostete ein Vermögen. Ich musste mir die Bücher in der Bibliothek ausleihen, sie waren meist abgegriffen, vollgekritzelt, und oft fehlten sogar Seiten. Ellis Bücher dagegen waren neu.

Rechts neben der Fachliteratur sah ich eine endlose Reihe von Krimis. Hunderte.

Und wieder musste ich an Max denken, der außer einem halben Dutzend Jeans, seiner Stereoanlage und den Platten nur seine umfangreiche Krimisammlung mit ins Kloster genommen hatte. Dort hätte er ausreichend Zeit, die Fälle von Hercule Poirot noch einmal zu studieren, sagte er mir, als ich ihn gefragt hatte, was er abends in seiner Zelle so treibe. Vielleicht hatte sein großes Vorbild doch irgendwo einen Fehler gemacht. Wenn ja, dann würde Max ihm eines Tages draufkommen.

In der gegenüberliegenden Wand steckte ein einzelner Nagel. Es war einmal ein Bild daran gehangen, von dem man noch den viereckigen Umriss erahnen konnte.

2

Warum denn starb ich nicht vom Mutterleibe weg,
kam aus dem Schoß hervor und schied dahin?
So läge ich nun still und könnte rasten,
ich schliefe, alsdann hätt ich Ruhe.

(Hiob)

Dienstag

Es klingelte schon das dritte Mal, bis ich mich endlich entschloss, die Augen zu öffnen.

Ich brauchte einen Augenblick, um zu begreifen, dass ich mich in Ellis Wohnung befand. Dann klingelte es erneut.

Rasch schlüpfte ich in meine Jeans, die auf dem Boden vor dem Sofa lagen, verließ das Wohnzimmer und tappte über den Gang zur Wohnungstür. Ich öffnete mit nacktem Oberkörper, und vor mir stand ein großer Mann mit grau meliertem Haar – Typ Generaldirektor. Er trug einen dunklen Anzug, darüber einen teuren Trenchcoat, wie ich ihn aus Filmen mit Humphrey Bogart kannte. Obwohl er schon eine Weile vor der Tür hatte warten müssen, zeigte er kein ärgerliches Gesicht.

»Guten Morgen«, sagte er routiniert und trat sicheren Schritts in den Flur.

Mir ging das etwas zu schnell.

»Wer sind Sie?«, fuhr ich ihn an.

»Das sollte ich wohl eher Sie fragen«, meinte der Herr und zog die rechte Augenbraue hoch. Er roch nach einem teuren Rasierwasser und schaute mich mit seinen wässrig-grauen Augen kalt an. Kalt wie eine Hundeschnauze, hätte Max gesagt. Doch das Auffälligste an dem Mann war sein breiter Mund mit den wulstigen Lippen, die mich an Mick Jagger denken ließen.

»Ich heiße Kaspar und bin ein Studienkollege von Elli.«

»Freut mich«, sagte der Mann und hielt mir seine Rechte entgegen. »Ich heiße Guthor, Friedhelm Guthor. Ich bin der Vater von Lisbeth und schaue jeden Morgen vorbei.«

Sein Händedruck war kräftig, die Handfläche jedoch kalt und etwas schwitzig.

Jetzt hätte er fragen müssen, was ich hier trieb, doch er machte keine Anstalten dazu – offenbar war er es gewöhnt, morgens fremde Gesichter in der Wohnung seiner Tochter zu sehen. Vielmehr ging er mit langen, selbstbewussten Schritten zu Ellis Zimmer und betrat es, ohne vorher anzuklopfen. Die Tür ließ er einen Spalt weit offen.

»Guten Morgen, Papa«, hörte ich Elli nach wenigen Augenblicken. »Nicht schimpfen, dass ich noch im Bett bin.«

»Ich schimpfe doch gar nicht«, entgegnete Guthors kräftige Stimme.

»Ich glaube, ich werde die Uni heute sausen lassen.«

»Warum?«

Nach einer kleinen Pause hörte ich Elli leise sagen: »Gestern ist was Schlimmes passiert. Ich habe mir gerade die neue Platte von …«

Nun wurde die Tür zugezogen, sodass ich nicht hören konnte, was in Ellis Zimmer weiter gesprochen wurde.

Ich ging in die Küche und suchte die nötigen Utensilien, um Kaffee zu brühen. Sicher würde ein völlig aufgelöster Papa Guthor hier auftauchen, sobald er erfahren hatte, was gestern passiert war. Vielleicht sollte ich eine Kanne Lindenblütentee kochen und nachschauen, ob es in dem Haus Klosterfrau Melissengeist gab. Der half bei Migräne, Grippe und Nervenschwäche. Jedenfalls schwor meine Mutter darauf.

In Ellis Zimmer blieb es jedoch ruhig. Erst nach einer Viertelstunde – ich hatte auf die Küchenuhr gesehen – ging ihre Zimmertür auf, und sie wurde von ihrem Vater auf den Gang geschoben. Elli grüßte kurz durch die Küchentür, dann verschwanden die beiden im Bad. Nach einer weiteren Viertelstunde tauchten sie in der Küche auf. Elli trug ihre schwarzen Klamotten wie immer, Augen und Mund waren geschminkt, und auf den Knien lag eine dunkelblaue Decke.

Ich hatte inzwischen ein passables Frühstück mit Kaffee, Tee, Brot, Wurst und Marmelade hergerichtet. Der Kühlschrank war weit besser bestückt als in Studentenkreisen üblich. Elli hatte keine leeren Versprechungen gemacht. Aber wahrscheinlich war Herr Guthor so durcheinander, dass er nichts anrühren würde.

»Schön, dass Sie heute Nacht bei meiner Tochter geblieben sind«, sagte Ellis Vater und schenkte sich und seiner Tochter in aller Seelenruhe Kaffee ein. »Natürlich hättet ihr mich gestern Abend benachrichtigen sollen. Ich wäre sofort hergekommen. Aber an den Unannehmlichkeiten selbst hätte ich natürlich auch nichts ändern können.«

Er gab in seinen Kaffee einen kleinen Spritzer Milch und einen Löffel Zucker.

»Was heißt hier Unannehmlichkeiten?« Ich verstand die Welt nicht mehr. »Gestern ist hier jemand umgebracht worden. – Hier in dieser Wohnung.«

»Ich verstehe. – Lisbeth hat mir gerade das Wichtigste zur Sache erzählt.« Guthor schmierte sich mit ernstem Gesicht ein Marmeladenbrot. »Aber von euch beiden ist es doch keiner gewesen, oder?« Er blickte abwechselnd auf mich und Elli, dann biss er ins Brot. »Also geht euch die Angelegenheit eigentlich kaum etwas an.«

Er kaute. »Die Sache dürfte doch klar sein: Einer von Horsts schrecklichen Freunden hat ihn umgebracht. Vielleicht ist es um Geld gegangen oder um Drogen. Vielleicht auch um ein Mädchen.« Er lächelte zu Elli hin. »Die Polizei wird sich um die Sache kümmern. Das dürfte keine große Geschichte werden.«

»In dieser Wohnung ist gestern ein Mensch getötet worden«, wiederholte ich fassungslos darüber, wie emotionslos Guthor über das Verbrechen sprach.

»De facto eine schlimme Sache, da gebe ich Ihnen natürlich recht.« Guthor hielt das Brot über dem Frühstücksteller, damit keine Brösel auf die Tischdecke fielen. »Aber bei dem Umgang, den der junge Herr pflegte, braucht man sich nicht zu wundern.«

»Sie haben den Horst also gekannt? Haben Sie gewusst, mit welchen Leuten er befreundet war?«

»Natürlich. Schließlich komme ich fast jeden Morgen hierher, bevor ich ins Büro gehe. Meist frühstücken wir zusammen. – Den Herrn Lang – oder Horst, wie Sie ihn nennen – habe ich also fast täglich gesehen. Er kümmerte sich seit ein paar Monaten um Lisbeth. Er war ihr ständiger Begleiter.« Guthor schenkte seiner Tochter eine zweite

Tasse Kaffee ein. »Manchmal übernachtete einer seiner Spezln bei ihm und lief mir morgens über den Weg. Höchst unangenehme Gestalten waren das. So viel kann ich Ihnen sagen.« Er nahm mit spitzen Fingern seine Kaffeetasse und trank einen kleinen Schluck. »Beim Frühstück hat er uns aber immer alleine gelassen. Das war so abgesprochen.«

»Soll ich auch gehen?«, fragte ich. »Störe ich?«

»Nein, um Gottes willen, so war das nicht gemeint.« Guthor machte eine beschwichtigende Geste. »Sie sind ein Studienkollege von Lisbeth und ein ganz anderer Typ Mensch, gar nicht zu vergleichen. – Darüber hinaus bin ich Ihnen sehr dankbar dafür, dass Sie heute Nacht bei meiner Tochter geblieben sind. – Sehr dankbar.«

»Sie haben ihn nicht gemocht, stimmt's?«, wollte ich wissen, seine Dankesworte konnte Guthor sich sparen.

»Wen?«

»Den Horst.«

Guthor lachte trocken. »Herr Lang war kein angenehmer Zeitgenosse. Ich konnte nie verstehen, warum sich Elli für ihn entschieden hat. Es hätte andere Bewerber für den Job gegeben. Bessere. Doch sie wollte keinen anderen.«

Während ihr Vater redete, betrachtete Elli ihre langen, schlanken Finger von verschiedenen Seiten und tat so, als ginge sie die Angelegenheit nichts an. Ich überlegte, warum sie gestern Abend dem Hauptkommissar gegenüber behauptet hatte, sie hätte kein gutes Verhältnis zu ihren Eltern. Danach sah es gar nicht aus. Ein Vater, der sich mit seiner Tochter nicht verträgt, kommt nicht jeden Morgen zu ihr zum Frühstücken!

»Vielleicht habe ich ihn nicht besonders gemocht«, erklärte Herr Guthor. »Aber umgebracht habe ich ihn

28

trotzdem nicht.« Er lachte los, als hätte er einen Bombenscherz gemacht. Dabei hörte sich sein Lachen an wie ein asthmatischer Husten. »Außerdem habe ich ein gutes Alibi. Ich war gestern Abend mit meiner Frau in der Oper. Lohengrin. Wir haben ein Abo im Nationaltheater.«

Er schenkte sich schwungvoll eine zweite Tasse Kaffee ein.

»Warum tun Sie so, als ob alles in bester Ordnung wäre?«, fragte ich.

Seine ungetrübt gute Stimmung ging mir auf die Nerven. Ein Mensch war tot, und der Kerl brauchte nicht so zu tun, als wäre bloß ein Kanarienvogel von der Stange gefallen. Ob der feine Herr das Opfer nun gemocht hatte oder nicht.

»Ich bin Anwalt«, meinte Herr Guthor und richtete sich auf, als hätte er gesagt, er wäre der Kaiser von China. »Früher habe ich viel als Strafverteidiger gearbeitet. Da gewöhnt man sich an Ärger. Und im Laufe meiner Tätigkeit habe ich eines gelernt: Leute wie dieser Horst werden nicht alt.« Er lächelte in Richtung Elli, trank mit einem Zug die Tasse leer und erhob sich. »Meine Frau macht mir mehr Sorgen. Seit Lisbeths Unfall ist sie sehr sensibel. Sie wird sich sicher wahnsinnig aufregen, wenn sie erfährt, was passiert ist. Ich weiß noch gar nicht, wie ich ihr die Angelegenheit am schonendsten beibringe. Am besten, ich rufe sie gleich vom Büro aus an. Sie wird sicher bald kommen und sich um dich und die Wohnung kümmern. Die Polizei hat ja ein ziemliches Chaos hinterlassen.«

»Und wer sagt es den Verwandten von Horst?«, fragte ich.

»Das ist Aufgabe der Polizei und sicher schon erledigt.« Guthor überlegte. »Heute Vormittag habe ich etliche

Termine. Doch wenn ihr mich braucht, kommt einfach rüber in die Kanzlei.«

Er trat zu seiner Tochter, beugte sich zu ihr hinunter und küsste sie erst auf die linke Wange, anschließend auf die Stirn. Dann verschwand er. Der Geruch seines exquisiten Rasierwassers blieb noch eine Weile in der Wohnung. Mittlerweile fand ich es ordinär.

»Und?«, fragte Elli und nagte an einem Stück Brot herum.

»Und was?«

»Hat dir mein Vater gefallen?«

Ich sah zur Decke. Was sollte ich antworten?

»Gib dir keine Mühe, du brauchst nicht zu lügen«, nahm Elli mir die Antwort ab. »Er ist immer so, und niemand mag ihn. Auch ich kann ihn kaum länger als eine halbe Stunde ertragen.«

Sie drehte sich eine Zigarette. Das angeknabberte Stück Brot hatte sie auf ihren Teller gelegt.

Ich stand auf und begann den Tisch abzuräumen.

»Du willst heute sicher nicht zur Uni?«, vermutete ich und erwartete eine ablehnende Antwort, zumal sie ihrem Vater gesagt hatte, dass sie zu Hause bleiben würde.

»Doch«, murmelte sie. »Alles ist besser, als hier in der Wohnung zu bleiben und die Wand anzustarren.«

Wir erreichten den Seminarraum gerade noch rechtzeitig zur Vorlesung. Ich setzte mich in die erste Reihe, was ich nicht besonders schätzte und aus meiner Zeit in Heiligenbeuern auch nicht gewohnt war. Max, der all die Jahre mein Pultnachbar gewesen war, hatte die ersten Reihen im Klassenzimmer immer gemieden. Dort hätte er seine Talente beim Spicken nicht in dem Maße zur Geltung bringen können, das nötig war, um ihm die jährliche Versetzung in die nächste Klasse zu ermöglichen.

Doch heute saß ich vorne, um in Ellis Nähe zu bleiben. Der Vorlesung über die Besonderheiten der lateinischen Grammatik konnte ich nur beschränkt folgen. Immer wieder schweiften meine Gedanken zu Horst, der gestern noch an meiner Stelle Elli hierher gebracht hatte.

Einige Umstände standen fest: Der Täter hatte Horst gekannt, sonst wäre er nicht in die Wohnung gekommen. Das Türschloss war unversehrt. Möglicherweise wusste der Täter auch, dass Elli beinahe jeden Abend laut Musik hörte. Und er kannte die Uhrzeit, wann sie den Kopfhörer aufsetzte. Während dieser Zeit drohte ihm keine Gefahr, von ihr gehört zu werden.

Horst war erschlagen worden, der Mörder war also wahrscheinlich ein Mann. Max hatte mir vor Jahren einen Vortrag über Täterprofile gehalten. Das meiste hatte ich vergessen. Doch ich konnte mich noch genau daran erinnern, dass Giftmorde in erster Linie von Frauen verübt wurden, Gewaltverbrechen eher von Männern. Männer sind aggressiver und schlagen zu, wenn sie jemanden loswerden wollen.

Ellis Vater hatte sich auch schon festgelegt. Seiner Meinung nach war es einer von Horsts Freunden gewesen. Möglicherweise war es um Drogen, Geld oder ein Mädchen gegangen. Meistens geht es um Geld oder um Frauen, hatte Max einmal gesagt. Schade, dass er nicht zu erreichen war.

Nach der Vorlesung gingen wir zum Mittagessen in die Engelsburg, eine Kneipe hinter der Uni. Elli hatte mich eingeladen. Ihrem Helfer stehe mindestens eine warme Mahlzeit pro Tag zu, sagte sie. Ein weiteres Zuckerl, um mich zum Bleiben zu bewegen. Wir bestellten Schweinebraten und dazu Weißbier.

»Ist das dein neuer Zivi?«, fragte der bärtige Wirt, als er die Biergläser vor uns hinstellte, und deutete auf mich.

Elli nickte.

Dann ging er zur Essensausgabe und brachte uns den Braten.

»Was ist mit dem Horst?«

»Der kommt nicht mehr.« Elli trank einen kräftigen Schluck.

»Wieso? Habt ihr gestritten?«, wollte der Wirt wissen.

»Nein, er ist tot.« Elli sah zu dem rotbackigen Kerl mit den langen blonden Haaren und dem wild wuchernden Vollbart hoch. »Erschlagen.«

»Mach keine Scherze!«

»Ich mache keine Scherze.« Sie nahm das Besteck, wickelte es aus der Serviette, teilte den Knödel und schob sich ein Stück davon in den Mund. Offensichtlich hatte sie keine Lust, Einzelheiten über den Mord zu berichten.

Der Wirt schüttelte den Kopf, wandte sich um und ging an einen gut besetzten Tisch neben dem Tresen, um dort die Bestellung aufzunehmen.

Wir aßen stumm weiter, bis ein etwa dreißigjähriger Typ mit dunklem Dreitagebart und einer speckigen Lederjacke mit langen Fransen vom Tresen her zu uns an den Tisch kam. Er war nicht besonders groß, hatte lange dunkle Haare, und sein fieses Gesicht erinnerte an eine Ratte. Aber nicht an eine vollgefressene Ratte, sondern an eine, die es gewohnt ist, sich mit dem durchzuschlagen, was die anderen übrig lassen.

»Stimmt es, dass der Horst tot ist?« Er setzte sich breitbeinig auf einen Stuhl, ohne dazu eingeladen worden zu sein. Elli und der Kerl kannten sich. Zumindest benahm er sich, als würde er zur Familie gehören. Mich beachtete er nicht.

»Er ist umgebracht worden«, erklärte Elli mit rauer Stimme und warf dem Mann einen kurzen, feindseligen Blick zu. Sie mochte ihn nicht, das war deutlich zu erkennen.

»Wer war's?«, wollte der Kerl wissen und ignorierte Ellis Aversion gegen ihn.

»Die Polizei hat noch keinen konkreten Verdacht. Aber sie gehen davon aus, den Täter bald zu finden.«

»Die Bullen brauchen schließlich immer einen, dem sie die Sache in die Schuhe schieben können«, erklärte das Rattengesicht.

Elli richtete ihre ganze Konzentration auf das Essen, als wäre sie intellektuell mit der Nahrungsaufnahme so ausgelastet, dass für ein Gespräch nebenbei keinerlei Platz blieb.

Doch darauf nahm der Dunkelhaarige keine Rücksicht. »Wenn die Bullen nicht gleich einen Täter finden, dann suchen sie sich ein armes Schwein ohne Alibi, das ihn gekannt hat.« Er fing an, am Fingernagel seines linken Daumens rumzukauen. Es schien ihm nichts auszumachen, dass ihm andere Leute dabei zusahen.

»Was geht dich der Horst an?«, fragte ich.

Das Rattengesicht schaute drein, als würde er mich jetzt erst bemerken. »Ich war mit ihm im Knast.« Jetzt nahm er

33

den Daumen vom Mund. Ich sah, dass der Fingernagel bis zum Falz abgekaut war.

»Und seitdem wart ihr Freunde?«, wollte ich wissen.

»Freunde und Geschäftspartner.« Der Kerl hob unsicher die Schultern. »Ihr wisst ja, dass Horst etwas Kohle dazuverdient hat. Ich habe ihm dabei geholfen.«

»Wie geholfen?«, fragte ich. Ich wusste wirklich nicht, was er meinte.

Jetzt lächelte mich der Bursche an wie einen Schwachsinnigen und schüttelte langsam den Kopf. Er stand auf und ging an den Tresen zurück, wo er mit einigen anderen Typen und einer mageren rothaarigen Schnepfe zusammengestanden hatte.

»Das war Günther«, erklärte Elli, als spuckte sie seinen Namen in die Serviette, mit der sie sich den Mund abwischte. »Horst hat ihm manchmal was verkauft.«

Sie deutete auf ihren noch halb vollen Teller.

Ich nickte, und sie schob ihn zu mir her. »Horst hat also doch gedealt?«

»Richtig gedealt kann man nicht sagen.« Elli holte Tabak und Zigarettenpapier aus einer der Taschen. »Er war eigentlich viel zu weich für ein solches Geschäft. Er hat den abgefucktesten Leuten Kredit gegeben und solchen Unsinn. Das Geld hat er natürlich nie wieder gesehen. Ich glaube, er hat bei der Sache eher draufgezahlt. Vielleicht war ihm wichtiger, Menschen eine Freude zu machen. Und er hat vielen Leuten eine Freude gemacht.«

»Was war der Horst für einer? Erzähl!«

Elli leckte am Zigarettenpapier, rollte es routiniert zusammen, zupfte den überstehenden Tabak aus den zwei Enden und zündete sich die Zigarette an, ohne sich darum zu

34

kümmern, dass ich noch aß. »Was war der Horst für einer?«, wiederholte sie verträumt, blies den Rauch in die Luft und sah ihm nach, als sei darin etwas Wichtiges zu erkennen. »Er war ein lieber Kerl. Ein bisschen langsam vielleicht und ein bisschen schusselig. – Aber sehr lieb.«

»Ist das alles?«

»Nein.« Jetzt sah sie mich kalt an. »Aber ich mag nicht mehr über ihn reden. – Auch mit dir nicht.«

Nach dem Essen gingen wir zurück zu Ellis Wohnung. Vor dem Haus stand der VW-Transporter einer bekannten Reinigungsfirma.

»Das darf doch nicht wahr sein«, stöhnte Elli.

Es war gut zu erkennen, dass sie sich nicht darauf freute, was uns im Haus erwartete.

In der Wohnung schwirrten zwei junge Männer in dunkelblauen Overalls herum. Sie sagten, sie seien von Herrn Guthor herbestellt worden, um die Wohnung in Ordnung zu bringen.

»Wie schaut's aus? Bleibst du hier?«, fragte Elli und machte ein melodramatisches Gesicht.

»Immer Wurst im Kühlschrank und jedes Wochenende eine sturmfreie Bude«, legte ich die Bedingungen fest.

»Versprochen!«, sagte Elli und hielt mir ihre rechte Hand hin.

Ich schlug ein.

Elli meinte, ich könne gleich meine Sachen aus dem Studentenwohnheim holen. Sie drückte mir einen Zwanzigmarkschein in die Hand und bat mich, auf dem Rückweg etwas Gebäck zum Kaffee mitzubringen. Ich bräuchte mich nicht zu beeilen, sie wolle lernen.

35

Im Wohnheim erklärte ich, ich würde die nächsten Tage wegen eines Trauerfalls bei einem Verwandten bleiben. Es war ein katholisches Heim, und ich wollte keinen Ärger, indem ich unentschuldigt fehlte oder angab, bei einem Mädchen eingezogen zu sein. Das Zimmer würde ich so lange behalten, bis ich sicher wusste, wie es mit Elli weiterging. Es war schwer genug gewesen, eine billige Bleibe in München zu finden. Die wollte ich keinesfalls aufs Spiel setzen.

Die ältere Dame im Büro hörte mir gelangweilt zu. Ihr schien es egal zu sein, ob ich blieb. Die Liste der Bewerber war lang.

Dann ging ich auf meine Bude und war froh, meinen Zimmergenossen Reinfried nicht anzutreffen. Auf einen Zettel schrieb ich meine neue Adresse und dass ich mich bald bei ihm melden würde, was ich aber keineswegs vorhatte.

Ich mochte Reinfried nicht. Er war langweilig, studierte Archäologie und stank nach altem Schweiß. Ich hatte ihm bereits mehrmals nahegelegt, er solle sich mal ordentlich waschen und seine Hemden öfter wechseln. Doch das interessierte ihn nicht, und er stank weiter fröhlich vor sich hin.

Im Internat wäre er so nicht durchgekommen. Dort wurden Mitschüler, die sich nicht ausreichend pflegten, von ihren Klassenkameraden pädagogisch betreut. Das hieß: Sie wurden einige Minuten unter die kalte Dusche gestellt. Hartnäckige Fälle auch länger. Und zwar so oft, bis der erzieherische Eingriff eine gewisse Nachhaltigkeit zeigte und ein olfaktorisch konfliktfreies Zusammenleben möglich wurde.

36

Ich packte meine zwei Koffer, mit denen ich vor gut vier Wochen hier eingezogen war. In den größeren steckte ich meine Kleidung und die Bücher, in den kleineren den Plattenspieler, meine sechzehn Platten und den Kassettenrekorder, für den ich zwei Wochen im Sägewerk hatte arbeiten müssen.

Auf dem Weg zurück in die Kaulbachstraße kaufte ich mit Marmelade gefüllte Rohrnudeln und Ausgezogene.

In Ellis Wohnung stank es fürchterlich nach Desinfektionsmittel. Die Leute von der Reinigungsfirma waren weg. Ellis Vater saß in der Küche und sprach leise mit seiner Tochter.

Ich stellte die Koffer in den Hausgang und schaute kurz in mein neues Zimmer. Nichts erinnerte mehr an Horst, doch ich hatte immer noch ein ungutes Gefühl. In dem Raum war gestern Abend ein Toter gelegen.

Ich schluckte und überlegte eine Weile, ob ich nicht doch besser einen Rückzieher machen sollte. Doch der stinkende Reinfried und die Aussicht auf reichlich Verpflegung inklusive einem ausschweifenden Liebesleben mit Karin ließen die Bedenken rasch kleiner werden. Die Entscheidung war zu Ellis Gunsten gefallen, und es blieb dabei.

Ich ging also in die Küche, grüßte und stellte die Tüte mit dem Gebäck auf den Tisch. Das Wechselgeld legte ich daneben.

Herr Guthor versuchte, mich dankbar anzulächeln, doch er war mit seinen Gedanken ganz woanders, sodass sein viereckiges Gesicht mit den hochgezogenen Mundwinkeln aussah wie die schlechte Karikatur eines fröhlichen Menschen. Einen Augenblick schien er zu überlegen, ob er mir Trinkgeld geben sollte. Schließlich schob er mir das ganze Wechselgeld über den Tisch zurück. Fast fünfzehn Mark.

Ich dankte und steckte das Geld in die Hosentasche. Ich konnte es gut brauchen. Bald war die Versicherung für das Motorrad fällig, und ich hatte noch keine Nachhilfeschüler, die etwas Geld einbrachten.

Elli betrachtete ihren Vater wie ein seltenes Tier im Zoo. Möglicherweise war er nicht immer so freigiebig.

Vom Gebäck aßen die beiden kaum, also blieben die Rohrnudeln für mich. Auch nicht schlecht! Die mageren Zeiten mit abwechselnd Bratkartoffeln und Spaghetti mit Tomatensauce schienen ein Ende gefunden zu haben.

Eine halbe Stunde später saßen wir im Lateinseminar. – Elli hatte darauf gedrängt, obwohl es sich um eine freiwillige Veranstaltung handelte. Wahrscheinlich wollte sie ihren Vater loswerden.

Wieder und wieder hatte Herr Guthor gesagt, Elli solle weniger rauchen, öfter an die frische Luft gehen und sich überlegen, ob sie nicht doch etwas Vernünftiges studieren wolle: Jura oder Medizin – damit ließe sich etwas anfangen. Mit Latein und Griechisch könne man kein Geld verdienen.

Über Horst verlor er kein Wort.

Das Seminar über Cicero, den römischen Rhetoriker und Staatsmann, verlief geradezu meditativ. Professor Sauer hatte eine angenehme, ruhige Stimme. Und er rief nur Studenten auf, die sich freiwillig meldeten. Man konnte seinen Gedanken also freien Lauf lassen, ohne befürchten zu müssen, unvorhergesehen gestört zu werden.

»Meine Eltern hängen an mir wie die Kletten«, begann Elli auf halbem Weg, als ich sie nach Hause schob. Oft hatte sie keine Lust, den Rollstuhl selbst zu bewegen.

Ich schwieg. Was hätte ich dazu sagen sollen?

Elli drehte mir den Kopf zu. »Ich muss ständig aufpassen, dass sie mich nicht erdrücken mit ihrer Fürsorge. Vor drei Monaten bin ich von zu Hause ausgezogen. Wegen meiner Mutter habe ich kein Telefon, sonst würde sie jede Stunde anrufen und fragen, ob sie etwas für mich tun könne. – Und jetzt passiert so was. Shit!« Sie richtete den Kopf wieder nach vorne. »Papa möchte, dass ich sofort wieder nach Hause komme. – In meinen goldenen Käfig.«

Plötzlich wurde mir bewusst, in welch egozentrischer Welt Elli zu Hause war. Es tat mir sehr leid, dass sie in einem Rollstuhl saß. Doch gab es außer ihrer eigenen Situation gar nichts, was sie beschäftigte oder berührte?

»Denkst du eigentlich auch mal an den armen Horst?«, fragte ich mürrisch. »Der liegt jetzt in der Pathologie, und seine Eltern weinen sich wahrscheinlich die Augen aus dem Kopf.«

Elli wandte den Kopf und schaute mich irritiert von unten her an. Sie zog die kräftigen, dunklen Augenbrauen zusammen.

»Wegen Horst weint sich niemand die Augen aus dem Kopf.« Jetzt fummelte sie das Feuerzeug aus einer der Taschen, die an der Rückseite des Rollstuhls angebracht waren, und zündete sich eine der Zigaretten an, die sie während der Vorlesung auf Vorrat gedreht hatte. »Sein Vater ist letztes Jahr gestorben. Tot gesoffen, sagte Horst. – Seine Mutter und die Schwester waren jede Woche mindestens einmal zu Besuch. Zuletzt vor ein paar Tagen. Und sie haben gestritten, dass die Fetzen geflogen sind. Durch die geschlossene Tür konnte ich hören, wie seine Mutter ihn anbrüllte, sie würde keine Träne vergießen, wenn ihm etwas zustieße.«

»Wann war das?«

»Vor vier«, Elli nahm einen Zug, hielt kurz inne und verbesserte sich dann, »nein, vor drei Tagen.«

»Wie ist seine Mutter drauf gekommen, dass ihm etwas zustoßen könnte?«, fragte ich.

»Das war nicht schwer. Du hättest mal die Typen sehen sollen, die zum Horst gekommen sind. Dann würdest du nicht fragen. Ich glaube, er kannte jeden ungewaschenen Kiffer in der Stadt. Manche von denen sind unberechenbar, vor allem wenn sie keinen Stoff und kein Geld mehr haben.«

»Hast du nichts dagegen unternommen?«

Wir standen vor der Haustür, Elli drückte mir den Schlüsselbund in die Hand. Ich schloss auf, hielt die Tür geöffnet, und Elli rollte in den Hausflur. An der Wohnungstür war es dasselbe. Nach und nach wurde mir bewusst, um wie viel umständlicher ein Leben im Rollstuhl war. Die kleinsten Unternehmungen waren mit Problemen verbunden, über die sich jemand mit gesunden Beinen keine Gedanken zu machen brauchte.

Als Erstes gingen wir aufs Klo. Ich wusste inzwischen, was ich der Reihe nach zu tun hatte. Anschließend fuhr sie in die Küche an ihren Stammplatz am Kopf des großen Tisches.

»Ich mochte den Horst«, sagte sie, wobei sie den Kopf nach rechts gedreht hatte und aus dem Fenster zur gegenüberliegenden Häuserreihe sah.

40

»Und die schrägen Typen hier in der Wohnung sind dir nicht auf die Nerven gegangen?«

»Weißt du, welche Typen mir auf die Nerven gehen?« Sie sah mich mit ihren honigfarbenen Augen an, und zum ersten Mal bemerkte ich, dass ihr blasses Gesicht mit den dunkel geschminkten Augen und dem knallroten Lippenstift sehr hübsch sein konnte. »Es sind Typen wie mein Vater.« Sie schluckte. »Manche seiner Geschäftsfreunde, die er gelegentlich mit nach Hause brachte, haben mir wirklich Angst gemacht.«

»Wieso?«

Elli sah mich ernst an. Das Folgende war ihr wichtig. »Diese Leute lächeln ständig, aber ihre Augen bleiben kalt. Sie sind gut angezogen und riechen nach einem teuren Rasierwasser. Sie lächeln auch dann noch, wenn sie dir gerade ein Messer zwischen die Rippen schieben. Solche Leute haben sich gut in der Hand. Und sie verlieren nie.« Elli warf den Kopf zurück und strich die dicken dunklen Locken nach hinten. »Vor einem halben Jahr habe ich meinem Vater gesagt, dass ich in dieser Umgebung nicht mehr leben kann. Ich musste weg. Unbedingt.« Elli nahm ihren rechten Oberschenkel und warf ihn über den linken. »Er war natürlich dagegen, denn wer sollte sich um mich kümmern, wenn ich nicht mehr zu Hause lebte.« Sie holte tief Luft. »Aber ich ließ nicht locker. Schließlich schlug er mir ein Behindertenheim vor. Für gut Betuchte gibt es schöne Einrichtungen, in denen es nicht nach Pisse und Desinfektionsmitteln stinkt.«

»Das klingt doch nicht schlecht«, fand ich.

»Du hast überhaupt keine Ahnung«, fuhr sie mich an. »Ein solches Heim wäre doch wieder ein Gefängnis

41

gewesen. Bloß nicht mehr in Einzelhaft wie bei meinen Eltern, sondern in Gruppenhaltung.« Elli hob die Augenbrauen. »Ich erhöhte also den Druck und drohte, ihn auffliegen zu lassen.«

»Auffliegen?«

»Mein Vater ist chronisch untreu, er hat immer irgendein Verhältnis mit einer attraktiven jungen Frau. Manchmal auch mit mehreren. Oft sind es seine Sekretärinnen. Und er meint, es würde niemand mitkriegen. Doch jeder weiß von seinen Weibern. Jeder außer Mama.« Elli lachte kurz auf. »Jedenfalls war die Sache damit geritzt. Ich bekam die Wohnung hier neben seiner Kanzlei, damit ich den Mund halte. Der Vormieter wurde mit einem schönen Sümmchen abgefunden, er ist fast freiwillig ausgezogen. Wäre er nicht verschwunden, hätte mein Vater sicher auch einen anderen Weg gefunden, ihn loszuwerden. In der Wahl seiner Mittel hat er wenig Skrupel, und er kennt Leute, denen man nicht gerne widerspricht. – Anschließend wurde die Wohnung für mich hergerichtet, mit einem behindertengerechten Bad, einer Rampe und allem Pipapo. Vor drei Monaten konnte ich endlich einziehen. Zur Betreuung brauchte ich jemanden, der bei mir lebt. Diesen Helfer durfte ich mir aussuchen.« Sie lächelte versonnen. »Ich entschied mich für Horst.«

»Anschließend hat der Kerl hier einen Rauschgiftring aufgebaut«, ergänzte ich.

»Aber nur einen ganz kleinen«, beschwichtigte Elli und blinzelte.

»Das hat dir nichts ausgemacht?«

»Was?«

»Horsts seltsame Kundschaft.«

»Nein, schließlich war immer was los.« Elli hatte plötzlich gute Laune. »Die meisten Kerle waren eigentlich ganz nett, bloß schlecht gewaschen. Außerdem kifften sie zu viel und hatten zu wenig Geld für ihr Hobby.« Jetzt sah sie mich mit ihren hellbraunen Augen ernst an. »Wie gesagt: Wenn du mal richtig schräge Vögel sehen willst, dann geh rüber in die Kanzlei. Die Leute dort sind zwar bestens gekleidet und sie verschieben keine Joints. Dafür verscherbeln sie alles, was wirklich Geld bringt: Waffen, Arbeitskräfte, Rohstoffe, Frauen, Geld.«

»Und was macht dein Papa in dieser schönen Gesellschaft?«

»Er sorgt dafür, dass solche Leute nicht eingesperrt werden.«

»Wie geht das?«, wollte ich wissen.

»Man muss lügen, mein Lieber. Viel lügen.« Elli stockte.

Es läutete an der Tür, und ich stand auf, um zu sehen, wer gekommen war.

Als ich öffnete, stand eine aschblonde, gut fünfzigjährige Frau in einem abgetragenen grauen Wollmantel vor mir.

»Ich bin Frau Lang, Horsts Mutter. Ich muss mit Elli sprechen.« Sie sah mir nicht ins Gesicht, sondern schräg vorbei ins Innere der Wohnung.

Ich überlegte, wie sie durch das verschlossene Haustor bis vor die Wohnungstür gekommen war. Hatte sie in der Kanzlei geklingelt, oder war das Tor offen gestanden? Aus dem Schatten hinter den Briefkästen löste sich nun eine weitere Gestalt und kam zur Tür her. Es war ein großes, etwa achtzehnjähriges Mädchen mit auffallend kurzen, dunkelblonden Haaren und einem breiten, ausdruckslosen Gesicht. Auch sie sah mich nicht an.

43

»Nicht schimpfen, Mama«, sagte das Mädchen langsam und berührte mit dem rechten Handrücken die Wange ihrer Mutter. »Immer schimpfst du, wenn wir zum Horst kommen. Immer schimpfst du.«

Sie strich ihrer Mutter unbeholfen über die schlecht frisierten Haare.

»Kommen Sie rein.« Ich trat zur Seite und schloss die Tür hinter den beiden.

Frau Lang kannte sich in der Wohnung aus. Sie ging direkt in die Küche.

Dort saß Elli zurückgelehnt in ihrem Rollstuhl. Sie wirkte nicht überrascht, möglicherweise hatte sie mit den beiden gerechnet. Ihre Augen waren ganz klein, als würde sie Ärger erwarten. Doch sie bemühte sich, ein freundliches Gesicht zu machen.

»Setzen Sie sich«, meinte Elli mit einer einladenden Geste. »Wollen Sie etwas trinken? Kaffee, Wasser oder Bier?«

»Wir sind nicht hier, weil wir müde sind oder Durst haben. Wir sind hergekommen, um Horsts Sachen abzuholen.« Frau Lang blieb mitten in der Küche stehen. Sie hielt die Arme verschränkt und starrte geradeaus.

Elli hob die Augenbrauen. »Mein Vater hat eine Firma beauftragt, Ihnen alles zukommen zu lassen, was Horst gehörte. Sie müssten seine Sachen heute Mittag bekommen haben. – Selbstverständlich können Sie in seinem Zimmer nachsehen, ob die Leute etwas vergessen haben. Sie können natürlich alles mitnehmen, was ihm gehört hat. Die Polizei ist mit den Untersuchungen fertig, sagte mein Vater.«

»Ich hab den ganzen wertlosen Krempel gekriegt: die Unterhosen, die Hemden und seine alte Lederjacke«, murmelte Frau Lang in den Boden und machte dann eine kleine Pause. Sie hob den Kopf und schaute an Elli vorbei zur Anrichte. »Aber wo ist das Geld?«

»Welches Geld?« Elli sah erst Frau Lang, dann deren Tochter und schließlich mich mit fragendem Gesicht an.

»Junge Fräulein aus gutem Hause müssen sich wahrscheinlich nicht um solche Sachen kümmern«, knurrte die Besucherin. »Aber ich brauche das Geld. Sonst können wir die Hypothek nicht bezahlen und müssen unser Häuschen verkaufen.«

»Welche Hypothek?«

»Horst wollte mir das Geld für die Hypothek von unserem Haus geben. Zwanzigtausend Mark.« Jetzt hatte Frau Lang die Hände in die Hüften gestemmt und sich leicht nach vorne gebeugt. »Er hat es mir versprochen.«

»Wann?«

»Als wir zuletzt hier waren. Vor drei Tagen.«

Elli schüttelte den Kopf. »Horst hatte nie Geld. Und eine solche Summe …«

»Horst hatte Geld«, sagte seine Schwester mit schwerer Zunge. »Er hatte viel Geld. Er hat es mir gezeigt. Viel Geld. Er hat es mir gezeigt.«

»Wo?«

»In seinem Zimmer.«

»Wann?«, fragte Elli.

»Er hat es mir gezeigt«, wiederholte das Mädchen und spielte gedankenverloren mit ihren Fingern. Sie konnte mit einem Zeitbegriff offensichtlich nichts anfangen. »Horst sagte, dass er viel Geld hat. Und dann hat er es mir gezeigt. Mama kann in ihrem Häuschen bleiben, hat er gesagt. Und ich kann mit ihm wegfahren. – Nach Indien, hat er gesagt.

Dort scheint jeden Tag die Sonne und man kann die Füße ins Wasser hängen. – Jeden Tag.«

Sie hob den Kopf und sah zum Fenster. Jetzt lächelte sie.

»Wenn Sie Geld in seinem Zimmer finden, können Sie es natürlich behalten«, meinte Elli und musterte abwechselnd das Mädchen und dessen Mutter. Das Mädchen schien sie zu mögen. »Die Polizei hat aber schon alles durchsucht und nichts gefunden.«

Die beiden verließen zögernd die Küche und gingen in Horsts Zimmer. Meine Koffer standen noch im Gang. Ich hatte ja noch keine Zeit zum Auspacken gehabt.

Frau Lang und ihre Tochter durchstöberten eine Weile das gesamte verbliebene Inventar, vor allem Bett und Matratze. Doch sie fanden nichts. Es hätte mich auch gewundert, nachdem die Polizei und der Reinigungsdienst bereits alles auf den Kopf gestellt hatten.

»Ihr habt das Geld verschwinden lassen!«, stieß Frau Lang hervor, nachdem sie die Suche beendet hatte und wieder in der Küche aufgetaucht war. »Du und dein sauberer Vater! Aber so einfach kommt ihr mir nicht davon!«

Sie nahm ihre Tochter bei der Hand und verließ grußlos die Wohnung.

»Jetzt kannst du einziehen«, meinte Elli kühl und rollte in ihr Zimmer, das neben der Küche lag. Es war das größte in der geräumigen Dreizimmerwohnung.

Ich hatte ein blödes Gefühl, als ich alleine mit meinen Koffern in der neuen Bleibe stand. Doch nichts mehr erinnerte an Horst. Alle seine persönlichen Dinge waren aus dem Zimmer geschafft worden. Das Bett war frisch bezogen, der Schrank ausgeräumt und geputzt. Im ganzen Raum stank es nach Reinigungsmitteln, also öffnete ich das

46

Fenster. Ich musste es aber bald wieder schließen, denn der Wind drehte und blies den kalten Regen ins Zimmer.

Nun richtete ich mich ein, was gleich passiert war. Zunächst installierte ich den Plattenspieler mit den kleinen Boxen und legte meine letzte Neuerwerbung auf den Plattenteller. Zu den Klängen von Jethro Tull erledigte ich den Rest: Die Bücher stellte ich auf den Boden neben den Schreibtisch, die Wäsche kam in den Schrank und das Waschzeug ins Nachtkästchen – fertig. Anschließend war ich hundemüde, legte mich aufs Bett und schlief sofort ein.

Als ich wieder aufwachte, brannte kein Licht mehr im Zimmer. Wahrscheinlich hatte Elli es gelöscht.

Ich wischte mir den Schlaf aus den Augen, schüttelte den Kopf und überlegte, wie lange ich wohl geschlafen haben mochte. Fünf Minuten? Eine Stunde? Oder zwei? Jedenfalls war es inzwischen stockdunkel draußen. Ich suchte den Schalter des Nachttischlämpchens, fand ihn und schaltete es an. Dann richtete ich mich auf, schwang die Beine aus dem Bett und schaute mich in meinem neuen Reich um. Jetzt, wo ich ausgeschlafen war, gefiel es mir bestens.

In meinem bisherigen Leben hatte ich mein Zimmer immer mit jemandem teilen müssen. Als Kind mit meinem älteren Bruder, im Internat mit mindestens einem Dutzend Mitschülern, bei der Bundeswehr mit den Kameraden und im Studentenheim mit dem stinkenden Reinfried.

Jetzt hatte ich endlich eine eigene Bude, und Karin konnte so oft kommen und so lange bleiben, wie sie wollte. Diese Aussicht machte es mir leicht, die Erinnerung an Horst zur Seite zu schieben. Ich hatte ihm nichts getan, und es half ihm nicht mehr, wenn ich mich in diesem Raum schlecht fühlte.

Ich öffnete die Tür und sah auf den Gang. Das Licht brannte, doch es war kein Geräusch zu hören.

Ich rief Ellis Namen nach links in Richtung Küche, dann nach rechts, wo ihr Zimmer lag. – Nichts.

Seltsam, dachte ich. Sicher hatte sie mal wieder aufs Klo müssen. Im Notfall schaffte sie es zwar auch alleine, aber es war ihr lieber, wenn ihr jemand dabei half und sie vom Rollstuhl auf die Klobrille hob.

Ich ging zu ihrem Zimmer und rief erneut ihren Namen, diesmal lauter. – Nichts. Schließlich klopfte ich, erst vorsichtig, dann mit Nachdruck. Ich lauschte auf eine Antwort. – Nichts!

»Verdammt«, dachte ich. »Es wird doch nichts passiert sein.«

Gestern Abend war Horst erschlagen worden, und heute …

Ich riss die Tür auf und stürmte hinein.

Der Raum war leer: Keine Elli, kein Rollstuhl, nichts. Ich spürte, wie Panik in mir aufstieg. Ich hätte auf sie aufpassen müssen, das war meine Aufgabe. Stattdessen hatte ich geschlafen. Jetzt war Elli verschwunden. Sie kann sich doch nicht wehren, fuhr es mir durch den Kopf. Eine kalte Faust drückte mir in den Magen. Nicht einmal stehen konnte sie. Geschweige denn weglaufen.

Ich rannte auf den Gang und wieder zurück in die Küche. Alles leer und nirgends ein Geräusch. Auch kein Zettel, auf dem stand, dass sie ausgegangen wäre.

Schließlich bemerkte ich einen matten Lichtstrahl, der unter der Wohnzimmertür auf den Gangboden kroch. Ich riss die Tür auf und fühlte mich plötzlich in einer anderen Welt.

48

Im Raum herrschte vollkommene Stille. Ellis Rollstuhl stand mit dem Rücken zu mir, sodass sie mich nicht sehen konnte. Der Plattenspieler lief, und Elli hatte den Kopfhörer über den Ohren. Die dicken Locken quollen darunter hervor. Ich trat näher, doch sie bemerkte mich nicht, denn sie hielt die Augen geschlossen. Zuckende Bewegungen an Stirn, Wangen und Mundpartie spiegelten die Musik wider, ihre Schultern und Arme bewegten sich im Rhythmus. Ich schaute auf die Plattenhülle, die am rechten Rad ihres Rollstuhls lehnte: David Bowie – Diamond Dogs.

Elli hörte Musik wie die meisten Abende. Und sie tanzte dazu. Bloß dass die Beine ihr dabei nicht mehr helfen konnten.

Über dem hellen Flecken an der Wand hing nun ein Poster von Bowie. Wahrscheinlich hatte Ellis Vater ihr heute Nachmittag geholfen, es aufzuhängen.

3

*Mein Leib ist umgeben von Maden
und Krusten aus Staub,
meine Haut schrumpelt und nässt.
Meine Tage eilen schneller vorüber als ein Weberschifflein
und schwinden dahin ohne Hoffnung.*

(Hiob)

Mittwoch

Ich wachte früh auf und war froh, allein in einem breiten Bett zu liegen. Dieses Bett stand ganz alleine in einem großen Raum, der nur mir zur Verfügung stand. Herrlich!

Nachdem ich mich ausreichend an meinem neuen Luxus erfreut hatte, sah ich nach Elli. Sie schlief noch. Also nahm ich Geld aus der Haushaltskasse und ging zum Bäcker, um frische Semmeln und Brezen zu holen. Wieder daheim, kochte ich Kaffee und schaute im Sportteil der Tageszeitung, wie es um die Löwen stand. Vielleicht schafften sie diese Saison endlich den Aufstieg in die Bundesliga.

Kurz vor acht kam Ellis Vater vorbei, um mit seiner Tochter zu frühstücken.

Zu mir war er genauso unverbindlich wie tags zuvor, doch immer noch traute ich seinem breit grinsenden Mund und dem gehusteten Lachen nicht über den Weg. Ich musste an das denken, was Elli über ihn gesagt hatte, und beobachtete genau, wie er mit ihr umging, wie er ihr bei jeder sich bietenden Gelegenheit über die Haare strich und sie zum Abschied auf die linke Wange und dann auf die Stirn küsste. Seine Bewegungen strotzten vor Selbstsicherheit, und er streute scheinbar mühelos kleine Scherze in seine Monologe. Doch seine zur Schau gestellte Fürsorge ging mir an diesem zweiten Tag schon auf die Nerven. Elli ließ es über sich ergehen wie eine Katze, die man streicheln darf, wenn sie etwas zu fressen bekommt.

Nachdem ihr Vater wieder verschwunden war, erklärte sie, sie werde heute die Vorlesung schwänzen. Schließlich müsse sie sich von den Strapazen der letzten beiden Tage erholen.

Ich richtete meine Unterlagen her, versprach Elli, für sie mitzuschreiben und in meinen freien Stunden nach ihr zu sehen. Dann brach ich auf.

Nach dem zweistündigen Platon-Seminar kehrte ich in die Wohnung zurück. Elli erwartete mich bereits.

»Gut, dass du kommst«, meinte sie knapp, und ich dachte zunächst, sie müsse dringend aufs Klo und würde gleich ins Bad fahren.

Doch sie blieb in der Küche sitzen, zündete sich eine Selbstgedrehte an, nahm mit Zeige- und Mittelfinger einen Zettel vom Tisch auf und schob ihn zu mir her.

Ich ahnte, dass mir nicht gefallen würde, was auf dem Zettel stand.

Meine Ahnung bestätigte sich, denn ich las:

Wenn du nicht willst, dass es noch einen Toten gibt, dann besorgst du 100 000 DM.

Keine Polizei!
Ort und Zeitpunkt der Übergabe bekommst du morgen.

Der Zettel war aus einem karierten Block gerissen. Die Druckbuchstaben waren mit blauem Kugelschreiber geschrieben, sie waren eckig und unregelmäßig. Wahrscheinlich stammte das Schreiben von einem Mann. Frauen schreiben runder.

Ich sah vom Brief auf in Ellis blasses Gesicht. Sie meinte, sie müsse jetzt aufs Klo.

Nachdem wir die Sache erledigt hatten, erzählte sie, dass jemand den Zettel unter der Tür durchgeschoben habe. Etwa vor einer Stunde.

»Und was hast du jetzt vor?«, fragte ich.

Die restlichen Vorlesungen waren natürlich gestorben.

Sie zuckte die Achseln. »Glaubst du, der Kerl meint es ernst?« Sie hob die Lider und sah mich prüfend an.

»Keine Ahnung.« Ich überlegte. »Du musst den Brief deinem Vater zeigen. Der ist Anwalt und kennt sich mit solchen Sachen aus.«

»Er ist nicht da«, entgegnete Elli, und ihre hellbraunen Augen wurden schmal. »Seine Sekretärin weiß nicht mal, wann er wiederkommt.«

»Dann würde ich zur Polizei gehen.«

»Nein!« Elli legte den Kopf zur Seite. »Dann kommt wieder dieser Hastreiter, und den kann ich nicht ausstehen.«

Ich brauchte nicht lange zu überlegen. Max wäre jetzt der Richtige gewesen. Er hätte uns weiterhelfen können.

»Ich habe einen Freund, der sich gut mit Kriminalfällen auskennt«, sagte ich. »Den könnte ich fragen, was er von der Geschichte hält.«

»Was ist das für ein Typ?«, wollte Elli nach einem kleinen Zaudern wissen und zündete sich eine Zigarette an.

»Ein Schulfreund«, erklärte ich. »Er ist nach dem Abitur ins Kloster gegangen.«

Elli hob die Augenbrauen, und ihre honigfarbenen Augen blitzten mich belustigt an: »Ein Pfaffenlehrling, der sich mit Mord und Totschlag beschäftigt. Interessant. – Wo findet man so jemanden?«

»In Heiligenbeuern. Ich kenne Max seit acht Jahren, wir waren in derselben Klasse. Er ist nach dem Abitur im Kloster geblieben, obwohl sein Vater eine Brauerei hat und er der einzige Sohn ist.«

»Ist er schwachsinnig?«, fragte Elli.

Ich musste lachen. »Dem Max kann man ja einiges nachsagen. Aber schwachsinnig ist er sicher nicht.« Ich überlegte eine passende Beschreibung. »Fast zwei Meter groß, blond, spitzes Kinn, große schiefe Nase und ein Mundwerk, wie es der heilige Benedikt für seine Ordensbrüder eigentlich nicht vorgesehen hat. Das ist der Max.«

»Wenn du willst, kannst du ihm die Sache erzählen«, meinte Elli nach kurzer Überlegung. »Außerdem wäre ich gerne ein paar Stunden allein.«

Wenig später saß ich auf meiner Kawasaki. Der Regen, der nun schon seit Tagen anhielt, hatte etwas nachgelassen, und ich brauste auf der Garmischer Autobahn Richtung Süden. Vorbei an Fürstenried, Hohenschäftlarn und Wolfratshausen. In Penzberg verließ ich die Autobahn und fuhr Richtung Osten nach Heiligenbeuern.

Als ich die hohen Türme der Klosterkirche sah, packte mich das schlechte Gewissen. Ich hatte Max seit drei Monaten nicht mehr besucht. Außer mir kam nur seine Mutter gelegentlich bei ihm vorbei, die ihm dann vorheulte, dass sein Vater wegen ihm zu viel trinke. Mit dem Betrieb würde es nicht mehr lange weitergehen. Es sei zu viel Arbeit für sie und ihren Mann. Sie wäre bereit, dem Kloster ein hübsches Sümmchen zukommen zu lassen, wenn Max endlich die Kutte auszöge und zu ihnen zurückkäme. Er könne sich ein hübsches Mädchen suchen und mit ihr …

Jedes Mal erzählte mir Max von diesen Gesprächen, die ihm auf die Nerven gingen. Er könne ihr nicht helfen, er müsse seinen eigenen Weg gehen.

Auf keinen Fall wollte er zurück nach Wolfratshausen, die Wirtschaft betreiben, Bier brauen und die Liegenschaften verwalten.

Er wollte auch kein hübsches Mädchen heiraten. Nicht weil er plötzlich etwas gegen hübsche Mädchen habe, das nicht, sie interessierten ihn einfach nicht mehr. Warum, das wisse er auch nicht. Jedenfalls sei er nicht unglücklich darüber, sich nicht mehr von seinem Karl-Theodor tyrannisieren zu lassen. Das habe er lange genug getan. Die Nummer, dass ihn eine Schöne bloß ein wenig nett anlächeln müsse, um ihn nervös zu machen, sei vorüber. Gott sei Dank, wie er immer wieder betonte.

Nach zwei Semestern hatte er sein Studium abgebrochen. Während er den Theologieprofessoren im Jesuitenkolleg nicht abging, wie mir eine verlässliche Quelle versicherte, ärgerte sich sein Mathematikprofessor maßlos. Max war dessen bester Student gewesen, sodass man ihm schon während des zweiten Semesters nahelegte, später Assistent an diesem Lehrstuhl zu werden. Der Professor sah in Max ein mathematisches Naturtalent, eine echte Begabung. Aber mein alter Schulfreund wollte nicht mehr an die Uni.

Ich stellte die Maschine vor der Pforte ab, zog den Helm vom Kopf und sah mich um.

Den Anblick kannte ich: Die breite Treppe hinauf zur Pforte, die alte Blutbuche, die Bänke und die Völkerball spielenden Gymnasiasten. Es war gerade Freizeit. Einige Wurzler, wie man die Schüler aus den unteren Klassen hier nannte, stürmten heran und nahmen die Kawasaki in Augenschein. Ich versprach jedem eine Mordswatschn, der es wagen sollte, die Maschine anzurühren oder sich draufzusetzen. Dann ging ich die Pfortentreppe hinauf ins Kloster.

Der junge Pförtner meinte, Max sei wahrscheinlich in der Bibliothek. Ich wisse ja, wo das sei.

Ich ging die kalten Gänge entlang, und, wie jedes Mal in diesem Teil des Klosters, stieg mir der Geruch von Bohnerwachs in die Nase. Ich kannte kein anderes Gebäude, in dem es so roch wie in meiner ehemaligen Schule.

Vor der Bibliothek angekommen, holte ich tief Luft. Dann drückte ich die wuchtige Messingklinke und schob die schwere Tür auf.

Keine drei Meter von mir entfernt stand der rothaarige Pater Ignaz an seinem Pult und sah ärgerlich zu mir her. Er hasste es, in der Bibliothek gestört zu werden. Erst als er mich erkannte, flog ein scheues Lächeln über sein altes, faltiges Gesicht, und er kam zu mir her.

»Der Kaspar Spindler gibt sich die Ehre«, nuschelte er, und wir schüttelten uns die Hände. »Ich dachte schon, du

55

wärst gestorben oder ausgewandert, weil du dich gar nicht mehr hast blicken lassen.«

Ich merkte, wie ich errötete, denn der alte Pater hatte recht. Ich hätte wirklich öfter vorbeischauen können, auch bei ihm. Er hatte mir während meiner Schulzeit etliche Male geholfen, wenn eine Griechisch- oder Lateinschulaufgabe anstand. Nicht zuletzt wegen Pater Ignaz hatte ich mich zu einem recht guten Schüler in diesen Fächern entwickelt. Vielleicht war er sogar schuld, dass ich mich entschlossen hatte, die alten Sprachen zu studieren und Lehrer zu werden.

»Wahrscheinlich bist du aber nicht zu mir gekommen, sondern zu deinem alten Spezl, dem Max.« Jetzt legte er mir die knochige Hand auf die Schulter, zog mich etwas zu sich herunter und flüsterte mir ins Ohr: »Ich hab mich oft gefragt, was er bei uns will. Aber jetzt weiß ich es. Der Herrgott hat ihn geschickt.«

Er sprach sehr leise, und sein Atem roch aus dieser Entfernung nicht nach Rosenwasser. Beim Reden versprühte er zudem einen feinen Speichelregen. »In letzter Zeit half er oft dem Bruder Cellerar, dem Verwalter. Er fand heraus, dass die Dieselrechnungen viel zu hoch waren. In wenigen Minuten hatte er alles durchgerechnet und wusste, dass jemand Diesel klaute. Er hat sich also auf die Lauer gelegt und den Verwalter dabei erwischt, wie er Sprit in seinen Privatwagen pumpte. Darüber hinaus hat der Kerl noch einiges in seine eigene Tasche gewirtschaftet. Deshalb hatten wir so hohe Ausgaben. Der Abt hat den Mann natürlich gleich rausgeworfen.« Ignaz kicherte. »Und dann hat Bruder Max sich die Pachtverträge der einzelnen Liegenschaften durchgesehen. Damit wollte sich der Cellerar nie auseinandersetzen, eine ekelhafte und unchristliche Materie! Aber nicht für unseren Bruder Max. Der hat die Pachtpreise verglichen und mit einem Freund seines Vaters geredet, einem Immobilienverwalter. Dann sind die Pachten angepasst worden. Seitdem sprudeln die Einnahmen, und ich kann meine Bibliothek endlich so ergänzen, wie ich es schon immer wollte.«

Er schob mich vor ein Bücherregal und deutete stolz auf eine Reihe neuer Bände.

»Wo ist er?«, fragte ich.

»Da hinten. Er lernt Italienisch.« Ignaz lächelte und zeigte dabei eine Reihe unterschiedlich schlechter Zähne. Dann deutete er in den Teil der Bibliothek, in dem die englische, italienische und sonstige neusprachliche Lektüre stand, und nahm die Hand von meiner Schulter. Hiermit war ich entlassen.

Nach wenigen Schritten sah ich Max. Seine ewig lange Gestalt lehnte an einem Stehpult.

Er hatte sich verändert. Er war so schlank geworden, dass er bei seiner Größe beinahe zerbrechlich wirkte. Die rotblonden Haare waren jetzt kurz geschnitten. Bei meinem letzten Besuch waren sie ihm noch über die Schultern gefallen.

»Was ist mit deinen Haaren?« war das Erste, was mir ob dieser Entdeckung einfiel.

»Sie haben mich genervt, und ich habe sie abschneiden lassen.« Ohne Zögern verließ er seinen Platz, kam auf mich zu und hielt mir seine Rechte entgegen.

»Lang hast du dich nicht blicken lassen«, sagte er ohne Vorwurf. Es war nur eine Feststellung.

»Ich hab immer noch Angst, dass ihr mich hier behaltet.«

Damit war die Begrüßungszeremonie abgeschlossen, und Max fragte, was mich hergetrieben hätte. Sicher war ich nicht grundlos gekommen, nicht mitten unter der Woche.

»Ich wollt mal sehen, wie's dir geht«, schwindelte ich und versuchte, ihm in die Augen zu schauen.

»Du lügst immer noch genauso schlecht wie früher.« Er lächelte milde. »Also rück schon raus. Warum bist du hier?«

»Können wir uns irgendwo alleine unterhalten?« Ich wollte nicht, dass Pater Ignaz oder sonst jemand hörte, was ich meinem Freund zu sagen hatte.

Max deutete mit dem Kinn Richtung Loisach. Auf den Spaziergängen durch die Auen hatten wir uns auch früher über die Dinge unterhalten, die sonst niemanden etwas angingen. Ohne Hast stellte er einige Bücher zurück an ihren Platz, anschließend verließen wir die Bibliothek. Dem jungen Pförtner erklärte er, wir würden spätestens zur Studierzeit zurück sein.

»Du willst nach Italien?«, fragte ich, als wir das Klostergeviert verlassen hatten.

»Ja, nach Rom.«

»Für länger?«

»Ein Jahr vielleicht.«

»Und wann geht's los?«

»Gleich kommende Woche, am Montag.« Max lächelte, doch es war nichts mehr da von seinem breiten, unverschämten Bubengrinsen. War er erwachsen geworden?

»Wird's dir hier zu langweilig?«

»Nein, der Abt hat mir dazu geraten.«

»Will er dich loswerden?«

Max schüttelte den Kopf. »Nach spätestens zwei Jahren als Novize in einem Benediktinerkloster muss man sich entscheiden. Entweder Profess – so nennt man das Gelöbnis, die nächsten drei Jahre im Kloster zu bleiben und die Regeln einzuhalten. Oder Abschied.«

»Aber du willst nichts versprechen?«

Max nickte.

»Warum?«

»Meine Mitbrüder sind schwer in Ordnung, ich möcht sie nicht anlügen und etwas ankündigen, das ich vielleicht nicht halten werde.« Max zupfte sich verlegen an der Nase. »Also bin ich zum Abt, und der hat mir empfohlen wegzugehen. – Irgendwohin, wo mich der Heilige Geist finden kann.«

»Deshalb nach Rom?«

»Nein, das hat andere Gründe.« Max zögerte einen Moment. »Die theologische Universität dort ist nicht besonders streng, und für angehende Geistliche gibt es jeden Tag zwei warme Mahlzeiten, dazu Frühstück und Nachmittagskaffee. Außerdem erwartet man dort wirklich das Erscheinen des Heiligen Geistes. Kennst du die Geschichte?«

Ich verneinte, und Max begann: »Man wollte im Himmel einen Betriebsausflug machen und sammelte Ideen. Der erste Vorschlag war Bethlehem. Doch Maria war dagegen, wegen der schlechten Hotels. – Man überlegte weiter, und jemand kam auf Jerusalem. Doch Jesus war nicht einverstanden, er habe dort sehr üble Erfahrungen gemacht. Geißelung, Kreuzigung und so weiter. – Der dritte Vorschlag hieß Rom, und der Heilige Geist war sofort Feuer und Flamme: ›Super Idee, da fahren wir hin! In Rom war ich noch nie!‹«

Ich lachte. Max' Witze mit religiösem Hintergrund waren seine besten.

59

»Warum bist du gekommen?«, fing er wieder an. »Willst du heiraten?«

Ich schüttelte den Kopf und begann, ihm vom toten Horst, von Kommissar Hastreiter, Elli und dem Erpresserbrief zu erzählen. Er unterbrach mich kein einziges Mal, obwohl ich in meinem Monolog kleine Pausen einlegte, um ihm die Gelegenheit dazu zu geben. Als ich fertig war, hatten wir die Loisach erreicht. Aufgrund des heftigen Regens in den letzten Tagen führte sie viel Wasser, und auf dem Kiesweg hatten sich schmutzige Lachen gebildet.

»Komische Geschichte.« Er biss sich auf die Unterlippe und überlegte eine Weile. »Komisch und gefährlich. – Du musst aufpassen, dass dir nix passiert«, brummte er, während er zugleich auf den Weg achtete und den vielen Pfützen auswich.

»Warum sollte mir was passieren?«

»Ein normaler Erpresser verlangt zuerst Geld. Falls er die Kohle nicht bekommt, macht er seine Drohungen möglicherweise wahr. Er zündet ein Haus an, entführt jemanden oder begeht von mir aus einen Mord. So läuft das normalerweise.« Sein schmaler Mund kräuselte sich. »Ich denke, ihr habt es mit einem völlig kranken Typen zu tun, der zuerst jemanden umbringt und erst dann seine Bedingungen stellt.«

Eine Weile gingen wir schweigend nebeneinander.

»Der Kerl ist völlig unberechenbar!« Max hielt plötzlich inne. »Es ist sehr schwer vorherzusagen, was dieser Mensch noch vorhat. Auf jeden Fall würde ich versuchen, das Geld aufzutreiben und es ihm zu geben. Dann ist erst mal Ruhe.« Max zögerte. »Doch wenn dieser Geisteskranke den Druck noch einmal erhöhen möchte, weil er das Geld

60

nicht gekriegt hat oder noch einen Nachschlag möchte, dann wird er nicht der Elli ans Leder gehen, sondern …« Er beendete den Satz nicht. »Elli ist die Kuh, die Milch gibt. Eine solche Kuh schlachtet man nicht.«

»Was heißt das?«, wollte ich wissen. Plötzlich hatte ich ein ungutes Gefühl.

»Viel eher wird jemandem aus Ellis Umgebung etwas zustoßen. Dir zum Beispiel.« Max saugte an seiner Unterlippe, wie er es immer tat, wenn er scharf überlegte.

Dann sagte er tonlos: »Geh zur Polizei, dort gibt es Spezialisten. Vielleicht können sie den Erpresser bei der Geldübergabe schnappen. Besonders intelligent kann er nicht sein, wenn er sein Briefchen selbst schreibt und persönlich in der Wohnung des Opfers vorbeibringt. Er muss doch damit rechnen, dass seine Schrift identifiziert wird. Oder dass er im Hausgang gesehen wird, während er den Erpresserbrief unter der Tür durchschiebt.« Max musterte mich kopfschüttelnd, als ob ich es gewesen wäre, der einen Fehler gemacht hatte: »Unprofessionell, sehr unprofessionell!«

»Das ist ja schon mal beruhigend«, meinte ich. Ein dummer Erpresser schien mir weniger gefährlich als ein gerissener.

Max musterte mich daraufhin genauso überheblich, wie er es früher schon gemacht hatte, wenn er auf der Jagd nach dem Täter einen entscheidenden Schritt vorwärtsgekommen war und ich immer noch keine Ahnung hatte, wer es gewesen sein könnte.

»Ich hab's lieber mit intelligenten Verbrechern zu tun«, erklärte er mit hochgezogenen Augenbrauen. »Da weiß man, wie man dran ist. Die Blöden sind unberechenbar.«

61

Max hob einen Stein auf und warf ihn mit ernstem Gesicht ins Wasser.

»Warum bist du eigentlich hierher gekommen und nicht gleich zur Polizei?« Er drehte mir den Kopf zu.

»Ich wollt deine Meinung hören. Ich kenn niemanden, der so viel über Verbrechen weiß wie du. Mit der Polizei haben wir ja nicht bloß gute Erfahrungen gemacht, oder?«

Max nickte versonnen, bückte sich und hob mehrere Steine auf. Die schaute er einen Augenblick an, bevor er den ersten warf.

»Die Angelegenheit ist gefährlich, Kaspar. Ich warne dich«, sagte er plötzlich, ohne mich anzusehen.

»Gefährlich für wen?« Der Druck in meinem Magen wurde stärker.

»Für dich!« Max warf den nächsten Stein. »Für das Mädchen nicht. Wenn der Mörder sie hätte umbringen wollen, wäre sie schon seit Montagabend tot. – Der Täter hat einen kräftigen jungen Mann erledigt. Eine Frau im Rollstuhl mit einem Kopfhörer auf den Ohren wäre kein Problem für ihn gewesen. Ein Schlag und fertig.« Da war er wieder, dieser arrogante Unterton, den Max anschlug, wenn er sich überlegen fühlte.

»Aber ich hab doch mit der Sache nix zu tun«, erklärte ich. »Seit ein paar Tagen wohne ich bei der Elli, mach Kaffee und heb sie mehrmals am Tag aufs Klo oder ins Bett. Mehr nicht.«

»Hatte der Horst mit der Sache zu tun?« Wieder traf mich sein überheblicher Blick. »Der liegt jetzt aber in der Pathologie, wo du sicher noch nicht hinmöchtest. Vielleicht gibt es einen Brief, den dir die Elli verschwiegen hat.« Plötzlich bekam Max einen hilflosen Gesichtsausdruck.

62

»Ich kapier die Zusammenhänge nicht. Aber schließlich kenn ich die Geschichte nur aus deiner Warte. Und deine Wahrnehmungen waren immer schon äußerst löchrig, was kriminalistische Details angeht.«

»Vielen Dank, Herr Oberlehrer!«

»Jetzt sei doch nicht gleich beleidigt, bloß weil ich ehrlich bin.«

Zurück im Kloster, gingen wir zu meinem Motorrad. Max schaute es mit traurigen Augen an, dann fuhr er mit der Hand mehrmals über den Tank.

Er hatte mir die Maschine geschenkt, bevor er in den Konvent eingetreten war. Nun hätte er gerne eine Runde mit der Kawasaki gedreht, das sah ich ihm an.

»Ich muss gehen«, meinte er mit dünner Stimme. »Die Studierzeit beginnt in fünf Minuten.« Er streckte mir die Hand entgegen. »Pass auf dich auf!«

Er wandte sich ab und eilte mit langen Schritten die Pfortentreppe hinauf, wobei er immer zwei Stufen auf einmal nahm. Wie früher. Vor dem schweren Tor blieb er stehen und sah zu mir herunter. Seine Stirn lag in Falten. Er hatte Sorgen.

Zum ersten Mal hatte ich den Eindruck, dass ihm das Klosterleben nicht guttat.

Er war so mager und blass. Die letzten Male hatte er besser ausgesehen und immer witzige Geschichten über die Schrullen seiner Mitbrüder erzählt.

Zurück in der Kaulbachstraße, erzählte ich Elli, dass Max Angst hätte, mir könnte etwas zustoßen.

»Wieso?« Ellis Gesicht wurde spitz.

»Weil kein normaler Erpresser jemanden umbringt und danach erst seine Bedingungen stellt«, zitierte ich meinen Freund.

Sie überlegte, und ihre Augen verfinsterten sich.

»Ist dein Papa schon da?«, fragte ich, während ich das Kaffeewasser auf den Herd stellte.

Sie schüttelte den Kopf.

»Wann warst du drüben?«

»Kurz nach Mittag.«

»Und jetzt ist es vier.«

Sie nickte.

Wie konnte sie bloß so träge rumsitzen, während ihr jemand an den Kragen wollte, wenn sie nicht in Kürze 100 000 Mark auftrieb. Die Zeit drängte, um das Geld zu besorgen. Dieser Erpresser ging über Leichen.

»Wir haben keine Zeit zu verlieren. Dein Vater muss dir das Geld besorgen!«, forderte ich. »Außerdem soll er die Polizei einschalten. Der Erpresser könnte blöd genug sein, sich bei der Geldübergabe erwischen zu lassen, meint Max.«

»Wie kommt dein Freund darauf, dass der Kerl dumm ist?«, wollte Elli wissen.

Ich erklärte, dass nur ein blöder Erpresser den Brief mit der Hand schreibt und ihn anschließend selbst bei seinem Opfer abgibt. Schließlich riskiert er, dabei gesehen zu werden.

Elli wiegte ihren Kopf mehrmals hin und her. »Möglicherweise hast du recht. Komm, wir gehen zu meinem Vater.«

Wenige Augenblicke später standen wir vor der Tür zur Kanzlei Guthor. Ich klingelte, und unmittelbar darauf summte der Türöffner. Wie beim Zahnarzt, dachte ich. Mit Rechtsanwälten hatte ich noch nie zu tun gehabt. Auf dunklem Parkettboden ging es einige Meter bis zum Empfang, an dem uns eine äußerst attraktive Brünette entgegenlächelte.

»Schön, dass Sie uns mal wieder besuchen, Fräulein Lisbeth«, säuselte die junge Dame und zeigte uns große Teile ihres perfekten Gebisses.

»Sagen Sie nie wieder Fräulein Lisbeth zu mir, Sie Schmuckstück!«, fauchte Elli die schöne Frau an. »Entweder Elli oder Frau Guthor! Haben Sie das kapiert?«

Das Schmuckstück riss die Augen auf, als wäre sie beim Klauen erwischt worden. Dann kam ein kurzer, feindseliger Blick, und schließlich meinte sie spröde, Herr Guthor sei momentan nicht zu sprechen. Vielleicht in ein, zwei Stunden.

»Wenn ich ihm erzähle, weswegen wir hier sind, wird er sich Zeit für uns nehmen«, raunzte Elli. Dann warf sie mir einen entschlossenen Blick zu, als hätte sie vor, die Bank von England zu überfallen. Auf dem Weg zur Tür am Ende des Gangs richtete sie sich in ihrem Rollstuhl auf und hielt den Kopf in die Höhe gereckt wie die Königin von Saba beim Einzug in Jerusalem.

An der imposanten Eichentür stand in schlichten goldenen Lettern: *Dr. Friedhelm Guthor, Anwalt.*

Elli klopfte.

»Ich will nicht gestört werden!«, hörte ich Guthors sonore Stimme gedämpft und mit einem ärgerlichen Unterton, den ich von seinen Besuchen in Ellis Wohnung nicht kannte.

Elli war das egal. Sie drückte die Klinke und stieß die Tür auf. Geräuschlos rollte sie in den mit einem dunkelblauen Teppichboden ausgelegten Raum, in dem Herr Guthor zusammen mit einem etwa sechzig Jahre alten, gut gekleideten Herrn an einem kleinen Tischchen saß. Beide hatten ein breites, dickwandiges Glas mit hellbraunem Inhalt vor sich.

Aus amerikanischen Gangsterfilmen wusste ich, dass man aus solchen Gläsern Whiskey trinkt.

»Was machst du denn hier, mein Liebling?« Guthor erhob sich und bedachte uns mit seinem elenden Lächeln, bei dem er den breiten Mund so weit auseinanderzog, dass die Mundwinkel beinahe bis zu den Ohren reichten.

Doch unser Besuch passte ihm nicht in den Kram, ich hörte es an seiner Stimme.

Der andere Mann hatte sich zu uns hergedreht, nickte als Zeichen des Grußes, blieb aber sitzen.

»Papa, ich muss mit dir reden.« Elli räusperte sich. »Sofort!«

»Das geht jetzt schlecht.« Guthor machte eine Geste zu seinem Gast hin. »Ganz schlecht. Du siehst selbst, dass ich gerade …«

»Keine Probleme«, sagte der dunkelhaarige Herr, er war offensichtlich Italiener. »Die Familia ist immer die Wichtigste. Importantissima.« Nun stand er auf. »Ich muss noch besorgen einige Sachen fur Freunde. Weiße Wurste und andere cose. Scusatemi.«

Mit kleinen, flinken Schritten trippelte er zu der Garderobe neben der Eingangstür, nahm Hut, Stock und Mantel und verließ mit einer angedeuteten Verbeugung den Raum.

Wenige Sekunden herrschte völlige Stille.

»Was gibt's?«, fragte Guthor schließlich, schluckte seinen Ärger hinunter und lächelte mechanisch.

Konnte der Kerl nicht einmal dann sein dämliches Grinsen abstellen, wenn er offensichtlich gestört worden war?

Elli erläuterte in knappen Worten den Grund unseres Kommens und hielt ihm den Brief hin.

Guthor überflog den Zettel zunächst, um ihn dann ein zweites Mal genauer durchzulesen, was wesentlich länger dauerte. Währenddessen zogen sich seine breiten Lippen zusammen – und wirklich: Das Lächeln war ganz aus seinem Gesicht verschwunden.

»Den Drecksack kriegen wir!« Er erhob sich, ging hinter seinen Schreibtisch und ließ sich in den mächtigen Bürosessel fallen. »Natürlich werden wir zum Schein auf die Sache eingehen. Aber den Kerl schnappen wir uns. Darauf kannst du dich verlassen.«

Er beugte sich vor, nahm den Telefonhörer in die Hand, besann sich jedoch eines Besseren und legte ihn wieder auf die Gabel. »Hast du schon mit der Polizei geredet?«

Elli verneinte.

»Gut. Dann werde ich alles Nötige veranlassen. Ich muss zunächst einige Telefonate führen. Anschließend sprechen wir uns wieder.« Er legte den Zeigefinger auf die Lippen. »Geh inzwischen zurück in deine Wohnung. Und kein Wort zu niemandem!«

»Ich kann nicht mehr gehen«, flüsterte Elli und drehte den Rollstuhl abrupt Richtung Ausgangstür. Dann stieß sie ihn vorwärts, um den Raum möglichst schnell zu verlassen.

»Entschuldige, Liebling«, rief Guthor ihr hinterher, er war aufgesprungen. »Entschuldige! Ich habe für einen Augenblick nicht daran gedacht.«

Zurück in ihrer Wohnung, verdrückte sich Elli sofort in ihr Zimmer und lernte Griechischvokabeln. Das tat sie immer, wenn sie schlecht gelaunt war.

Gegen Abend kam ihr Vater, er hatte das Geld aufgetrieben. Außerdem habe er mit dem Polizeichef und Hauptkommissar Hastreiter gesprochen. Der wollte morgen Früh vorbeikommen.

Elli war den ganzen Abend nervös. Sie schaltete den Fernseher im Wohnzimmer ein, was sie sonst nie tat, und gaffte stundenlang in den Kasten: Ein Politmagazin nach dem anderen. Dazu rauchte sie ununterbrochen und war unausstehlich.

Die Themen der Sendungen waren nicht viel optimistischer als unsere Stimmung. Die Entführung der Lufthansa-Maschine ›Landshut‹ und die Ermordung von Hanns Martin Schleyer durch die RAF lag erst ein paar Wochen zurück, und die stete Angst vor neuen Terroranschlägen lähmte das Land. Man sah die Furcht in den Augen der Politiker und Wirtschaftsbosse. Daran hatte auch Mogadischu nichts geändert.

4

Der Erdenmensch, vom Weib geboren,
an Tagen arm und unruhvoll,
geht gleich der Blume auf und welkt,
flieht wie ein Schatten und besteht nicht lang.

(Hiob)

Donnerstag

Mit der Post um neun kam ein Brief ohne Absender. Elli las ihn am Küchentisch laut vor:

Pack das Geld in Zeitungspapier und leg zwei große Steine in die Tasche, damit sie nicht unter den Zug fliegt.

Nimm die S 10 um 17.32 Uhr nach Wolfratshausen, letzter Waggon. Wenn in Fahrtrichtung rechts eine Taschenlampe dreimal aufblinkt, wirfst du das Geld aus dem Fenster. Keine Polizei, keine nummerierten Scheine! Sonst geht's dir wie dem Horst.

Wenig später waren Ellis Vater und Hauptkommissar Hastreiter da. Beide machten besorgte Gesichter.

»Wir werden auf die Forderungen des Mannes eingehen«, sagte Hastreiter knapp, nachdem er den Brief eingehend studiert hatte.

»Woher wissen Sie, dass es sich um einen Mann handelt?«, fragte Guthor.

»Fast alle Erpresser sind Männer. Außerdem sprechen die abgehackten Druckbuchstaben dafür, mit denen der Brief geschrieben ist. Eine Frau schreibt anders«, erklärte der Polizist und erläuterte nun seinen Plan. »Wir lassen uns auf die Forderungen ein. Sie –«, er zeigte auf Elli, »Sie steigen zusammen mit Herrn Spindler in den Zug. Dort nehmen Sie einen Fensterplatz in Fahrtrichtung rechts. Ein Beamter in Zivil bleibt in Ihrer Nähe. Wenn jemand das Lichtsignal sieht, wirft Herr Spindler die Tasche mit dem Geld aus dem Fenster. Das Weitere erledigen wir.«

»Was heißt das?«, wollte Elli wissen.

»An jedem Bahnhof sind Polizisten, die sofort mit der Suche nach dem Täter beginnen können. Außerdem sind eine Hundestaffel und SEK-Beamte im Zug.«

»Spezialeinheit?«, fragte ich.

»Genau. Sie werden an der nächsten Station aussteigen und sich den Kerl schnappen.«

»Und wenn sie den oder die Täter nicht schnappen?«, fragte Elli mit einem spöttischen Zug um die Mundwinkel.

»Das wird nicht passieren«, meinte Hastreiter und richtete sich im Stuhl auf.

»Woher der Optimismus?« Guthor sah den Mann an und kratzte sich am Kinn.

»Ich wäre ein schlechter Jagdhund, wenn ich auch nur einen Gedanken an einen Misserfolg verschwenden würde.« Hastreiter erhob sich und nickte jedem zum Abschied zu. Dann verließ er eilig die Wohnung.

»Der kann leicht optimistisch sein«, nörgelte der Anwalt. »Schließlich ist es nicht sein Geld!«

Nachdem auch Guthor gegangen war, verpackten Elli und ich die gebündelten Geldscheine zu einem großen Paket. Das war aufregend. Noch nie hatte ich einen solchen Haufen Geld gesehen, geschweige denn in Händen gehalten. Wir verstauten das Paket zusammen mit zwei großen Steinen aus dem Englischen Garten in Ellis altem Schulranzen.

Sie hatte darauf bestanden, die Scheine selbst einzupacken, um sich an den Umgang mit einer so großen Summe zu gewöhnen. Ihr Vater hatte nichts dagegen gehabt.

Um für das Folgende gestärkt zu sein, holte ich zum verspäteten Mittagessen eine Pizza. Elli hatte von den hunderttausend Mark fünf Hundertmarkscheine für sich abgezweigt. Sie fand 0,5 Prozent Skonto in Ordnung. Zumal wir prompt zahlten.

Zur vereinbarten Stunde kam Herr Guthor, und wir fuhren in Ellis VW-Bus zusammen zum Bahnhof. Der gelbe Bus mit dem Peace-Zeichen auf der Frontseite war extra für sie umgebaut, die hinteren Sitzbänke fehlten. Auf Edelstahlschienen konnte man sie auf ihrem Rollstuhl durch die Seitentür in das Fahrzeug hineinschieben. Dort wurden die Räder ihres fahrbaren Untersatzes in einer Haltevorrichtung gesichert. Etwas wackelig war die Sache aber doch. Der Schwerpunkt lag einfach zu hoch, und wenn der Fahrer abrupt bremste, konnte Elli leicht umkippen.

»Vielleicht wäre es besser gewesen, die Polizei aus der Sache herauszulassen«, meinte Elli auf halber Strecke und drückte den Ranzen fest an die Brust. Ihr schien gar nicht mehr wohl bei der Sache.

Guthor war anderer Ansicht. Er meinte, Erpresser hätten keinen Ehrenkodex. Sobald man einmal zahle, würde man immer wieder zur Kasse gebeten. Erst wenn der Verbrecher im Knast säße, sei Ruhe. Er hatte am Vorabend ausführlich mit dem Polizeipräsidenten über mögliche Vorgehensweisen gesprochen. Nach dessen Worten gebe es erfahrungsgemäß keine andere Möglichkeit, als scheinbar auf die Forderungen einzugehen, dem Erpresser aber gleichzeitig eine Falle zu stellen. Außerdem sei Hastreiter ein ausgemachter Fachmann für derartige Unternehmungen.

Pünktlich erreichten wir den Hauptbahnhof. Wortlos schob ich Elli vom Parkplatz zum Bahnsteig. Ein freundlicher Schaffner half mir, Elli in den Zug zu heben. Dann suchten wir im letzten Wagen einen Platz in Fahrtrichtung rechts. Ein junger Mann zeigte uns kurz nach dem Einsteigen stumm seine Polizeimarke und setzte sich in unser Abteil, tat aber so, als würde er uns nicht kennen.

Der Zug fuhr los. Elli presste mit der Rechten den alten Lederranzen auf ihren Schoß. Wegen der Kälte hatte sie eine dicke Wolldecke über den Beinen. An deren Fransen nestelte sie mit den Fingern der linken Hand ständig herum, während sie aus dem Fenster starrte.

»Das klappt schon«, versuchte ich sie zu beruhigen.

»Hoffentlich«, gab Elli zurück, ohne mich anzusehen.

Mir schlug das Herz bis zum Hals. Max hatte angedeutet, ich wäre möglicherweise die nächste Zielscheibe, falls etwas schiefgehen sollte.

Die Zeit verrann, wir passierten eine Haltestelle nach der anderen, und nichts geschah. Kein Lichtsignal. Absolut nichts.

Es fiel mir immer schwerer, in das Dunkel hinauszustarren und darauf zu achten, ob irgendwo da draußen eine Taschenlampe aufleuchtete. Auch der junge Beamte wurde von Station zu Station unruhiger. Man sah es an seinem blassen Gesicht, das immer mehr rote Flecken aufwies. Wir saßen im Raucherabteil, er und Elli rauchten eine Zigarette nach der anderen, und schließlich stank es wie in einem begehbaren Aschenbecher.

Niemand sagte ein Wort, und ich überlegte, was passieren würde, falls die Taschenlampe nicht aufleuchtete.

Oder schlimmer noch: wenn wir sie übersehen sollten? Würde der Erpresser noch einmal schreiben oder gleich zuschlagen?

Bis zur vorletzten Haltestelle in Icking war nichts gewesen. Die Spannung war kaum noch zu ertragen. Das Abteil hatte sich während der Fahrt geleert. Es saßen nur mehr die Leute im Zug, die nach Wolfratshausen wollten. Langsam schlich die S-Bahn vom Rand des Isartals hinunter nach Wolfratshausen, unserer letzten Station.

»Da war das Licht!«, stieß Elli plötzlich hervor. »Dreimal hat es geblinkt. Ich hab's genau gesehen.« Sie packte den Ranzen und drückte ihn mir in die Hand. »Los, schmeiß ihn raus! Sofort!«

»Bist du sicher?« Ich hatte für einen Augenblick nicht aufgepasst.

»Ja!«, fuhr Elli mich an. »Schmeiß das Ding raus. Mach schon!«

Ich sprang auf und öffnete das Fenster. Dann schleuderte ich den Lederranzen möglichst weit in die Nacht, damit er nicht vom Zug erfasst wurde. Anschließend setzte ich mich schwer atmend wieder hin. Ich hatte das befremdliche Gefühl, gerade ein Vermögen weggeworfen zu haben.

Der junge Beamte war ebenfalls aufgesprungen und raunte nun einige Befehle in das Funkgerät, das er aus seiner Aktentasche gezogen hatte. Die wenigen Leute im Abteil wunderten sich über den Trubel.

Laut dem, was Hastreiter am Vormittag erklärt hatte, würden nun Polizisten des SEK und der Hundestaffel von Icking und Wolfratshausen aus versuchen, möglichst schnell zu der Stelle zu gelangen, wo ich das Geld aus dem Zug geworfen hatte. Der Ort am steilen Isarufer war von dem Erpresser sehr gut gewählt. Wahrscheinlich war es der beste Platz zwischen München und Wolfratshausen. Hier gab es keine Straßen, und der Täter konnte schnell in Richtung Isar verschwinden.

Auf dem Bahnsteig in Wolfratshausen wartete Ellis Vater. Neben ihm standen zwei Polizisten in Zivil, die nicht grüßten und versuchten, möglichst gefährlich auszusehen. Elli ließ sich umgehend in die Bahnhofswirtschaft schieben und bestellte einen doppelten Kirschgeist. Ich konnte auch einen vertragen. Ellis Vater zahlte.

Nun ging es zur Polizeistation am Untermarkt, wo ich mit Max vor einigen Jahren beinahe eingesperrt worden wäre. Dort bot man uns etwas Warmes zu trinken an.

Nach gut zwei Stunden kam Hastreiter zusammen mit dem jungen Kollegen aus dem Zug ins Revier. Die beiden schauten aus wie Kinder, die einen verregneten Tag beim Spielen im Freien verbracht hatten. Ihre Kleidung war lehmverschmiert, die Schuhe starrten vor Dreck, und sie schauten drein, als hätte ihnen ein böser Nachbarsjunge zu guter Letzt noch ihr Spielzeugauto kaputt gemacht.

»Was ist passiert?«, raunzte Guthor, noch bevor sich die Polizisten etwas Trockenes anziehen oder sich hinsetzen konnten. »Wo ist mein Geld?«

Hastreiter hob die Schultern. »Weg.« Er versuchte mehrmals vergeblich, dem gut gekleideten Anwalt in die Augen zu sehen. »Den Ranzen haben wir gefunden. Aber anstatt des Geldes war ein Buch drin.«

»Ein Buch?«, wunderte ich mich.

Der junge Mann nickte, und Hastreiter fügte gequält hinzu: »Ein Band über ungeklärte Kriminalfälle.«

Guthor starrte ihn an, dann polterte er los: »Wollen Sie damit etwa sagen, dass der Dreckskerl mit meinem Geld verschwunden ist und uns verhöhnt, indem er uns ein geschmackloses Pamphlet zurücklässt? Und das, obwohl die gesamte Bahnstrecke bewacht war?« Sein breiter Mund zog sich zu einem runden, fleischfarbenen Gebilde zusammen.

»Wir haben ihn …« Hastreiter unterbrach den Satz und begann erneut mit denselben Worten. »Wir haben ihn möglicherweise unterschätzt. Aber was hätten wir tun sollen, ohne die ganze Aktion zu gefährden. Der Täter ist unglaublich gerissen. Er hat das Geld aus dem Ranzen genommen, das Buch hineingesteckt und ist auf und davon. Aus irgendeinem Grund konnten die Hunde keine Fährte aufnehmen. Es ist wie verhext. Wenn sich der Kerl in der Gegend auskennt, haben wir kaum mehr eine Chance, ihn heute Nacht zu fassen.« Er fuhr sich mit der Rechten durch das dunkle, kurze Haar.

»Super.« Guthor ließ sich auf einen der verschlissenen Stühle in dem Polizeirevier fallen. »Also kann ich mein Geld abschreiben!«

Hastreiter hob die Achseln.

»Sei nicht traurig, Papa.« Elli versuchte ein kleines Lächeln. »Vielleicht ist es besser so. Hauptsache, wir haben jetzt endlich Ruhe.«

75

Guthor hob den Kopf und sah zu seiner Tochter hinüber. »Wie kann ich Ruhe haben, wenn mir ein Verbrecher hunderttausend Mark abpresst, ohne anschließend dafür zur Rechenschaft gezogen zu werden.«

Ich schaute in das vor Zorn entstellte Gesicht des Anwalts und musste an Max denken, der behauptete, alle Menschen würden mit einer Maske herumrennen wie in einer griechischen Tragödie. Nur selten ließen sie ihre Maske fallen. Dann müsse man genau hinschauen, denn in diesen kurzen Momenten könne man ihr wahres Gesicht erkennen. Wenn Max' Theorie stimmte, dann war Guthor ein von Geldgier getriebener Mensch. Nichts mehr in seinem verhärmten Gesicht erinnerte an die vermeintliche Lockerheit, mit der er jeden Morgen bei Elli auftauchte.

Max fehlte mir, gerade jetzt. Er hätte gewusst, was zu tun wäre. Sicher hatte der Täter einen Fehler gemacht, sicher war ihm irgendwie beizukommen. Doch von den Anwesenden schien mir niemand in der Lage, einen konstruktiven Gedanken zu fassen. Sie waren alle viel zu sehr mit sich selbst beschäftigt. Guthor mit dem Verlust seines Geldes und Hastreiter mit seinem Misserfolg.

Bloß Elli saß in ihrem Stuhl und führte von Zeit zu Zeit die Teetasse an ihren dunkelrot geschminkten Mund. Der Tee war inzwischen kalt geworden.

Herr Guthor war mit dem VW-Bus nach Wolfratshausen gekommen. Nun brachte er Elli und mich nach Hause. Während der Fahrt wurde kaum ein Wort gesprochen. Jeder machte sich seine Gedanken, und ich hätte zu gerne gewusst, was in den Köpfen der beiden vorging. In der Kaulbachstraße ließ er uns aussteigen. Er wollte schnell heim und seiner Frau erzählen, was passiert war.

Schließlich saß ich mit Elli wieder in der Küche.

»Jetzt ist das Geld weg«, begann sie plötzlich. »Und der Horst ist tot.«

Man beachte die Reihenfolge!

»Und seine Mutter bräuchte das Geld, um die Hypothek bezahlen zu können«, meinte ich.

»Vielleicht ist sie der Erpresser?« Elli warf mir einen schelmischen Blick zu.

»Genau«, bestätigte ich schmunzelnd. »Frau Lang ist die Verdächtige Nummer eins. Sicher ist sie mit ihrer Tochter im Schlepptau im Gebüsch neben dem Bahngleis gesessen.«

Über diese Möglichkeit brauchte man sich keine Gedanken zu machen. Nur ein junger, sportlicher Mensch war in der Lage, schnell von dem Abhang zu verschwinden, wo ich das Geld aus dem Zug geworfen hatte.

»Der Horst ist mit seiner Mutter nicht gut ausgekommen. Die zwei haben immer gestritten, wenn sie hier war.« Elli schaute traurig zum Küchenfenster. Der Regen hatte etwas nachgelassen. »Aber seine Schwester Eva hat er sehr geliebt. Vielleicht war sie der einzige Mensch, den Horst wirklich mochte. Für sie hätte er alles getan. Und anders herum war es genauso. Das Mädchen hing sehr an ihm. Manchmal ist sie über Nacht geblieben. Dann ist er schon früh ins Bett gegangen und hat ihr Geschichten vorgelesen. Immer dieselben Geschichten, darauf hat sie bestanden.«

»Warum immer dieselben Geschichten?«

»Sie ist Autistin. Hast du das nicht gemerkt? Autisten mögen keine Abwechslung.«

Jetzt wurde mir klar, warum sich das Mädchen so sonderbar benommen hatte. Ich hatte von Autismus gehört, wusste aber lediglich, dass es von *autós* kommt, was auf Griechisch »selbst« heißt.

»Eva war auch der Grund, warum Horst seine Schreinerlehre abbrach und mit Behinderten arbeiten wollte. Schon als er klein war, hat er Eva mehr geliebt als alles andere in der Welt. ›Man kann sie doch rumtragen und einfach lieb haben‹, hat er oft zu seinem Vater gesagt, wenn sich der über seine Tochter beschwerte.«

»Wie seid ihr beide eigentlich zusammengekommen, der Horst und du?«, fragte ich.

»Er hat mir gefallen, vom ersten Augenblick an. Und wie Oscar Wilde suche ich mir meine Freunde nach dem Aussehen und meine Feinde nach dem Verstand aus.« Elli zog eine Schnute. »Außerdem war er keiner von den Zivis, die meinen, sie hätten die Welt verbessert, wenn sie jemanden zweimal aufs Klo gehoben und ihm anschließend den Hintern ausgeputzt haben. Er war keiner von den Sozialärschen, denen du schon eine reinhauen könntest, wenn sie dich am Morgen zum ersten Mal huldvoll anlächeln. Ich hatte nie den Eindruck, dass ich ihm leidtue, weil ich im Rollstuhl sitze. Er hatte kein schlechtes Gewissen, dass er laufen konnte und ich nicht. – Er hatte die seltene Gabe, jeden Menschen so zu nehmen, wie er war. Auch seine Schwester. Er sagte mir einmal, sie sei das wunderbarste Wesen auf dieser Welt. So still und bescheiden und berechenbar. Vielleicht wäre sie unerträglich, wenn sie keine Behinderung hätte. Vielleicht wäre sie dann eine blöde Ziege und er könnte nichts anfangen mit ihr.«

Es entstand eine Pause.

Dann wiederholte ich meine Frage, wie sie und Horst zusammengekommen waren.

»Horst war im Knast, weil er mit Shit erwischt worden war. Nach ein paar Wochen ist er aus der Untersuchungshaft rausgekommen. Er war ganz scharf auf den Job bei mir, denn mein Vater ist wirklich ein guter Anwalt. Er hat ihn vertreten und ihm zu einem glatten Freispruch verholfen. Deshalb konnte Horst bei mir bleiben.«

Ich überlegte: »Dein Vater setzt sich also sogar für die Leute ein, die er nicht besonders mag. – Ein Gralsritter der Gerechtigkeit!«

Elli verdrehte die Augen.

»Aber dein Vater hat doch sicher mitgekriegt, dass Horst mit Marihuana handelt.«

Elli blies etwas Luft durch die geschlossenen Lippen. »Mein Vater ist sehr professionell. Er interessiert sich weniger für die Tatsachen selbst als für deren Wahrnehmung. Für ihn ist ein Dealer nicht jemand, der Drogen verkauft, sondern jemand, der beim Verkaufen von Drogen erwischt wird. Die Polizei konnte Horst nichts nachweisen. Also war er im juristischen Sinn kein Dealer.«

»Dann ist er also ein menschenfreundlicher Anwalt?«

Elli winkte ab. »Du hast es immer noch nicht kapiert. Sowohl Horst als auch die Gerechtigkeit interessierten meinen Vater einen feuchten Dreck!« Sie schluckte. »Er hat sich nur deshalb um Horsts Probleme gekümmert, weil ich ihn drum gebeten habe. Ich kann meinen Papa nämlich mit einem kleinen, charmanten Lächeln so um den Finger wickeln, dass er fast alles für mich tun würde.«

Ich glaubte ihr, überlegte aber, was sie mit ›fast‹ gemeint hatte.

5

Schön bist du, meine Freundin, ja schön.
Deine Augen blicken wie Tauben
hinter deinem Schleier hervor.
Dein Haar gleicht einer Herde Ziegen,
die herabsteigt von Gileads Bergen.

(Hohelied Salomos)

Freitag

Ellis Vater kam heute etwas früher. Er war nicht besonders
gesprächig und trank nur eine Tasse Kaffee, nicht zwei wie
sonst. Am Vormittag wolle seine Frau vorbeikommen und
nach dem Rechten sehen, meinte er zum Abschied.

Für Elli bedeutete dies eine Warnung, und sie zog ihre
Konsequenzen: »Wir gehen heute in alle Vorlesungen. In
den letzten Tagen haben wir schon eine Menge versäumt.«

Noch vor acht waren wir aus der Tür.

Wir hörten Römische Geschichte und anschließend Di-
daktik für Lehramtskandidaten. Es gibt Spannenderes.

In der Vormittagspause rief ich in den Geretsrieder Moto-
renwerken an, wo Karin arbeitete. Heute Abend, verkün-
dete sie, könnte sie höchstwahrscheinlich nicht kommen.
Ihre Eltern wollten ausgehen, und die Liesl, ihr Hund,
durfte nicht alleine zu Hause bleiben. Ich fluchte leise, denn

ich hatte mich so auf ein gemeinsames Wochenende gefreut. Und ein vernünftiges Wochenende begann am Freitag.

Alles nur wegen dem blöden Vieh, das mir auf die Nerven ging, seit ich Karin kannte. Der kleine Pudel terrorisierte sein gesamtes Umfeld, denn man konnte ihn keinen Augenblick alleine lassen. Er zerfraß aus Langeweile entweder den Teppich oder zerbiss das Telefonkabel. Oder auch beides. Mitnehmen konnte man den Köter auch nirgendwohin. Immer gab es Ärger mit anderen Hunden oder Katzen.

All diese Eigenarten hätte ich dem Tierchen vielleicht noch verziehen, doch nicht, dass er sich vor die Tür zu Karins Zimmer setzte und losheulte wie ein Kojote, sobald wir uns für ein Stündchen zurückziehen wollten. Dieses Tier war der Totengräber meines Liebeslebens.

Karin verbat sich jedoch jede Kritik an ihrem Liebling und fand, ihre Liesl könne auch sehr lieb sein.

Meine Sympathie für das eigenwillige Tier war nach dem Telefonat jedenfalls auf den absoluten Nullpunkt gesunken. Endlich hatte ich eine sturmfreie Bude, und jetzt musste Karin auf ihren blöden Hund aufpassen.

Aber morgen würde sie sich vielleicht meine neue Bleibe ansehen, meinte sie schließlich. Sollte ich mich anständig benehmen, würde sie über Nacht bleiben. Bei sehr gutem Benehmen dürfe ich sie sogar küssen, schloss sie das Gespräch und legte auf.

Zu Mittag aßen wir in der Mensa gebackenen Fisch. Elli gab mir die Hälfte ihrer Portion, das hatte sich im Laufe der Woche so eingespielt. Anschließend tranken wir noch einen Kaffee.

»Warum studierst du alte Sprachen?«, fragte ich. »Mit Jura könntest du später in den Laden deines Vaters einsteigen und einen Haufen Kohle verdienen.«

»Möglich«, meinte sie und warf das rechte Bein über das linke. »Vielleicht lässt sich die moralische Komponente dieser Tätigkeit mit Geld bis zu einem bestimmten Grad kompensieren. Ich möcht's aber nicht ausprobieren. Allein der Gedanke an eine solche Existenz weckt in mir einen hartnäckigen Würgereiz.«

»Würgereiz?«, fragte ich zurück.

»Mein Opa sagte oft, er könne mit Gerechtigkeit nichts mehr anfangen.« Ellis bernsteinfarbene Augen schimmerten seltsam. »Er war fast vierzig Jahre lang Richter, dabei hat er einige Änderungen in den Gesetzen mitgemacht. Erst die Weimarer Republik mit all ihren Freiheiten; dann das Dritte Reich, wo man Leute bereits umbringen durfte, wenn sie der falschen Rasse angehörten. Und nach dem Krieg wurden Verbrechen abgeurteilt, für die man ein paar Jahre vorher noch belobigt worden war.« Ein Schatten verdunkelte ihre Augen. »Sophie Scholl hätte in den Zwanzigerjahren sagen können, was sie wollte. Unter den Nazis ist sie für die Wahrheit von einem Gericht zum Tode verurteilt worden, und jetzt ist sie eine Heldin des Widerstands.«

»Deshalb der Würgereiz?«

Elli nickte. »Justiz hat viel mit Kadavergehorsam zu tun. – Denk mal drüber nach!«

»Aber warum gerade Altphilologie?«

Sie nahm einen kleinen Schluck Kaffee und schmatzte ein wenig, wie sie es gerne tat, wenn ihr etwas schmeckte. »Früher wollte ich Sportlehrerin werden. Aber das hat sich erledigt. Also hab ich mir überlegt, was mir sonst noch Spaß macht. Und da sind mir Latein und Griechisch eingefallen.«

»Warum?«

»Ich mag die alten Sprachen. Sie sind logisch, viele Texte sind durchkonstruiert wie ein guter Krimi, und es gibt klare Regeln wie in Mathe. Zwei und zwei sind vier. Heute, morgen und auch in tausend Jahren noch.«

Am Nachmittag gingen wir in die Bibliothek, die ich sehr liebte. Ich mochte den morbiden, dumpfen Geruch der alten Bücher und das Schweigen der vielen Leute in dem weitläufigen Raum. Hier konnte ich mich seltsamerweise viel besser konzentrieren als zu Hause, wenn ich allein in meinem Zimmer saß.

Wieder daheim, präparierte ich mein Zimmer vorsichtshalber schon für den heutigen Abend. Vielleicht würden Karins Eltern doch zu Hause bleiben. Ihre Mutter hatte oft Migräne und konnte in dem Zustand keinen Schritt vor die Tür machen. Dann würde Karin kommen, das wusste ich.

Also legte ich einen roten Seidenschal neben die Nachttischlampe. Karin mochte gedämpftes Licht, ich auch. Daneben stellte ich eine Flasche Rotwein und zwei Gläser. Auf einer Kassette hatte ich Liebeslieder von den Beatles aufgenommen. Sie steckte im Recorder.

Ich legte mich ins Bett und versuchte, an Karin zu denken, an ihre weichen blonden Haare und daran, wie gut sie immer roch.

Kurz nach neun klingelte es. Elli kam gerade aus dem Wohnzimmer, wo sie Musik gehört hatte. Ich stand in der Küche und kochte mir Kamillentee.

83

»Wer ist das?« Elli sah mich besorgt an. »Ich bekomme nie unerwarteten Besuch. So spät schon gar nicht.«

Ich hatte keine Zeit für eine Antwort, sondern rannte sofort zur Tür. Sicher war es Karin. Wahrscheinlich lag ihre Mutter mit entsetzlichen Kopfschmerzen im Bett, und sie hatte sich spät abends noch aufgemacht, um ihren Herzallerliebsten in den Schlaf zu küssen. Den Kamillentee sollte saufen, wer mochte. Mir war nach Wein, nach Rotwein.

Schwungvoll stürmte ich aus der Wohnung, lief durch den Hausgang zum Tor und riss es auf, bereit, Karin in die Arme zu nehmen und fest an mich zu drücken.

Doch als ich sah, wer vor der Tür stand, hätte mich bald der Schlag getroffen. Es war Max – er grinste mir blöd entgegen.

»Was machst du denn hier?«, fragte ich verdattert.

»Dich besuchen.«

Jetzt sah ich, dass er eine Tasche dabeihatte. Eine große Reisetasche.

»Ich hab gemeint, du willst nach Rom.«

»Ja, schon.« Max hob die Tasche und schlüpfte an mir vorbei in den Hausgang. »Nächste Woche. Aber vorher mach ich noch ein paar Tage Urlaub.«

»Wo?«

Er lächelte unsicher. »Bei dir.«

»Wie kommst du darauf?« Ich schloss die Haustür mit einem Tritt und lief hinter Max her, der sich der angelehnten Wohnungstüre näherte.

»Nach einem Jahr Spaghettimast in Italien erkennst du mich vielleicht nicht mehr«, versuchte er einen lauen Scherz. »Aber ich bleib ja nicht für ewig. Nur übers Wochenende, am Montag geht mein Zug.«

84

Er schob die Tür mit dem Knie auf. Nun stand er im Flur, wo er die Reisetasche absetzte und sich umschaute. Ich hatte ihn eingeholt und zog die Tür hinter mir zu. Wortlos führte ich ihn in die Küche, wo Elli stumm auf ihrem Platz saß und eine Erklärung erwartete.

»Wer ist das?«, fragte sie schließlich und deutete mit dem linken Zeigefinger auf Max. Sie schaute ihn aber nicht an, sondern sah an ihm vorbei zu mir her. Ich war es schließlich, der diesen langen Schlacks angeschleppt hatte, den sie offensichtlich überhaupt nicht brauchen konnte.

»Das ist der Max«, sagte ich.

»Welcher Max?« Ihr Blick blieb auf mich gerichtet.

»Mein Spezl aus dem Kloster, bei dem ich vorgestern war.«

Endlich drehte sie den Blick etwas nach links und begutachtete meinen Freund von oben bis unten, als müsse sie ihn erst beurteilen, um ihm anschließend ein Preisschild umzuhängen.

»Du bist also Kaspars Freund«, bemerkte sie spröde. Auf dem Preisschild wäre kein hoher Betrag gestanden. »Wo ist deine Kutte?«

In meiner Aufregung war mir gar nicht aufgefallen, dass Max seine alten Jeans trug, dazu einen dunklen Pullover und drüber seine abgewetzte Motorradjacke.

Max sah an seiner Kleidung hinunter. »Ich hab ein paar Tage Urlaub. Deshalb bin ich in Zivil.«

»Wie es aussieht, möchtest du bei uns bleiben«, stellte Elli nüchtern fest.

Max versuchte ein kleines Lächeln.

»Wie lange?«, fragte sie mit ernstem Gesicht.

»Bis Montag, dann geht mein Zug.«

»Wohin?«

»Nach Rom.«

»Und was willst du dort?«

»Theologie studieren.«

»Zur römisch-katholischen Hirnwäsche also.« Sie beobachtete unter ihren langen Wimpern genau, wie Max auf ihre Provokation reagierte.

»Nenn es, wie du willst.« Max lehnte sich an den Türstock. Wegen seiner Größe hatte er oft Kreuzschmerzen.

»Wie lange wirst du dort bleiben?«, fragte Elli.

»Ein Jahr.« Er zuckte die Achseln. »Vielleicht auch länger.«

In Ellis Kopf schienen die Gedanken wild durcheinanderzuwirbeln. Sie kratzte sich mit den Fingern der rechten Hand am Ansatz des linken Daumens. Das tat sie auch bei schwierigen Übersetzungen.

Plötzlich hörte sie auf damit. »Magst du ein Bier?«, fragte sie.

Mein Freund nickte, er hatte die Aufnahmeprüfung also doch bestanden. Er zog seine Motorradjacke aus, hängte sie über die Lehne und setzte sich. Seine Schultern waren knochig und hingen nach vorne. Wie konnte er im Kloster bloß so klapprig werden? Die Patres bekamen besseres Essen als die Schüler, außerdem konnten sie nachfassen, so oft sie wollten. Davon hatten wir als Schüler immer nur geträumt.

»Warum sitzt du eigentlich im Rollstuhl? – War es ein Unfall, oder bist du von klein auf gelähmt?«

Max war noch keine Viertelstunde hier, und schon fragte er Elli Dinge, die ich nicht anzusprechen gewagt hatte.

Elli antwortete zunächst nicht. Sie nahm einen Schluck und tat so, als hätte sie die Frage nicht gehört.

»Vielleicht willst du nicht drüber reden?«, setzte er nach. »Ist auch okay.«

Elli atmete tief ein, dann begann sie zögernd: »Es war ein Unfall. Vor zwei Jahren.« Sie machte eine kleine Pause und strich die dicken dunklen Locken nach hinten. Das Folgende kam stockend, mit leiser, farbloser Stimme: »Ich bin aus dem Fenster gefallen. Mein Zimmer war im zweiten Stock, und direkt unter dem Fenster standen Gartenmöbel aus Teakholz. Und das war zu viel für meine Lendenwirbel. Seitdem kann ich nicht mehr laufen.« Sie schaute auf. »Scheiße, nicht?«

Ich dachte, damit hätte sie alles erzählt, doch offensichtlich wollte sie jetzt die ganze Geschichte loswerden.

»Ich hatte damals einen Freund und bin in der Nacht oft abgehauen, um mit ihm …« Ein kleines Lächeln huschte über ihr Gesicht und machte es sehr hübsch. »Meine Eltern hatten mir verboten, ihn abends zu besuchen. Sie durften nichts von meinen Ausflügen wissen. Also bin ich von meinem Zimmerfenster über den Balkon auf die Garage, von da über den Gartenzaun, und weg war ich. Das hat gut geklappt. Monatelang. Bis zu dem verdammten Abend.«

Mit Ein- und Aussteigen kannten sich Max und ich bestens aus. Im Internat waren wir des Öfteren verschwunden. Die geistige Befruchtung, die in einer Klosterschule geboten wurde, war unserer Meinung nach für aufgeweckte, an ihrer Umwelt interessierte junge Herren nicht immer ausreichend. Also mussten wir uns einige pädagogisch wertvolle Exkursionen zu Rockkonzerten und in Diskotheken über die Spalierbäume am Speisesaal erklettern.

»Als ich im Krankenhaus aufgewacht bin, sind meine Eltern und ein Arzt an meinem Bett gesessen. Sie haben nicht lange drum rum geredet. Ich würde nie wieder laufen können, sagten sie.« Elli schluckte. »Die erste Zeit habe ich nichts gespürt. Ich war bumsvoll mit Morphium und anderen Schmerzmitteln. In den folgenden Wochen ist die Dosis aber gesenkt worden, und die Schmerzen gingen los. Schmerzen, wie ihr sie euch nicht vorstellen könnt. Es war, als hätte ein Kobold in meinem Rücken gesessen und immer wieder mit einer glühenden Nadel in dieselbe Stelle gestochen. Immer wieder, immer wieder.«

Elli zündete sich eine Zigarette an.

»Meine Mutter war jeden Tag stundenlang in der Klinik. Mein Vater kam, wann immer er Zeit hatte. Oliver, das war mein Freund, ist anfangs oft an meinem Bett gesessen, hat meine Hand gehalten und traurig dreingeschaut. Grad so, als wenn er vom Dach gefallen wäre, nicht ich. Nach ein paar Wochen ist er immer seltener gekommen. Wegen der Schule, sagte er.« Elli betrachtete die Glut an der Spitze ihrer Zigarette. »Schließlich ist er bloß noch am Wochenende aufgetaucht, und ich konnte ihm ansehen, dass er überall auf dieser Welt lieber gewesen wäre als an meinem Krankenbett. Ich konnte ihm den Ekel vor den Desinfektionsmitteln und meiner fahlen Haut ansehen. Ich wusste, dass er einen Horror vor mir und meinem Körper hatte. Vor allem vor den toten Beinen, die von Tag zu Tag immer noch dünner wurden. – Eines Tages sah er wieder fröhlicher drein, und ich wusste, dass er ein anderes Mädchen kennengelernt hatte. Ein Mädchen, mit dem er zum Tanzen gehen konnte. Wenig später hat er sogar nach ihr gerochen. Er machte sich also nicht einmal mehr die Mühe, sich zu duschen, bevor er zu mir kam.«

Elli drückte die halb gerauchte Zigarette aus.

»Ich hab ihn rausgeschmissen. Ich konnte seine hübsche, verlogene Fresse nicht mehr sehen«, beendete sie ihren Monolog.

»Und dann?«, fragte Max.

»Dann kamen die Selbstmordgedanken.« Sie warf ihm einen Blick zu, den ich nicht deuten konnte. »Nach einem solchen Unfall denken viele Leute darüber nach. Oder sie beschweren sich beim lieben Gott über ihr Schicksal. Manche fangen auch an, in der Bibel zu lesen, um dort einen Sinn für ihr Leben zu finden. Die Story vom Hiob ist sehr beliebt. Warum lässt der liebe Gott ein solches Unglück zu? – Ich hatte mit Religion noch nie was am Hut und hätte es blöd gefunden, mir jetzt eine Bibel zuzulegen.« Sie warf Max einen langen Blick zu. »Nach einigen Monaten kam ich nach Hause. Meine Eltern hatten mir ein Zimmer im Erdgeschoß eingerichtet. Das hätten sie ein paar Monate früher machen sollen, dann wäre der ganze Schlamassel nicht passiert. Ich ging bald wieder zur Schule, machte mein Abitur und verfluchte den Oliver, sooft ich ihn auf dem Schulhof sah.«

Elli rutschte im Rollstuhl nach hinten, um aufrecht zu sitzen. Sie war mit ihrer Geschichte fertig.

»Wir könnten heute Abend noch weggehen«, schlug Max unvermittelt vor.

»Nach Schwabing«, meinte ich.

Karin würde so spät sicher nicht mehr kommen, also brauchte ich nicht zu Hause hocken zu bleiben, um auf sie zu warten.

»In Schwabing sehen wir bloß die Sesselfurzer, die am Freitagabend einen draufmachen wollen, wenn sie von der Holden mal frei kriegen.« Elli warf ihr rechtes Bein über

89

das linke. »Viel schöner wäre ein Zug durch die Gemeinde. In den Wirtshäusern rund um die Uni sieht man wirklich interessante Gestalten.«

»Ist auch recht«, meinte Max und trank sein Bier leer.

Eine halbe Stunde später waren wir auf der Piste.

Als Erstes gingen wir in die Engelsburg. Elli meinte, Max würde sich dort besonders wohl fühlen, schließlich heiße die Trutzburg des Papstes genauso.

Es gab noch warmes Essen, und Max bestellte ein Wiener Schnitzel mit extra viel Pommes und als Nachspeise einen Kaiserschmarrn. Beides schlang er blitzschnell hinunter und meinte, es würde ihm heute besonders schmecken. Außerdem habe er zwar einige Gelübde abgelegt, doch essen dürfe er, was und so viel er wolle.

Die Sache mit dem Gelübde interessierte Elli, und sie fragte, worum es sich dabei handle.

»Im Leben eines Mönchs gibt es drei wesentliche Dinge: Gehorsam, Armut und Keuschheit.«

Der letzte Punkt amüsierte Elli. »Heißt das: die Eier an der Pforte abgeben?«

Ich fand diese Bemerkung geschmacklos, auch Max lachte nicht.

Er lehnte sich vielmehr in seinem Stuhl zurück und schlug die Beine übereinander. »Ich weiß nicht, inwiefern du dich in der männlichen Anatomie auskennst, Elli. Aber wir können unsere Eier nicht einfach abgeben. Die sind nämlich angewachsen!«

»Wie läuft es dann?« Elli ließ nicht locker.

»Was?«

»Du weißt genau, was ich meine.«

»Weiß ich nicht«, entgegnete Max und bestellte noch ein Bier.

»Bist du vielleicht impotent?«, fragte Elli. »Oder stehst du auf junge Knaben?«

Elli suchte Streit, und ich überlegte, warum.

Max blieb ruhig und wartete, bis das frische Bier kam. Davon nahm er einen tüchtigen Schluck und wandte sich schließlich mit ernstem Gesicht Elli zu.

»Soll ich dir sagen, was dich meine Eier angehen?« Er zog Stirn und Augenbrauen nach oben. »Nichts! Rein gar nichts.« Er trank noch einmal. »Schwul bin ich übrigens auch nicht, das kann der Kaspar bestätigen. Und ich würde es niemandem raten, einen unserer Schüler anzufassen. Könnte sein, dass ich ihm sofort ein paar runterhaue.«

»Du hast meine Frage nicht beantwortet«, sagte Elli ungerührt.

»Gut. Wenn du es so genau wissen willst, dann muss ich wohl deutlicher werden.« Max richtete sich auf, wodurch er auch im Sitzen eine stattliche Höhe erreichte. »Ich hatte früher ein paar Freundinnen. War schön, das gebe ich zu, aber nicht lebensnotwendig! – Heute bin ich todfroh, dass es nicht mehr mein Karl-Theodor ist, der mir den Weg durchs Leben weist.« Er lehnte sich über den Tisch in Ellis Richtung. »Es gibt nämlich Wichtigeres!« Max drehte mir den Kopf zu. »Wir leben in einer seltsamen Zeit, findest du nicht? Die Menschen, die am meisten nach ihrer Sexualität befragt werden, sind Mönche.«

Plötzlich schlug er sich mit der flachen Hand auf den Schenkel und begann zu lachen. »Dabei haben die gar keine Ahnung von der Sache. Und wenn sie Ahnung hätten, dann würden sie schön den Mund halten.«

Damit war das Thema beendet, und er erzählte ausführlich von seinem Leben im Kloster. Die Entscheidung, dorthin zu gehen, sei die beste seines Lebens gewesen, betonte er mehrmals.

Am meisten beeindruckte ihn Pater Zeno, unser langjähriger Präfekt. Den hatte er einmal gefragt, warum er als Erzieher so anerkannt sei. Es sei die Kunst der selektiven Wahrnehmung, hatte ihm Zeno erklärt. Als Präfekt müsse man sich immer vorher überlegen, was man gesehen habe und was nicht. Denn sobald er ein Vergehen wahrgenommen habe, müsse er es ahnden. Und zwar so, dass es sich der Delinquent auch merken könne, sonst mache eine Bestrafung ja keinen Sinn. Was er dagegen nicht wahrgenommen habe, brauche er nicht zu maßregeln.

Vom Tresen aus beobachtete uns schon eine Weile ein schlanker, langhaariger Typ in einer dunklen Lederjacke. Es war Günther, Horsts Freund. Er war nach uns in die Kneipe gekommen und hatte an der Theke gleich neben der Eingangstür Platz genommen.

Ich hatte gehofft, dass er dort bleiben würde, doch plötzlich rutschte er von seinem Hocker und kam mit einem fast leeren Bierglas in der Hand zu unserem Tisch. Hier setzte er sich wortlos auf den freien Platz neben Max.

Die Unterhaltung brach ab. Was wollte der Kerl, der es nicht einmal nötig fand, zu grüßen oder zu fragen, ob er sich dazusetzen dürfe?

»Haben die Bullen das Schwein schon erwischt, das den Horst umgebracht hat?«, begann Günther mit seiner unangenehm hohen Fistelstimme.

Seine flackernden Augen huschten zwischen Max, Elli und mir hin und her.

»Nein«, sagte Elli. Ihr war anzusehen, dass auch sie hoffte, er würde gleich wieder verschwinden.

»Gibt's Verdächtige?« Günthers mageres Gesicht wurde noch schmaler.

»Es muss wohl jemand gewesen sein, der den Horst gut kannte«, meinte Elli. »Wahrscheinlich ein Junkie, der es auf Geld oder auf den Stoff abgesehen hatte.«

»Unsinn!«, stieß Günther hervor.

»Warst du mit Horst befreundet?«, wollte Max wissen.

»Das kannst du laut sagen«, entgegnete Günther,

»Du hast Angst, in die Sache reingezogen zu werden?«

»Klar.« Günther warf Elli einen Blick zu, und als sie mit einem Nicken andeutete, dass Max und mir zu trauen war, fuhr er fort. »Wir waren zusammen im Knast, und seit ich wieder raus bin, haben wir uns fast täglich getroffen.«

»Geschäftlich?« Max war ganz Ohr.

Günther grinste. Das reichte als Antwort.

»Aber du bist es doch nicht gewesen?«, fragte Max weiter.

»Natürlich war ich's nicht!« Günther begann mit den Händen wild herumzufuchteln. Er war betrunken, bekifft oder beides. »Aber das interessiert nicht. Wenn die Bullen keinen Täter finden, dann brauchen sie jemanden, dem sie den Mord in die Schuhe schieben können. Wegen der Kriminalstatistik, versteht ihr?«

Einige Augenblicke herrschte nun Ruhe am Tisch, und ich fand, dass Günther gut ins Beuteschema eines jeden Kriminalbeamten passen würde.

Da drehte er sich plötzlich zu mir her, betrachtete mich mit einem unangenehmen Lächeln und fragte: »Wie läuft's denn so mit der Elli? Hast du alle Aufgaben im Griff?«

Sein Grinsen wurde immer breiter. Ich wäre gerne aufgestanden und gegangen.

Auch Max konnte den Kerl nicht leiden, das sah ich ihm an.

Andererseits nutzte er die Gelegenheit, einige Details über den Ermordeten zu erfahren. »Was war der Horst für einer? Erzähl!«

Günther nahm dem Wirt ein frisches Bier aus der Hand, noch bevor der es auf den Tisch stellen konnte, und trank gierig.

Etwas Schaum blieb ihm an der Oberlippe und an der Nasenspitze hängen, dann begann er: »Die Weiber sind ihm nachgelaufen, dem Horst. So was hast du noch nicht gesehen. – Dabei war er auf keine besonders scharf.« Er leckte sich den Schaum von den Lippen und sah Elli dabei an. »Vielleicht war das sein Trick. Vielleicht macht es die Weiber an, wenn man so tut, als wären sie einem egal.« Er nahm erneut einen Schluck und ließ ihn einige Augenblicke im Mund wie einen guten Tropfen Wein. »Er hat nichts anbrennen lassen, der Horst, und es war ihm egal, ob die Mädels einen Kerl hatten oder nicht. Ihr könnt euch vorstellen, dass er nicht besonders beliebt war in der Männerwelt, aber Horst kümmerte sich nicht darum.« Günther streckte seinen Raubvogelkopf nach vorne. »Würde mich nicht wundern, wenn ihn einer von den Kerlen erschlagen hätte, denen er Hörner aufgesetzt hat.«

»Der Horst hatte also gleichzeitig ein Verhältnis mit mehreren Frauen?«, fragte Max.

»Nein«, lachte Günther und fixierte nun Elli mit seinen kleinen, rostbraunen Augen. »Der Horst hatte mit niemandem ein Verhältnis.«

Ellis Gesicht wurde schmal, die gelben Augen funkelten. Wieso passte ihr nicht, was Günther sagte? Sie hatte doch sicher mitbekommen, was für ein Leben Horst geführt hatte. Schließlich war sie den ganzen Tag mit ihm zusammen gewesen.

»Das verstehe ich nicht«, sagte Max. »Zuerst behauptest du, der Horst wäre mit allen möglichen Frauen im Bett gewesen, und dann sagst du, er hätte überhaupt kein Verhältnis gehabt. Was nun?«

»Jetzt pass mal auf, du Landei.« Günther beugte sich über den Tisch, um Max seine Erkenntnisse aus nächster Nähe mitzuteilen. Jetzt roch ich seine Fahne. Er war schwer besoffen. »Der Horst ist mit den Weibern nur einmal ins Bett gegangen. Nur ein einziges Mal. – Danach wollte er nichts mehr von ihnen wissen.«

Er lehnte sich in seinen Stuhl zurück und streckte seinen drahtigen Körper. Schließlich fiel sein Blick wie zufällig auf Elli, die ihren Kopf zur Eingangstür hin gedreht hatte und so tat, als wäre es ihr egal, was der schmierige Kerl von sich gab. Ein böses Lächeln machte sich in seinem Gesicht breit und zog die schmalen Lippen auseinander.

»Bloß eine hat er regelmäßig betreut.« Er befeuchtete die Lippen mit träger Zunge. »Fragt sich bloß, ob er's freiwillig gemacht hat.«

»Und wer war das?«, wollte Max wissen. Er hatte sich nach vorne gebeugt, damit ihm trotz des Lärms in dem Wirtshaus kein Wort entging.

»Kannst du dir das nicht denken, Landei?« Günther fühlte sich sehr überlegen.

»Denken kann ich mir's schon«, schnarrte Max, »aber ich würde es gerne von dir hören.«

»Bloß die Elli hat er regelmäßig betreut.« Günther lachte dreckig und warf den Kopf zurück. »Wahrscheinlich war in seinem Arbeitsvertrag gestanden, dass er jeden Tag ranmuss.«

Ohne Zögern schnellte Max in die Höhe und schlug zu.

Es krachte, als seine Faust Günthers Gesicht traf, wahrscheinlich hatte er das Nasenbein erwischt. Der schlacksige Kerl flog nach hinten in die Lehne, der Stuhl kippte, und er fiel rücklings auf den Boden. Dort blieb er einen Moment bewegungslos liegen. Dann öffnete er die Augen, drückte sich die Rechte vors Gesicht und hob den Kopf, so gut es ging. Nach wenigen Momenten tropfte bereits Blut zwischen den Fingern hindurch auf sein buntes Hemd.

»Spinnst du!«, schrie er wie ein waidwundes Tier und starrte auf seine blutige Hand. »Bist du verrückt geworden?«

Max ging um den Tisch herum und stand nun über ihm.

Mit ruhiger Stimme sagte er: »Das war nur ein dezenter Hinweis für ein besseres Benehmen in Anwesenheit von Damen. – Aber wenn du noch einmal so respektlos über eine Frau reden solltest, die an meinem Tisch sitzt, dann massiere ich dir deine hässliche Visage so lange, bis dich deine Mama nicht mehr erkennt.« Er wandte sich um. »Trinkt aus, wir gehen.«

Scheinbar ruhig schlenderte er an den Tresen, wo der bärtige Wirt mit wutrotem Gesicht stand, und verlangte die Rechnung.

»Du brauchst nix zu bezahlen, wenn du mir versprichst, dass du dich nie wieder bei mir blicken lässt«, keifte der Kneipier.

»Ich zahl lieber.« Max sah ihn freundlich an. »Ist doch nett hier.«

Er legte einen Zwanzigmarkschein auf die Theke und wartete auf das Wechselgeld. Dann kam er an den Tisch zurück, um seine Lederjacke zu holen. Günther hatte sich inzwischen aufgerichtet und saß mit angezogenen Beinen auf dem Boden.

»Das hast du nicht umsonst gemacht, Landei.« Günthers Augen sprühten Blitze. »Das zahl ich dir heim.«

Max ignorierte die Drohung, packte Ellis Rollstuhl und schob ihn so nahe an Günther vorbei zur Ausgangstür, dass ihm die Räder fast über die Finger gerollt wären.

»Muss ich mich jetzt bei dir bedanken, mein weißer Ritter?«, fragte Elli vor der Wirtschaft und drehte den Kopf so weit nach links, dass sie Max aus den Augenwinkeln beobachten konnte.

»Nicht nötig.« Max schüttelte den Kopf. »Es war mir einfach ein Bedürfnis, diesem Arschloch eine aufs Maul zu hauen.«

Er war immer noch bis zum Scheitel voller Adrenalin. Ich merkte es an seiner Stimme, die eine tiefe Rauheit bekommen hatte. Max hatte früher einige Raufereien gehabt. Im Internat, doch auch außerhalb. Fast immer hatte er als Erster zugeschlagen, wie an diesem Abend.

Wir gingen Richtung Münchner Freiheit. Zuerst schweigend, dann begann Elli zu plaudern, und wir unterhielten uns über alles Mögliche. Bloß nicht über den toten Horst, die Erpressung und Günther, den Idioten.

Schließlich landeten wir in einer Disco, an deren Namen ich mich nicht mehr erinnere. Max beschloss, wir sollten tanzen. Auch diesbezüglich fühlte er sich durch keines seiner Gelübde gebunden. Außerdem habe er immer getanzt,

97

wenn er in einer Disco war. Der letzte Besuch sei halt schon eine Weile her.

Max tanzte genauso miserabel wie früher. Er hatte keinerlei Gefühl für Musik, nicht einmal im Takt mitklatschen hätte er können. Ganz anders Elli: Sie bewegte ihren Rollstuhl mit großem Geschick auf der Tanzfläche hin und her, drehte Pirouetten und warf die langen schwarzen Haare immer wieder nach hinten. Als wir an unseren Tisch zurückkehrten, zeigte sie uns lachend die Wasserblasen an ihren Händen.

Es war ausgesprochen lustig. Wir scherzten, soweit es die laute Musik zuließ. Max bestellte zu den Getränken wieder und wieder Erdnüsse und Chips. Wie konnte der Kerl so mager sein, wenn er aß wie ein Scheunendrescher? Hatte es ihm in letzter Zeit nicht mehr geschmeckt oder war er krank?

Aber davon hätte er mir sicher erzählt.

Gegen drei Uhr morgens kamen wir nach Hause zurück. Ich öffnete die Tür und hielt sie für Elli auf. Im Vorbeifahren drückte sie auf den Lichtschalter.

Dann stieß sie einen schrillen Schrei aus.

Auch mir blieb das Herz stehen, als ich sah, was passiert war.

Die Wohnung war komplett auf den Kopf gestellt. Die Jacken und Mäntel waren von der Garderobe gerissen und ihre Taschen durchwühlt. In der Küche standen die Schubläden offen. Der Inhalt lag auf dem Boden. Vom Gang aus schauten wir in die einzelnen Zimmer. Überall dasselbe Durcheinander: Die Matratzen waren aus den Betten gerissen, die Bettwäsche teilweise zerfetzt. Auf dem Wohnzimmerboden waren Bücher und Schallplatten verstreut.

Der Einbrecher hatte jedes mögliche Versteck in der Wohnung durchstöbert. Doch was hatte er gesucht? Geld? Oder Rauschgift? Oder beides?

Und hatte er gefunden, was er suchte?

Zunächst sagte niemand ein Wort, zu tief steckte uns der Schrecken in den Knochen.

Max war der Erste, der einen klaren Gedanken fassen konnte: »Wir müssen die Polizei holen. Wo ist das Telefon?«

»Ich habe keins«, sagte Elli leise.

Sie war leichenblass, ihre Lippen bebten. So hatte ich sie noch nie gesehen. Sogar am ersten Abend, als Horst tot in seinem Zimmer lag, war sie nicht so durcheinander gewesen. Panische Angst stand in ihren hellbraunen Augen.

»Ich geh telefonieren«, meinte ich und lief aus der Wohnung zur Telefonzelle. Von dort aus benachrichtigte ich die Polizei.

Dann eilte ich zurück in die Wohnung. Wenig später kamen Streifenpolizisten, die Leute von der Spurensicherung und zuletzt Kommissar Hastreiter.

Der sah sich nur kurz in der durchwühlten Wohnung um, dann kam er in die Küche, wo Elli, Max und ich stumm um den Tisch herumsaßen.

Er war schwer erkältet. Laut hustend ließ er sich auf einen freien Stuhl plumpsen und schnäuzte sich ausgiebig. Schließlich wollte er wissen, was wir heute Abend gemacht hätten und ob Wertgegenstände oder Geld fehlten.

Elli meinte, achtzig Mark aus der Haushaltskasse wären verschwunden. Die sündteure Stereoanlage hätten die Einbrecher aber hiergelassen.

99

Hastreiter schnäuzte sich erneut, murmelte etwas von einer Grippe, die seit einigen Tagen in der Stadt grassiere. Die Hälfte seiner Abteilung liege mit Fieber im Bett. Dann sprach er von Profis, die wohl nur auf Geld aus gewesen seien. Schließlich ging er schniefend zu seinen Kollegen ins Wohnzimmer, die Fotos machten und nach Fingerabdrücken suchten. Etwa eine Stunde später waren sie fertig und verließen einer nach dem anderen die Wohnung.

Der Kommissar verschwand mit der Ankündigung, er würde morgen wiederkommen, falls es seine Erkrankung zulasse. Jedenfalls werde er nicht eher lockerlassen, bis er Licht in die Angelegenheit gebracht habe. Ein Toter, eine Erpressung und jetzt der Einbruch. Die Angelegenheit erscheine zwar undurchsichtig, doch er wäre mit seinem Latein noch lange nicht am Ende.

»Und was machen wir jetzt?«, fragte ich, nachdem Hastreiter laut hustend die Tür hinter sich geschlossen hatte.

»Erst mal Ordnung«, meinte Max nüchtern und erhob sich.

»Gute Idee.« Elli rollte aus der Küche ins Wohnzimmer, wo sie die herumliegenden Platten und Bücher auf ihren Platz zurückstellte. Plattenschrank und Bücherregale waren auf einer Höhe, die sie mühelos erreichen konnte. Bloß das Bücken bis zum Boden machte ihr Schwierigkeiten, doch sie wollte sich nicht helfen lassen.

Max und ich erledigten den Rest.

»Wie ist es eigentlich weitergegangen mit der seltsamen Erpressung?«, fragte er, als wir in meinem Zimmer die Tür hinter uns geschlossen hatten. »Habt ihr das Geld aufgetrieben?«

Schlagartig wurde mir bewusst, dass ich seit seinem Erscheinen noch keinen Augenblick allein mit ihm gewesen war. Er hatte also noch nicht erfahren, wie die Übergabe des Lösegeldes verlaufen war.

»Warum fragst du jetzt erst danach?«, wollte ich wissen.

»Warum wohl?«, fragte er zurück.

»Wegen Elli?«

»Weswegen sonst?«

»Traust du ihr nicht?«

Max zögerte. »Trauen ist nicht der richtige Ausdruck.« Er überlegte und setzte sich aufs Bett, während ich Papiere und Bücher ordnete. »Es passt ihr nicht, dass ich dich besuche. Nachdem ich ein ausgesprochen liebenswürdiger Mensch bin, kann es nicht an meiner Person liegen. Also liegt es daran, dass du mich als Experten für Kriminalfälle beschrieben hast.«

»Und das heißt?«, fragte ich.

»Nachdem sie mich nicht loswird, versucht sie in meiner Nähe zu bleiben, um mich unter Kontrolle zu halten. Sie ist nett und freundlich, um mich von irgendwas abzulenken. Deshalb ist sie mit uns heute Abend weggegangen.«

»Und warum lässt sie uns jetzt allein?«

»Vielleicht hat sie was zu erledigen, was wir nicht mitkriegen sollen. Möglicherweise schaut sie nach, ob die Einbrecher ihr Versteck gefunden haben.«

»Welches Versteck?«

»Keine Ahnung, aber irgendwas müssen die Einbrecher ja gesucht haben.«

Das war einleuchtend.

Während wir fertig aufräumten, erzählte ich ihm alle Einzelheiten der Geldübergabe. Er hörte aufmerksam zu

101

und unterbrach mich kein einziges Mal, was gar nicht zu ihm passte.

Als ich mit meiner Geschichte fertig war, kehrte Max gerade um das Nachtkästchen herum und fand den roten Seidenschal unter dem Bett. Er hob ihn mit spitzen Fingern und einem anzüglichen Grinsen in die Höhe und ließ ihn auf das inzwischen frisch gemachte Bett herabschweben.

»Du hast heute Abend mit Damenbesuch gerechnet?«, vermutete er.

»Ich hatte eigentlich gehofft, dass Karin heute kommt. Sie muss aber auf ihren psychopathischen Hund aufpassen, deshalb …«

Ich hatte Max bereits von Karins neurotischem Pudel erzählt, und er nickte bedauernd.

Nach einer guten Stunde stand alles wieder an seinem Platz.

»Ich hab Hunger«, erklärte Elli und rollte in die Küche. »Mag sonst noch jemand Spiegeleier?«

Max und ich bestellten je vier Stück, dann wischten wir die Wohnung durch. Mit etwas maskuliner Lässigkeit ging das recht schnell.

Anschließend versammelten wir uns um den Esstisch, wo Elli alles vorbereitet hatte. Die Einrichtung war so angelegt, dass sie vom Rollstuhl aus die Vorräte, den Herd und den Kühlschrank erreichen konnte. Doch bisher hatte sie nie etwas gekocht, nicht einmal einen Kaffee hatte sie sich selbst gebrüht.

Trotz der Aufregung – oder gerade deshalb – hatten wir großen Hunger. Das Essen verlief schweigsam.

Elli war als Erste fertig, sie steckte sich gleich eine Zigarette an. Ich stellte für jeden eine Flasche Bier auf den Tisch.

Max war auffallend ruhig.

»Wo ist das Geld?«, begann er plötzlich mit Blick auf Elli.

»Welches Geld?«, fragte sie ärgerlich zurück.

»Das Geld, nach dem der Einbrecher gesucht hat«, erklärte Max. Er behielt sie im Auge.

»Keine Ahnung, wovon du redest.« Ihr Gesicht wurde spitz, und sie zündete sich gleich die nächste Zigarette an.

»Vielleicht rede ich von den hunderttausend Mark, die anscheinend aus dem Zug geflogen sind.« Max ließ Elli nicht aus den Augen.

»Der Erpresser hat sich das Geld geholt und ein Buch in den Ranzen gesteckt«, erwiderte Elli. »Kaspar hat dir die Geschichte doch sicher erzählt.«

»Und warum lässt der Kerl den Ranzen da?«, fragte Max. »Warum holt ein Erpresser, dem die Polizei im Nacken sitzt, die Geldbündel umständlich aus dem Schulranzen und legt ein Buch rein? Warum nimmt er nicht den Ranzen und schaut daheim nach, ob die Kohle stimmt?«

»Der Kerl hatte wohl Angst vor einem Sender im Ranzen, der ihn verraten könnte«, murmelte Elli und verdrehte die Augen, wie sie es auch machte, wenn einer der weniger Begabten im Semester vergeblich versuchte, eine schwierige Stelle zu übersetzen.

»Aber es war kein Sender drin«, meinte Max.

»Anscheinend ist der Kerl sehr misstrauisch. Er konnte nicht sicher sein, ob wir uns an seine Bedingungen halten«, entgegnete Elli schulterzuckend. »Ist doch auch egal. Das Geld ist weg, und mein Vater wird's verkraften. Der kann sich auch weiterhin jeden Tag ein Erbsensüppchen leisten. Vielleicht hat er sich schon mit dem Verlust abgefunden.«

»Das glaubt dir kein Mensch.« Max winkte ab. »Reiche Leute wie dein Vater hängen an ihrer Kohle. Sonst hätten sie nicht so viel davon.«

»Was willst du damit sagen?« Ellis Augen wurden schmal und gelb.

»Vielleicht glaubt jemand, das Geld sei in der Wohnung versteckt.« Max ließ Elli nicht aus den Augen. »Warum sonst sollte jemand hier einbrechen?«

»Unsinn, Herr Großinquisitor!«, zischte Elli und machte eine Handbewegung, als wollte sie die Unterhaltung damit abschneiden. »Unsinn, Unsinn, Unsinn!«

»Möglicherweise hast du das Geld aber auch in deinem Rollstuhl versteckt«, setzte Max nach. »Genauso wie das Marihuana vom Horst. Die Polizei hat bei ihrer Razzia zwar die ganze Wohnung auf den Kopf gestellt, aber in deinem Rollstuhl hat sicher niemand nachgeschaut. Das würde sich kein Polizist trauen.«

Mit verschlossenem Gesicht saß Elli da und starrte auf die Tischplatte. »Gut, das Marihuana war in meinem Rollstuhl, das gebe ich zu. Wenn Kundschaft kam, hat Horst genommen, was er brauchte. Auf dem Rest war ich gesessen wie die Henne auf den Eiern. Ich habe das Zeug nicht angefasst. Es macht nämlich blöd, wie du sicher weißt.«

»Warum hast du das getan?«, fragte Max. Er hatte sein Bier noch nicht angerührt.

»Es war spannend. Außerdem mochte ich den Horst, und der brauchte immer Geld.« Elli beobachtete Max ganz genau.

Wahrscheinlich hätte es niemand mitbekommen, wenn ich den Raum verlassen hätte. Ich war nur Zuschauer in diesem Stück.

»Er hat gut ausgesehen, stimmt's?«

»Nein.« Elli wedelte mit dem rechten Zeigefinger. Das Folgende sagte sie langsam und betonte jede Silbe. »Er hat nicht bloß gut ausgesehen, sondern er war der hübscheste Kerl von ganz München.« Sie sah Max geringschätzig an. »Und er sagte mir gleich zu Anfang, dass er alles dafür tun würde, wenn er für mich arbeiten dürfe und mein Vater ihn dafür vor Gericht vertritt. – Ohne Honorar, versteht sich. Denn das hätte sich Horst nie leisten können.«

»Er wollte alles für dich tun?«, fragte Max und beugte sich vor.

»Alles!«, bestätigte Elli und zündete sich die x-te Zigarette an diesem Abend an.

Mit einem Mal war der kleine verqualmte Raum voller Schweigen und unausgesprochener Fragen. Günther hatte also nicht gelogen.

Nach ein paar Zügen begann Elli zu erzählen, was sie vielleicht noch nie jemandem erzählt hatte: »Wisst ihr, wie man sich fühlt, wenn einem plötzlich die Beine nicht mehr gehorchen, mit denen man früher so viel Spaß gehabt hat. Auf dem Sportplatz, beim Tanzen und im Bett. Könnt ihr euch vorstellen, wie man sich fühlt, wenn einen die Leute ständig verständnisvoll anlächeln und plötzlich alle nett zu dir sind. – Nett!«

Sie spie das Wort förmlich aus.

»Überall wirst du mit Rücksicht überschüttet, die dich aggressiv macht. Die Leute tuscheln und reden von dir als dem armen Mädchen, das jetzt nicht mehr zum Tanzen gehen kann und keinen Mann abkriegt.« Ihre Augen wurden böse. »Aber sie können es sich in den Arsch stecken, ihr Mitleid. Ich brauche es nicht! Es widert mich an.« Sie atmete tief ein und wieder aus. »Wirklich schlimm ist, dass dir kein Kerl mehr auf den Hintern schaut, wenn du an ihm vorbeigehst. Denn du kannst ja nicht mehr laufen. Stattdessen sitzt du den ganzen Tag in diesem Scheißstuhl, und deine Jeans sind leer wie ein alter Sack. Könnt ihr euch vorstellen, wie man sich da fühlt? Du bist knapp zwanzig und hast dein Leben eigentlich schon hinter dir.« Sie schluckte. »Und plötzlich bekam ich meine Chance: Ich konnte mir jemanden aussuchen. Meine Eltern haben darauf bestanden, dass ein Pfleger ständig bei mir in der Wohnung lebt. Wir hatten viele Bewerber, mein Vater zahlt gut. Dazu freie Kost und Logis. Ich habe mir die Gestalten der Reihe nach angeschaut. Die meisten waren Sozialärsche mit guten Manieren und noch besseren Referenzen. Darunter einige blasse Vegetarier, die ihre Erfüllung darin sehen, irgendeinem armen Schwein jeden Tag den Arsch abzuwischen und den Katheter zu wechseln. – Ich habe den Horst genommen, obwohl er als Referenz lediglich eine abgebrochene Schreinerlehre und einen kurzen Aufenthalt im Knast hinter sich hatte. Aber er hat mir gefallen mit seinen langen blonden Haaren und dem melancholischen Zug um die Mundwinkel. Ich konnte mir gut vorstellen, dass er im Bett eine echte Kanone ist. – Als wir allein waren, fragte ich ihn, was ich davon hätte, falls ich ihn auswählen sollte.«

Elli schluckte erneut, sah Max und mich abwechselnd an und fuhr fort.

»Er sagte, er würde alles für diesen Job tun. Ich fragte: Alles? Er nickte und schaute mich jetzt an, wie ein Mann eine Frau anschaut. – Zum ersten Mal seit ewiger Zeit hat mich ein Kerl wieder so angesehen. Ihr könnt euch gar nicht vorstellen, wie gut mir dieser Blick getan hat.«

Wieder entstand eine kleine Pause, doch sie war nicht gefüllt mit Fragen, sondern mit der Hoffnung, Elli würde auch noch den Rest der Geschichte erzählen.

»Von diesem Augenblick an habe ich mich nicht mehr zweitklassig gefühlt, sondern ich war wieder eine junge Frau, die einem jungen Mann gefiel. Ich konnte es gar nicht erwarten, bis die Wohnung endlich fertig war. Und dann die erste Nacht!«

Elli lächelte und schaute zur Küchentür, als könnte Horst jeden Augenblick hereinkommen.

»Ich habe ihn nicht geliebt, den Horst. Nein – geliebt habe ich ihn nicht. Aber ich habe es geliebt, wie er mich angefasst hat. Und ich liebte unser Geheimnis: der schöne blonde Mann und sein Aschenputtel.« Sie lächelte immer weiter. »Es hat mir überhaupt nichts ausgemacht, dass die schrägsten Vögel zu uns gekommen sind, um Shit zu kaufen. Nur Marihuana, hatten wir ausgemacht. Keine harten Drogen, auch keine Trips. Das hätte ich nicht gewollt, er auch nicht. Auf dem Stoff war ich gesessen. Da hat sich keiner der Bullen rangetraut. Die hatten Schiss, am nächsten Tag in der Zeitung zu stehen, weil sie eine junge Rollstuhlfahrerin unsittlich angefasst haben. – My chair is my castle!«

Endlich hatte sie einen kleinen Scherz gemacht. Das nahm etwas von der Spannung in dem Raum, doch niemand lachte.

»Wenige Tage bevor er umgebracht wurde, erzählte er mir, dass es mit dem Rauschgift bald vorbei sein würde. Er habe schon einiges Geld zusammen und erwarte noch eine große Summe, dann habe er genug. Als ich ihn fragte, ob er weiterhin bei mir bliebe, küsste er mich und sagte, dass alles

107

Schöne ein Ende habe. Er wolle mit seiner Schwester nach
Indien fahren. Und da könne er mich nicht gut mitnehmen.
Er würde dort bleiben, solange das Geld reiche; vielleicht
für immer. In Indien seien die Menschen ganz anders als
hier, sagte er. Dort würde man seine Schwester nicht als
ein Problem auf zwei Beinen ansehen, sondern als das, was
sie ist: ein besonders nettes blondes Mädchen. Die Menschen dort würden sie lieben, so wie er sie seit ihrem ersten
Lebenstag geliebt hatte.«

Ellis Stimme war leiser geworden.

»Hast du ihn erschlagen, weil er wegwollte?«, fragte
Max, und Elli wandte ihm ihr blasses Gesicht zu. Die
blauen Adern an Mundwinkel und Schläfe waren deutlich
zu erkennen.

»Nein«, antwortete sie tonlos. »Ich hätte ihm nie etwas
antun können. Er hatte seine Macken – okay – und er wollte
mich verlassen, wenn man das bei unserem Verhältnis überhaupt so ausdrücken kann. Aber ihn umbringen?«

Wieder und wieder schüttelte sie den Kopf.

»Als ich ihn tot in seinem Zimmer fand, habe ich nur
einen Augenblick nachdenken müssen, um zu wissen, was
nun zu tun war. Als Erstes zerbröselte ich die restlichen
Marihuanastückchen und spülte sie durchs Klo. Währenddessen überlegte ich, wen ich anrufen könnte. Meine Eltern
kamen nicht infrage. Die hätten mich sofort eingepackt
und wieder mit nach Hause genommen. Die Bullen natürlich auch nicht. Da kam mir der Kaspar in den Sinn. Er ist
mir im Seminar aufgefallen, weil er immer versuchte, die
Dinge zu verstehen, anstatt alles auswendig zu lernen. Und
er quatscht nicht viel.«

Ich merkte, wie ich rot wurde.

Elli kümmerte sich nicht darum und sprach weiter: »Der würde mir im Augenblick guttun, dachte ich. Ich wusste, in welchem Studentenheim er wohnt, und rief dort an. Erst wollte er nicht kommen. Da musste ich einen Gang höher schalten. Also fing ich an zu weinen … Das Weitere kennt ihr.«

»Wer war es dann?«, fragte Max, ohne die Stimme zu heben. »Wahrscheinlich hat der Horst den Täter gekannt und reingelassen. Er hat ihm getraut. Sonst hätte er seinem Mörder nicht den Rücken zugedreht. – Jetzt stellt sich die Frage: Zu wem hatte Horst ein solches Vertrauen?«

Unsere Blicke richteten sich auf Elli.

»Zu seiner Schwester.« Einen Augenblick hielt sie inne, um dann zu wiederholen. »Eva war der einzige Mensch, dem er wirklich nahestand. Für sie hätte er alles getan. Sonst traute er niemandem, auch mir nicht.«

»Du hast also keine Ahnung, wer es gewesen sein könnte?«, setzte Max nach.

Elli schüttelte den Kopf.

»Und das soll ich dir glauben?« Max stand auf und ging ins Wohnzimmer, um sich auf dem Sofa das Bett zu richten.

Sein Bier hatte er nicht angefasst. Max war wieder auf der Jagd, da brauchte er einen klaren Kopf.

6

Wende weg deine Augen von mir,
denn sie sind es, die mich verwirren.

(Hohelied Salomos)

Samstag

Ich goss gerade das heiße Wasser in den Kaffeefilter, als Max mit nacktem Oberkörper aus dem Wohnzimmer kam und über den Gang schlurfte. Das war sein Schritt. Offensichtlich hatte ihm auch im Kloster noch niemand beigebracht, die Füße beim Gehen anzuheben.

Er blieb so lange im Bad, wie man zum Pinkeln und Zähneputzen braucht. Anschließend kam er in die Küche, ließ sich auf einen Stuhl fallen und legte sein Gesicht in die rechte Hand, die er auf der Tischplatte aufgestützt hatte. Er war immer noch ein Morgenmuffel, und ich überlegte, wie die Patres in Heiligenbeuern es ertragen hatten, jeden Tag beim Morgengebet in das fade Gesicht ihres jungen Mitbruders schauen zu müssen.

»Das Sofa im Wohnzimmer ist der Tod für meine Bandscheiben«, klagte Max.

»Sonst hast du keine Sorgen?«, fragte ich und überlegte, wie viele Eier ich kochen sollte. Elli hatte so viele Eier im Kühlschrank, als hätte ihr Vater keine Anwaltskanzlei, sondern eine Hühnerfarm.

»Doch.« Er blähte die Backen.

»Welche?«

Max holte tief Luft, überlegte einen Augenblick und sagte – nichts.

Ich hatte mich inzwischen für fünf Eier entschieden. Max und ich je zwei, Elli bekam eines. Und wenn sie ihres nicht mochte, dann war das auch kein Problem. Sowohl Max als auch ich standen für solche Notfälle zur Verfügung.

»Was wolltest du mir gerade noch erzählen?«, nahm ich das Gespräch wieder auf.

»Es geht um meine Sorgen.« Max gähnte und streckte beide Arme nach oben. »Viel mehr als meine Rückenschmerzen beschäftigen mich die seltsamen Vorgänge in dieser Wohnung.«

»Der Günther beschäftigt dich nicht?«, fragte ich und setzte mich zu Max an den Tisch.

»Dieser ordinäre, zugekiffte Idiot?«, griente Max. »Nein, der interessiert mich wirklich nicht.«

»Er soll gewalttätig sein.«

»Ich hab keine Angst. Und übermorgen bin ich eh schon weg.«

»Warum hast du ihm eigentlich eine reingehauen?«

Er trank einen kleinen Schluck Kamillentee, den ich extra für ihn gemacht hatte. »Es war einfach widerlich, wie respektlos er über die Elli geredet hat. Es hat mich geärgert, verstehst du?« Er nippte erneut an dem heißen Getränk. »Und plötzlich war meine Faust in seinem Gesicht. Ich hab nicht lange nachgedacht.«

»Glaubst du, dass er mit dem Mord an Horst, der Erpressung oder dem Einbruch gestern Abend zu tun hat?«, fragte ich.

111

Max hob die Schultern. »Wenn der besoffen oder zugekifft ist, würd ich ihm schon zutrauen, dass er jemandem
eine drüberzieht. Die Erpressung ist ein paar Nummern
zu groß für ihn, außerdem hätte er viel weniger Geld verlangt. Höchstens zehn- oder zwanzigtausend. Und für den
Einbruch gestern Abend hatte er zu wenig Zeit. Außerdem
war er sicher noch eine Weile mit seiner lädierten Nase
beschäftigt.«

»Der Günther war mit dem Horst zusammen im Knast«,
sagte ich und beobachtete Max' Reaktion darauf.

»Und weshalb war der Günther eingesperrt?« Max hatte
mir den Kopf zugewandt.

»Irgendwas mit Körperverletzung.« Mehr wusste ich
nicht.

»Aha«, machte Max und deutete auf den Topf mit den
kochenden Eiern.

Die hätte ich fast vergessen.

Ich holte die Eier aus dem Wasser, schreckte sie ab und
gab Max seine zwei. Die anderen legte ich auf meinen
Teller.

Max köpfte das erste mit einem Messerschlag und löffelte das Eiweiß aus der abgeschlagenen Kappe.

»Was hältst du von der Elli?«, fragte er.

Ich hob die Schultern. »Was soll ich von ihr halten? Sie
hat mich Montagabend angerufen, und seitdem bin ich hier.
Du wirst lachen, aber ich hatte noch nicht einmal die Zeit,
mir wirklich Gedanken über sie zu machen.«

»Das mit dem Denken war ohnehin noch nie deine
Stärke«, meinte Max und leckte sich einen dicken Tropfen
Eigelb von den Lippen.

»Jetzt hör mal«, entrüstete ich mich.

112

»Ich mein es doch nicht böse«, wollte Max richtigstellen. Diplomatie war seine Sache nicht. »Aber du würdest es doch nicht einmal merken, wenn ein Serienkiller dein halbes Semester abmurkst.«

Er löffelte das Ei leer und schob den kleinen Frühstücksteller zur Seite, obwohl noch ein weiteres Ei darauf lag.

»Ich bin gestern nicht wegen ein paar Tagen Urlaub zu dir gekommen, sondern weil ich Angst um dich habe. Bis Montag kann ich hierbleiben und auf dich aufpassen. Möglicherweise wissen wir bis dahin mehr. Wenn nicht, würde ich dir raten, diese Wohnung so schnell wie möglich zu verlassen. Es ist ein gefährlicher Ort.«

Jetzt köpfte er sein zweites Ei und aß es ohne Hast.

»Die Elli lügt.« Max legte die leeren Schalen auf den Teller, lehnte sich in seinem Stuhl zurück und begann versonnen zu lächeln. »Sie lügt, dass sich die Balken biegen.« Er schüttelte mehrmals den Kopf. »Dabei ist sie eigentlich ein ganz nettes Mädchen.«

Ich musste lachen. Noch niemand hatte sie als nett beschrieben. Sie wollte es sicher auch nicht sein. Nett sei der kleine Bruder von Scheiße, hatte sie einmal gesagt.

»Sie geht also mit ihrem Zivi ins Bett, weil er ein hübscher Kerl ist. Sie hat ihn gemocht. – Doch jetzt tut sie so, als sei es ihr egal, wer ihn umgebracht hat.« Max hielt inne. »Sie kann logisch denken, hast du gesagt. Sie ist die Beste in eurem Kurs, wenn es um komplizierte Texte geht, und sie hat einen Schrank voller Krimis. Also interessiert sie sich für Verbrechen und wie man dem Täter auf die Spur kommt.« Max kratzte sich an der Nase. »Ich bin mir sicher, dass sie weiß, wer es war. Aber sie will nicht, dass es rauskommt. Fragt sich bloß, warum?«

»Mmh«, machte ich und schob den letzten Löffel Ei in den Mund. »Du hörst dich an wie Hercule Poirot bei einer Nilkreuzfahrt, nicht wie ein Benediktiner auf dem Weg nach Rom.«

Max schaute zum Fenster. »Ich überlege oft, ob ich ein guter Mönch bin, ob ich je einer war oder in Zukunft mal einer werde«, sagte er langsam. »Am ersten Abend außerhalb der Klostermauern haue ich gleich jemandem eine aufs Maul, und es tut mir nicht mal leid. – Ich werd's nicht beichten!« Seine hellen Augen wurden durchsichtig. »Im Kloster ist es leichter. Dort musst du jeden Tag bloß früh aufstehen, beten, arbeiten oder studieren. Da gibt es niemanden, der dir so auf die Nerven geht, dass du ihm gleich eine reinhaust.«

Ich musste lachen. »Du hast dich kein bisschen verändert.«

»Nein«, meinte Max mit ernstem Gesicht. »Ich habe mich offensichtlich nicht verändert. Bis gestern hatte ich noch geglaubt, ich wäre ein anderer Mensch geworden.«

Er erhob sich und verließ die Küche, ohne zu fragen, ob er mir beim Abwasch helfen könne.

Sekunden später erschien sein Kopf wieder im Türstock. »Könnte ich heute Vormittag das Motorrad haben? Ich hätte was zu erledigen.«

»Kein Problem«, antwortete ich.

Eigentlich war es eh seines.

Zehn Minuten später war Max aus der Tür. Er wollte bis zum Nachmittag wieder zurück sein.

Kurz darauf kam Elli aus ihrem Zimmer über den Gang in die Küche gefahren. Sie trug ein langes, weißes T-Shirt mit einem Peace-Zeichen auf der Brust. Über die mageren, leblosen Beine hatte sie eine Wolldecke geschlagen.

»Kommt dein Vater heute gar nicht?«, wollte ich wissen.

»Samstags nie«, entgegnete Elli und ließ sich Kaffee eingießen. »Ich treffe mich später mit Mama, wir gehen einkaufen.«

»Wohin?«, fragte ich.

»In die Stadt. Irgendwohin, wo's teuer ist. Das macht meiner Mutter Spaß!« Sie trank einen Schluck Kaffee, wie immer ohne Milch und Zucker. »Wenn sie noch einen besonderen Schub Glückshormone braucht, gehen wir zum Friseur am Hofgarten.«

Unternehmungslustig fuhr sie ins Wohnzimmer, legte die neue Scheibe von Led Zeppelin auf den Plattenteller und drehte die Anlage auf Anschlag. Als ich sie fragte, was das solle, erklärte sie mir, dass sie jetzt gleich die ersten Glückshormone erwarte. Sie blieb vor der Wohnungstür stehen und starrte auf die Türklinke wie die Spinne auf ihr Netz.

Es dauerte nicht lange, bis es klingelte. Elli öffnete die Tür und strahlte einer etwa siebzigjährigen Dame entgegen.

»Es ist eine Unverschämtheit, was Sie sich alles herausnehmen«, schrie diese Frau jetzt Elli an. »Es gibt eine Hausordnung …«

»Und es gibt Leute, die sich ständig drum kümmern, was ihre Nachbarn machen«, gab Elli zurück. »War nett, Sie mal wieder gesehen zu haben.«

Elli knallte die Tür zu und fuhr ins Wohnzimmer, um die Musik leiser zu stellen.

»Wer war das?«, fragte ich sie.

»Das war die Mauler aus dem ersten Stock, die alte Schrulle. Die erzählt jedem, ihr verstorbener Mann sei Arzt

115

gewesen. Dabei war der Typ ein Abhörfuzzi beim Nachrichtendienst und hat sich in ein Altenheim in Braunschweig abgesetzt, damit ihn seine Frau nicht besuchen kann.«

»Warum veranstaltest du diesen ganzen Zauber?«

»Die führt sich auf wie ein Blockwart.« Ich half ihr beim Anziehen. »Um sie aus ihrem Loch zu locken, brauche ich bloß die Musik ein bisschen lauter zu drehen, und schon kommt sie runter, um mich anzuschreien. Von Zeit zu Zeit macht das richtig Spaß.« Sie rollte zur Wohnungstür. »Bis später.«

Endlich war ich allein. Das erste Mal seit fünf Tagen!

Ich wollte die Ruhe nutzen und mich endlich wieder um mein Studium kümmern. Es war eine Menge nachzuholen: vor allem eine Übersetzung zu machen, die kommende Woche eingesammelt werden sollte. Außerdem musste ich einen hundsgemeinen Text von Catull vorbereiten.

Ich machte es mir gerade am Schreibtisch gemütlich, die Bücher lagen der Reihe nach auf der Ablage, die Lexika standen in Reichweite. Alles passte, um die nächsten Stunden ungestört arbeiten zu können. Nach den Aufregungen der letzten Tage empfand ich die stille Konzentration als Erholung, geradezu wie eine Meditation. Ich kam gut voran, die Übersetzung stellte sich als machbar heraus. Der Catull bereitete außer einigen ungewöhnlichen Verben weniger Schwierigkeiten als erwartet.

Da klingelte es.

Hatte Elli etwas vergessen, oder war Max schon wieder da? Ärgerlich stand ich auf und ging zur Wohnungstür. Ich öffnete und drückte gleichzeitig auf den elektrischen Toröffner.

Die Haustür wurde aufgeschoben, und herein kam ein untersetzter, etwa dreißigjähriger Mann in einem grauen Trenchcoat, ein ausgesprochen hässlicher Vogel. Er hatte eine deutliche Stirnglatze, die verbliebenen aschblonden Haare hingen jedoch bis zu den Schultern. Mit schwungvollen Schritten kam er auf mich zu, und ich fragte betont unfreundlich, was er hier suche. Ich wollte zurück an meinen Schreibtisch und konnte den Kerl nicht brauchen. Das sollte er ruhig merken.

»Mein Name ist Udo Breecker«, sagte er mit schnarrendem hanseatischen Akzent. »Ich muss mit Horst Lang sprechen. Er wollte sich vor ein paar Tagen schon mit mir in Verbindung setzen, hat sich aber nicht mehr gerührt.« Erwartungsvoll schaute er mich an. »War nicht leicht herauszufinden, wo Herr Lang wohnt.«

»Von wem haben Sie die Adresse?« Ein Verwandter konnte der Kerl nicht sein, sonst hätte er sicher schon erfahren, dass Horst nicht mehr lebte.

Breecker hielt sich den rechten Zeigefinger vor den Mund und lächelte. Er konnte oder wollte mir seinen Informanten also nicht nennen.

»Was wollen Sie von ihm?« Ich überlegte, ob ich diesem unsympathischen Männlein nicht einfach sagen sollte, dass er sich täusche und Horst gar nicht hier wohne.

»Ich muss mit ihm reden. Dringend!« Herr Breecker sah nicht so aus, als ließe er sich mit einer kleinen Notlüge abspeisen.

»Horst ist tot«, sagte ich kühl. Vielleicht half das, um den Kerl schnell wieder loszuwerden.

Der korpulente Mann blieb ruhig. Seine Augen zuckten, mehr nicht.

»War er krank? Oder hatte er einen Unfall?«

Weder aus Breeckers Miene noch aus seinem Tonfall konnte ich auf Überraschung, Trauer oder eine andere menschliche Regung schließen. Er schien mir ein ganz kalter Brocken zu sein.

»Horst ist vor ein paar Tagen umgebracht worden«, sagte ich mürrisch und deutete an, dass ich zurück in die Wohnung wollte. – Allein!

»Wann genau?«

»Am Montag«, sagte ich.

Er überlegte, hob den Kopf und senkte ihn gleich wieder, wobei er mich keinen Moment aus den Augen ließ. »Um welche Uhrzeit?«

Nun reichte es mir. »Ich habe Ihnen gesagt, was ich weiß. Gehen Sie, ich muss jetzt lernen.«

Aber Udo Breecker stand da wie festzementiert. Er dachte gar nicht daran abzuhauen. Vielmehr schürzte er seine wulstigen Lippen, überlegte einen Augenblick und begann mit einer höheren, weicheren Stimmlage: »Dann muss ich mit Ihnen reden. Es ist sehr wichtig.« Er warf den Kopf nach hinten, sodass sich seine spärlichen Haare ordneten, ohne dass er sie berührte. »Ich komme von der Nachrichtenagentur ExtraNews.«

»Und?«

Der Journalist zögerte nur einen Moment. »Horst Lang war kurz vor seinem Tod bei mir und hat mir eine Story angeboten.«

»Eine Story?«

»Müssen wir uns hier auf dem Gang unterhalten?«, fragte Breecker und legte den Kopf zur Seite. »Hausgänge haben oft Ohren.«

Sofort fiel mir die Mauler ein. Die sollte nicht mitbekommen, was der Journalist mir zu sagen hatte. Also bat ich den Kerl mit einer Kopfbewegung in die Wohnung und deutete auf einen Platz am Küchentisch. Zu trinken wünsche er nichts, meinte er. Ich hätte ihm auch nichts angeboten.

»Weiß man, wer's war?«, begann er.

Ich schüttelte den Kopf.

»Gibt's wenigstens einen Verdächtigen?«

»Ein Junkie, meint die Polizei.«

»Gibt's dafür Beweise?« Die hellen Augen des feisten Mannes streiften unruhig im Raum umher.

»Nein.«

»Zeugen?«

Ich schüttelte wieder den Kopf.

»Warum ist er umgebracht worden?«

»Keine Ahnung.«

»Und wie …« Breecker ließ den Satz unvollendet. Ich konnte mir auch so vorstellen, was er meinte.

»Jemand hat ihm von hinten den Schädel eingeschlagen.«

»Fehlt etwas? Geld, Papiere?«

»Schwer zu sagen, meint die Polizei.«

Breecker blähte die feisten Backen und schnaufte schwer.

»Gestern Abend ist hier eingebrochen worden. Die ganze Bude war auf den Kopf gestellt.« Kaum hatte ich den Satz beendet, da ärgerte ich mich über meine Mitteilungsbereitschaft. Ich hatte keinen Grund, einem wildfremden Mann von dem Einbruch zu erzählen.

»Was?« Breeckers Mund stand einen Moment offen. Doch sofort hatte er sich wieder im Griff, und sein schwammiges Gesicht wirkte nun hoch konzentriert. »Gibt es einen Grund für den Einbruch?«

119

Ich zuckte die Achseln. »Die Haushaltskasse ist weg, da waren achtzig Mark drin. – Aber wegen achtzig Mark riskiert man doch keinen Einbruch, oder?«

»Nein«, sagte er so leise, als wäre er allein im Raum. »Deswegen nicht.«

Warum benahm sich der Mann plötzlich so seltsam?

»Welche Story hat Horst Ihnen angeboten?«, kam ich auf den Grund seines Besuches zurück.

»Es geht um einen italienischen Schauspieler und Sänger.« Er schien zu überlegen, wie viel er mir erzählen sollte. »Jeder kennt ihn. Ein echter Superstar. Es gibt Gerüchte über ihn, und Horst behauptete, er hätte Beweise, die diese Gerüchte belegen.«

»Wofür?«, fragte ich. »Ist der Kerl schwul?«

»Wer? Horst?« Herr Breecker schaute mich verdattert an. Er war sicher nicht halb so schlau, wie er sich einbildete.

»Nein, dieser Italiener.«

Breecker schüttelte lachend den Kopf, doch sein Lachen klang unecht. »Das nicht«, sagte er. »Aber diese Story ist möglicherweise eine Menge Geld wert.«

»Wieso?«

Breecker spitzte die Lippen. »Die meisten Geschichten gibt's gratis. Geschichten, die jeder kennt.« Er legte den Ellbogen auf den rechten Oberschenkel und beugte sich nach vorne. »Manche Nachrichten kosten aber etwas, weil sie eben nicht jeder kennt.« Jetzt sah er mich an, als wisse er, wie man aus Steinkohle Gold herstellt. »Und diese Story wäre der Knüller.«

»Wie ist Horst zu einer solchen Geschichte gekommen?«

»Das hat mich, ehrlich gesagt, auch gewundert«, meinte der Zeitungsmann. »Aber seine Quelle ist mir egal. Ich habe die Details von einem Experten überprüfen lassen, und der sagte, das wäre ganz heißer Stoff. – Schließlich ist es um die Finanzierung gegangen, denn Horst wollte einen Haufen Geld.«

»Wie viel?«

»Zwanzigtausend.«

»Und?«

»Ich habe das Geld dabei.«

»Haben Sie keine Angst, mit so viel Geld allein in ein fremdes Haus zu gehen?«

Breecker winkte ab. »Ist nicht das erste Mal.«

»Wäre es möglich, dass Horst wegen dieser Geschichte, die Ihnen so viel Geld wert ist, um die Ecke gebracht wurde?«, überlegte ich.

Breecker nickte mehrmals, und seine dicken Lippen stülpten sich nach vorne, was sehr unvorteilhaft aussah. »Können Sie sich vorstellen, wo die Dokumente jetzt sind?«

Ich schüttelte den Kopf.

Breecker beugte sich wieder nach vorne, diesmal ganz langsam. »Ich bin befugt, das Geld für die Dokumente auszugeben. Die Verwendung ist nicht personenbezogen.« Er fuhr sich mit der Zunge über die Lippen. »Wie gesagt, ich habe das Geld bei mir.«

Ich überlegte, was für eine Art Mensch gerade vor mir saß. Ihm schien es nicht viel auszumachen, dass Horst ums Leben gekommen war. Nur die Story war wichtig. Vielleicht würde sie durch Horsts Leiche sogar noch wertvoller.

Plötzlich erfasste mich ein Gefühl von Ekel, als würde ein Haufen Katzenscheiße vor mir auf dem Küchenstuhl liegen. Dieser schmierige Kerl mit seinem Geld in der Jackentasche war mir widerlich.

121

»Hauen Sie ab mit Ihrem Scheißgeld«, sagte ich, wobei ich mich bemühte, die Stimme nicht zu erheben und den Blick auf der Tischplatte zu lassen. »Hauen Sie ab! Ich kann Ihre geldgeile Visage nicht mehr ertragen!«

Herr Breecker reagierte nicht gleich. Doch schließlich erhob er sich, legte eine Visitenkarte auf den Tisch und verließ erhobenen Hauptes den Raum.

»Und lassen Sie sich hier nicht mehr blicken«, schrie ich ihm hinterher, obwohl der Kerl es wahrscheinlich nicht mehr hören konnte. Er hatte die Tür bereits hinter sich zugezogen.

Ich atmete mehrmals tief durch, machte mir einen Kaffee und ging anschließend zurück zur Übersetzung. Der Text erschien mir nun schwerer als zuvor. Dieser Idiot hatte mich völlig durcheinandergebracht.

Als Max zurückkam, verlor er kein Wort darüber, was er getrieben hatte. Er trank erst eine Tasse dünnen Kaffee, suchte sich dann einen Krimi aus Ellis Sammlung und legte sich damit auf das Sofa im Wohnzimmer.

Wenig später rollte Elli in den Flur. Sie war beim Friseur gewesen, der ihre dicken Locken zu einer Frisur zurechtgeschnitten hatte, die ihr gut stand. Sie hatte auch ein paar neue Klamotten dabei; wieder alle schwarz.

Vom Unterzucker geplagt, holte Max einige Dampfnudeln aus der nahe gelegenen Konditorei. Ich mochte dieses Gebäck, das genauso gut sättigt wie eine Käsesahnetorte. Wir hatten gerade fertig gegessen, da klingelte es erneut. Ich überlegte, ob es möglicherweise Bienenstöcke gäbe, in denen weniger Betrieb war als in dieser Wohnung.

Max ging an die Tür.

»Was machen Sie denn hier?«, hörte ich ihn an der Haustür rufen.

»Das könnte ich genauso gut dich fragen«, antwortete eine bekannte Stimme. Es war die von Inspektor Huber.

Wenig später stand Max mit unserem alten Bekannten in der Küche. Ich hatte ihn vor zwei Jahren das letzte Mal gesehen.

Elli machte ein ärgerliches Gesicht, als sich der untersetzte grauhaarige Polizist vorstellte. Was er wolle, fragte sie. Gestern Abend sei sein Kollege Hastreiter hier gewesen, um den Einbruch aufzunehmen.

Hastreiter liege mit einer schweren Grippe im Bett, sagte Huber. Der sei noch mindestens eine Woche außer Gefecht. Jetzt müsse er sich um dessen Fälle kümmern, wobei der Mord an Horst Lang im Vordergrund stehe. Immerhin handle es sich dabei um ein Gewaltverbrechen, und die Ermittlungen seien noch nicht weit gediehen.

»Eigentlich arbeite ich im Polizeipräsidium, aber wegen dieser Grippeepidemie und der Personalnot werden alle verfügbaren Kräfte im aktiven Dienst eingesetzt. In Ihrem Fall gibt es noch einige Unklarheiten, die bereinigt werden müssen. Deshalb bin ich hier.«

»Welche Unklarheiten?«, reklamierte Elli. Hastreiter sei mehrmals hier gewesen, Hastreiter habe mit aller Sorgfalt – soweit sie es beurteilen könne – die Details aufgenommen, und seit dem Einbruch sei nichts Besonderes mehr passiert.

Mich machte das Erscheinen des unscheinbaren Polizisten unruhig. Immer wenn er in meinem Leben aufgetaucht war, gab es Ärger. Dabei war Huber einer der besten bayerischen Kriminalbeamten – wenigstens behauptete Max das.

123

Äußerlich machte Huber nicht viel her mit seinem flachen Gesicht, der kleinen Nase, den Hängebacken und den müden grauen Schweinsaugen. Außerdem war er seit unserer letzten Begegnung vor zwei Jahren noch dicker geworden.

»Was wollen Sie überhaupt?«, nörgelte Elli weiter und vermied es demonstrativ, Huber anzusehen. »Ich hatte in letzter Zeit viel zu viel mit Polizisten zu tun. Zuletzt heute Nacht.«

Max hatte dem Inspektor einen Stuhl angeboten und sich neben ihn gesetzt. Huber räusperte sich wiederholt auf seine unvergleichliche Art, die an das Grunzen eines Mutterschweins erinnerte, das seine Jungen lockt. Er ließ Elli schimpfen und sah sich um.

»Was wollen Sie hier?«, wiederholte Elli. »Heute ist noch nichts Besonderes passiert außer meinem Besuch beim Friseur.«

Huber betrachtete Elli nun wie ein seltenes Tier, bei dem er nicht gleich auf den Namen kam. »Diese Woche gab es in Ihrem direkten Umfeld einen Mord, eine Erpressung und einen Einbruch.« Jetzt bewegte er seinen halslosen Körper ein wenig und hob die Lider. »Aber die Polizei hat noch nichts Konkretes herausgefunden. Ich habe die Akten studiert.«

»Ist das meine Schuld?«, motzte Elli und schaute zum Fenster.

Nun schaltete sich Max ein und erntete dafür einen bösen Blick von Elli: »Heut Nacht war der Hastreiter hier und hat den Überfall aufgenommen.« Sein blasses Gesicht bekam einen Hauch Rosa. »Der nimmt die Sachen auf, schaut ein bisserl arrogant, und die Sache hat sich. – Bravo!«

Das Rosa in Max' Gesicht bekam einen Stich ins Rötliche, und er wandte sich an Elli. »Bei dir arbeitet mein alter Spezl Kaspar. Wegen ihm bin ich gestern gekommen. Wie ich ihn kenne, wird er dich aus Gutmütigkeit nicht alleine lassen. Der Kaspar ist nämlich außerordentlich gutmütig. – Mit Tendenz dämlich! Er merkt gar nicht, in welcher Gefahr er sich hier befindet. Ich bleibe aber bloß bis Montag. Dann muss er auf sich selbst aufpassen.«

Elli starrte weiter auf das Fenster, ihr Blick wurde härter, und ihre vollen Lippen bildeten nur mehr einen schmalen Strich.

Max fuhr fort: »Bis spätestens Montag muss ich wissen, was hier gespielt wird. Sonst nehme ich den Kaspar mit nach Rom oder ich schicke ihn nach Heiligenbeuern. Ich fürchte nämlich, dass die seltsamen Vorgänge in dieser Wohnung nicht aufhören. Oder genauer, ich hab eine Scheißangst, dass mein bester Freund in ein paar Tagen auch mit eingeschlagenem Schädel neben seinem Bett liegt und der Hastreiter anschließend mit seiner arroganten Visage daherkommt, um die Sache aufzunehmen.«

»Bist du jetzt fertig mit deinem Blödsinn?«, keifte Elli.

»Nein.« Max verschränkte die Arme. »Ich würde von dir nämlich gerne mal die Wahrheit hören.«

Elli fuhr herum. »Jetzt pass mal auf, du mageres Benediktinermönchlein ohne Kutte.« Mit beiden Händen hielt sie sich an den Armlehnen ihres Rollstuhls fest, den Oberkörper beugte sie nach vorne in Richtung Max. »Ich habe dich nicht gerufen. Du bist gestern Abend ohne Einladung hier gelandet und spielst dich auf, als hättest du die Weisheit mit dem Löffel gefressen, und zwar mit dem ganz großen.« Ihre Stimme überschlug sich. »Und dann behauptest du

125

auch noch, ich würde lügen.« Sie war fassungslos. »Nimm deinen Spezl und hau ab! Sofort!«

Sie warf sich so heftig in ihrem Rollstuhl zurück, dass die Rückenlehne ächzte. Erwartete sie wirklich, dass Max verschwinden würde?

Doch der dachte gar nicht daran. Vielmehr schlug er das linke Bein über das rechte und wippte mit dem oberen.

»Warum haben Sie so große Angst?«, erkundigte sich Huber plötzlich mit seiner leisen, monotonen Stimme. »Ich möcht Ihnen helfen. Aber das geht bloß, wenn Sie mich lassen.«

Mit umständlichen Bewegungen zog er sein altes, zerkratztes Zigarettenetui aus dem Jackett und zündete sich eine an.

Max schob ihm den Aschenbecher hin, und Huber dankte mit einem Kopfnicken.

»Ich habe keine Angst«, behauptete Elli trotzig und drehte ihr Gesicht wieder dem Fenster zu.

»Warum schreien Sie dann so?«, fragte Huber.

»Weil ich …« Elli überlegte. »Weil ich meine Ruhe haben möchte. Ich habe genug mitgemacht in den letzten Tagen.«

Max schnaubte ungläubig und schüttelte den Kopf. »Ich habe deine Krimisammlung durchgesehen. – Respekt! Alles da, was Rang und Namen hat.« Er machte eine kleine Pause und fuhr dann selbstbewusst fort: »Ich gehe davon aus, dass du die Bücher auch gelesen hast.«

Er starrte Elli an, doch die reagierte nicht.

»Du kennst dich also aus mit Verbrechen und kannst dir an deinen fünf Fingern abzählen, dass keine Ruhe sein wird, bis die Sache aufgeklärt ist.«

Elli blieb stumm, und in dem Raum stieg die Spannung.

»Ein Mann von einer Nachrichtenagentur war da«, sagte ich mitten in die knisternde Stille hinein. »Er hatte zwanzigtausend Mark dabei. Die wollt er dem Horst für irgendwelche Unterlagen über einen italienischen Sänger geben.«

»Zwanzigtausend Mark für Unterlagen über einen italienischen Sänger?«, wiederholte Max ungläubig.

»Hast du schlechte Ohren?«, fuhr Elli ihn an.

»Nein.« Max schüttelte den Kopf und beachtete sie nicht weiter. »Aber warum zahlt jemand so viel Geld für ein Stück Papier?«

»Intimitäten, aus denen man eine heiße Story machen kann«, vermutete Huber, und seine schweren Lider hoben sich. »Die Einbrecher gestern haben möglicherweise die Unterlagen dazu gesucht.«

Max nickte. »Das wären also die ersten zwei Details, die zusammenpassen.«

»Gestern hast du noch behauptet, die Kerle wären hinter Geld her gewesen«, stänkerte Elli mit spöttisch funkelnden Augen. »Jetzt ist es plötzlich ein Stück Papier.«

Max ließ sich aber nicht aus der Ruhe bringen. »Dieses Papier ist anscheinend einen Haufen Geld wert und außerdem viel leichter zu verstecken als ein Bündel Geldscheine.«

»Aber die Einbrecher haben nichts gefunden«, mutmaßte Huber. »Sonst wäre nicht die ganze Wohnung auf den Kopf gestellt worden. Einbrecher verschwinden, sobald sie haben, weswegen sie gekommen sind.« Er wandte sich an Elli. »Sie müssen mit der Polizei zusammenarbeiten, sonst werden Sie keine Ruhe bekommen. – Ich lese zwar kaum Kriminalromane, aber ich habe Erfahrung mit echten Verbrechern.«

»Die hat der Hastreiter auch!«, giftete Elli. »Und der ist bei der Kripo und nicht an irgendeinem Schreibtisch im Präsidium.«

»Aber er ist im Augenblick krank«, meinte Huber, an dem Ellis Vorwurf abprallte wie Wasser an einem Speckstein. »Bis er wieder da ist, müssen Sie mit mir vorliebnehmen.«

Elli verdrehte die Augen.

»Wir müssen dieses Papier finden.« Max sah sich unternehmungslustig um.

Huber nickte.

»Und was ist mit der Erpressung?«, warf ich ein.

»Die lassen wir einstweilen weg«, meinte Huber knapp.

»Wie können Sie die weglassen?«, motzte Elli.

»Ich habe die Akten studiert«, sagte Huber. »Es handelt sich um eine sehr seltsame Erpressung, um mich vorsichtig auszudrücken.« Er sah einen Moment zu Elli hin.

»Was meinen Sie mit seltsam?«, wollte sie wissen.

»Ich meine damit, dass es sich um eine der großen Ungereimtheiten an diesem Fall handelt.«

»Eine der Ungereimtheiten?«, wiederholte Elli und maß Huber mit einem langen Blick. »Und was wären die anderen – Ungereimtheiten?«

»Ihr Verhalten am Montagabend zum Beispiel.« Hubers Stimme wurde immer leiser. »Sie haben an dem Abend, als Horst Lang ermordet wurde, einen Studienfreund und nicht Ihre Eltern angerufen. Die sollten also nicht in die Sache hineingezogen werden. Ich frage mich, warum.«

»Unsinn!«, fauchte Elli. »Ich habe bloß kein besonders gutes Verhältnis zu meinen Alten.«

»Aber Ihre Eltern, mit denen Sie nicht auskommen, zahlen einem Erpresser hunderttausend Mark, ohne mit der Wimper zu zucken.« In Hubers Gesicht hoben sich die schmalen Augenbrauen, und zwei tiefe Falten erschienen auf seiner niedrigen Stirn.

»Ist mir egal, ob Sie mir glauben oder nicht! Ich bin Ihnen keinerlei Auskünfte schuldig. Ich muss Ihnen nicht antworten. Nicht mal reden muss ich mit Ihnen, hat mein Vater gesagt.«

»Was hat Ihr Vater, den Sie nicht leiden können, sonst noch gesagt?«, fragte Huber zynisch.

»Dass ich mich vor den Fangfragen der Polizei in Acht nehmen soll«, zischte Elli.

Huber lachte.

»Warum lachen Sie?«, fuhr Elli ihn an.

»Weil Sie eine Mordsangst haben, und zwar mit Recht.« Der Inspektor hatte den Blick auf seinen nicht unbeträchtlichen Bauch gerichtet, seine Stimme schnurrte nun wie eine Katze. »Horst Lang hatte ein Papier, das viel Geld wert ist. Wahrscheinlich wurde er umgebracht, weil er es nicht herausrücken wollte. Gestern sind Leute in die Wohnung eingedrungen, die einen Schlüssel haben. Sie haben alles durchsucht, aber nichts gefunden. Diese Leute können jederzeit wiederkommen. Solche Typen gehen über Leichen, das muss Ihnen doch klar sein.«

»Und was soll ich jetzt machen?«, entgegnete Elli trotzig.

»Mit uns zusammenarbeiten, damit wir den Täter schnappen«, erklärte Huber.

Ellis Atem ging schneller, und ihre Augen flackerten wie Irrlichter. »Darüber muss ich nachdenken.«

»Aber nicht zu lange«, meinte Max. »Sonst bin ich weg! Und den Kaspar lass ich nicht alleine hier!«

Damit war alles gesagt. Der Inspektor erhob sich und verließ die Wohnung.

Ich räumte in der Küche auf. Max hatte sich wegen seiner Bandscheiben in mein Bett gelegt, wo er bald einschlief. Später ging ich auch in mein Zimmer und setzte mich an den Schreibtisch. Ich wollte die Übersetzung heute noch fertigbringen.

Elli hatte sich eingeschlossen. Sie lernte griechische Vokabeln.

Wie konnte man bloß Vokabeln lernen, wenn man schlecht drauf war?

Kurz vor halb fünf schaltete ich das Radio an. Auf keinen Fall durfte ich »Heute im Stadion« verpassen. Die Löwen hatten drei Spiele nacheinander gewonnen, vielleicht würden sie heute ihre Serie fortsetzen.

Der Reporter berichtete gerade von einer Strafraumszene aus dem Stadion an der Grünwalder Straße, da klingelte es an der Tür.

Verdammt! In diesem Haus klingelte es immer. Vor allem dann, wenn ich es gar nicht brauchen konnte.

»Wie spät ist es?«, fragte Max und schlug die Augen auf. Die Glocke hatte ihn geweckt.

»Keine Ahnung«, brummte ich und verließ das Zimmer.

Während ich die Wohnungstür öffnete, drückte ich auf den Türöffner für das Haustor. Ich war nicht gespannt, wer uns besuchen wollte. Wer konnte es schon sein? Ellis Eltern oder jemand von der Polizei. Ich wollte aber niemanden sehen. Ich brauchte Ruhe.

Nach einer Weile läutete es erneut, und ich drückte wieder auf den Öffner. Gleichzeitig hörte ich ein leises Summen am Haustor, doch es ging nicht auf. Manchmal klemmte es, hatte Elli mir gesagt.

Also stolperte ich zum Tor. Als ich davorstand, schoss mir plötzlich durch den Kopf, dass Max und Huber meinten, ich wäre in Gefahr. Möglicherweise wollte mich jemand ans Tor locken, um mir dort eins drüberzuziehen. Draußen war es bereits stockdunkel, und wegen des kalten Wetters war vermutlich niemand auf der Straße. Eine ideale Situation.

»Wer ist da?«, rief ich also so laut, dass man es außerhalb der wuchtigen Haustür noch hören konnte.

Nichts.

Ich überlegte, ob ich Max holen sollte. Meine Lage war nicht ungefährlich. Doch ich wollte auch nicht als Hosenscheißer dastehen, der sich nicht einmal mehr traut, alleine eine Tür zu öffnen. Also fragte ich noch einmal, wer da draußen wäre.

»Kaspar Spindler«, hörte ich eine vertraute Mädchenstimme. »Mach sofort die verdammte Tür auf. – Und wenn ich da drin eine Frau treffe, die nicht viel an hat, dann bringe ich dich um!«

Das war Karin.

Ich versuchte, das Tor mit einer Hand aufzuziehen, doch es ging nicht. Wahrscheinlich hatte die feuchte Witterung der letzten Tage das Holz aufquellen lassen. Schließlich riss ich mit beiden Händen am Türknauf. Das wirkte schließlich doch, und Karin stand mit nassen Haaren vor mir. Sie hatte nie einen Schirm dabei.

Es sah unglaublich süß aus, wie sie mich mit ihren blauen Augen angiftete. In ihrer Rechten trug sie eine kleine Sporttasche.

Ich zog sie in den Hausgang und versuchte gleich, sie zu küssen. Doch sie stieß mich weg.

»Lass mich los, du tauber Kerl! – Erst muss ich mich aufwärmen, dann werde ich deine neue Bleibe inspizieren, und das Weitere wird man sehen.« Sie hielt ihren hübschen Kopf hoch erhoben wie eine Königin und sah sich um.

Für Zärtlichkeiten war der falsche Augenblick, so viel stand fest. Ich nahm ihre Tasche, und sie schritt mit reserviertem Gesichtsausdruck hinter mir her in die Wohnung.

»Nicht schlecht«, meinte sie, als sie sich in dem breiten Gang mit der hohen Stuckdecke umsah. »Wo sind deine Gemächer?«

Ich öffnete die Tür zu meinem Zimmer, und sie blieb ruckartig stehen, als sie Max auf meinem Bett liegen sah.

»Was machst du denn hier?«, fragte sie mit großen Augen.

Sie hatte Max seit zwei Jahren nicht mehr gesehen. Damals hatte er noch lange Haare gehabt. Doch sein freches Lächeln in dem lang gezogenen Gesicht war einzigartig.

»Ich bin gestern gekommen, um auf den Kaspar aufzupassen.« Max schwang seine langen Beine aus dem Bett, erhob sich und gab Karin die Hand.

»Das werde ich jetzt übernehmen.« Karin nahm mir ihre Tasche aus der Hand und warf sie mit einem gewissen Nachruck auf das Bett.

»Wie lange bleibst du?«, wollte Max wissen. Er war beinahe zwei Köpfe größer als sie.

»Mal schauen, ob ich überhaupt bleibe«, sagte sie knapp und musterte Max und mich abwechselnd.

Max verstand den Wink, verließ das Zimmer und schloss die Tür von außen.

»Und wo ist dieses Mädchen im Rollstuhl, von dem du mir erzählt hast?« Karin hatte ihren nassen Mantel ausgezogen und über den einzigen Stuhl im Raum geworfen.

»Die zeig ich dir später«, sagte ich und machte mich daran, sie aufzuwärmen. Als sie sich endlich küssen ließ, bemerkte ich das neue Parfüm. Mir wurde angenehm schwindelig von dieser männermordenden Lotion.

Nachdem ich Karins Hände, Zehen und auch andere Körperteile wieder auf Normaltemperatur gebracht hatte, also etwa eine Stunde später, ging ich in die Küche, um ihr einen heißen Tee zu machen. Dort saßen Max und Elli.

»Wir sind gleich weg«, sagte mein Freund und hob beide Hände.

»Schließlich sind Essen und sturmfreie Bude die einzigen festen Vereinbarungen in unserem Arbeitsvertrag«, ergänzte Elli. »Aber vorher könntest du mir deine Herzallerliebste schon noch zeigen.«

Erst stellte ich Wasser auf den Herd, anschließend holte ich Karin.

Nachdem sie Elli die Hand gegeben hatte, setzte sie sich auf den freien Stuhl neben mich und verschränkte die Arme.

»Wir haben beschlossen, heut Abend ins Kino zu gehen.« Max warf Elli einen Blick zu, dem sie auswich. »Einer flog übers Kuckucksnest.«

Ich hatte von dem Film gehört. Er handelte von einem kleinen Ganoven, der lieber ins Irrenhaus als in den Knast wollte.

»Und wir kommen sicher nicht vor zwölf zurück.« Max legte die rechte Hand auf die linke Brustseite. »Ich schwöre.«

133

»Großes Indianerehrenwort!«, ergänzte Elli.

Wir tranken den Tee zusammen und plauderten über Max' Reise nach Rom, schließlich machten sich Elli und ihr Begleiter auf den Weg.

Ich bereitete alles für einen netten Abend vor. Den geöffneten Rotwein und zwei Gläser stellte ich auf das Nachtkästchen, das rote Tuch hing über der Stehlampe, der Kassettenrekorder lief.

So weit war alles gerichtet.

Doch Karin ging das zu schnell. Sie musste sich erst noch die Wohnung in Ruhe ansehen, um sich nicht fremd zu fühlen. Dann begutachtete sie mein Zimmer. Jedes meiner wenigen Bücher nahm sie einzeln in die Hand, blätterte gedankenverloren darin herum und legte es wieder zurück. Dann räumte sie ihre paar Sachen in den beinahe leeren Schrank. Anschließend kam sie zu mir ans Bett, küsste mich aber nur flüchtig und schlich anschließend um unser Liebeslager herum. Ich schenkte mir Rotwein ein und trank einen großen Schluck.

»Was ist das?«, rief sie plötzlich, stützte die Hände in die Hüfte und drehte sich wie ein Fotomodell halb um sich selbst.

»Was meinst du?«

Sie deutete auf den rechten Bettpfosten.

»Was soll da schon sein?« Ich hielt Karin den Rotwein hin.

»An dem Bettpfosten ist was.« Sie stand dicht davor und starrte ihn an, das Glas beachtete sie nicht.

Ich zuckte die Achseln. Der blöde Pfosten interessierte mich im Augenblick nicht die Bohne.

»Es schaut aus wie Blut«, flüsterte Karin. »Wie einge-
trocknetes Blut.«

Jetzt sah sie zu mir her. In ihren Augen stand alles Mögliche, bloß nicht mehr die Aussicht darauf, wonach mir so
sehr gewesen wäre.

»Unsinn!«, behauptete ich und kniete mich auf das
Oberbett, um mir die Sache näher anzusehen.

Auf dem dunklen Holz des Bettpfostens waren vier
erbsengroße braune Flecken. Sie waren nicht leicht zu
erkennen. Trotzdem ärgerte ich mich über die Leute vom
Reinigungsdienst, die die Flecken übersehen hatten. Noch
mehr ärgerte ich mich über mich selbst. Ich wusste, wie
pingelig Karin sein konnte. In unserem einzigen gemeinsa-
men Urlaub heuer im Sommer hatte sie das Hotelzimmer in
Malcesine erst eine Stunde lang auf Schmutz und Parasiten
untersucht, bevor sie es als Bleibe akzeptierte. Karin traute
niemandem, was Sauberkeit anging. Mir schon gleich gar
nicht.

»Was soll es sonst sein?«, fragte sie leise, und ich merkte,
wie mir die Hitze ins Gesicht stieg.

»Keine Ahnung«, murmelte ich und versuchte, möglichst gelassen zu bleiben.

Karin warf mir einen strengen Blick zu. »Du warst
immer schon ein lausiger Lügner.«

Damit hatte sie wohl recht.

»Also rück raus. Was ist das?«, insistierte meine Liebste
mit einem Gesicht, das mir einige Unannehmlichkeiten in
Aussicht stellte, falls ich es wagen sollte, noch einmal zu
flunkern.

»Blut«, murmelte ich und wusste, dass der Abend damit
gelaufen war.

»Blut«, wiederholte Karin langsam und drehte die Augen nachdenklich zur Decke. »Blut auf dem Bettpfosten und der Max Stockmeier in der Nähe«, überlegte sie und sah dann zu mir her. »Hier ist was Schlimmes passiert, stimmt's?«

Ich nickte.

»Etwas, das ich besser nicht wissen sollte?«

Ich nickte erneut, doch ich tat es nicht gerne.

»Lass dir nicht jedes Wort aus der Nase ziehen. Was ist passiert?«

Die erotische Spannung in meinem Zimmer war inzwischen auf dem Nullpunkt. Ich schenkte mir Wein nach, trank das Glas leer und begann die ganze Geschichte zu erzählen. Karin hatte sich aufs Bett gesetzt und hörte zu, ohne mich zu unterbrechen. Ihre Wortlosigkeit konnte alles Mögliche bedeuten.

Als ich fertig war, erhob sie sich und ging im Zimmer mehrmals auf und ab: »Du wolltest mich also in einem Bett vernaschen, in dem vor ein paar Tagen noch ein Toter gelegen war?«, konstatierte sie mit blecherner Stimme.

»Er war nicht dringelegen, sondern daneben«, versuchte ich die Umstände richtigzustellen, wusste aber, dass mit dieser kleinen Modifikation nichts mehr zu gewinnen war. Ich stand auf verlorenem Posten.

»Im Bett, neben dem Bett. Das tut nichts zur Sache.« Sie nahm ihre Tasche, ging zum Schrank und räumte ihre Klamotten wieder hinein.

»Was soll das?«, tat ich überrascht und sprang auf.

»Das siehst du doch. Ich gehe.«

»Spinnst du? Das kannst du nicht machen. Ich hab mich so auf dich gefreut.«

136

»Bringst du mich heim, oder muss ich die S-Bahn nehmen?« Schon hatte sie ihren Mantel angezogen. »Jedenfalls bleibe ich keine Minute länger in diesem Raum.«

Fertig gepackt stand sie vor mir.

Ich liebte Karin sehr, doch ich kannte inzwischen auch ihre Macken; vielleicht noch nicht alle, aber zumindest ihre Sturheit, die sie von ihrem Vater geerbt hatte, wie ihre Mutter behauptete. Sie würde unter keinen Umständen mehr bleiben.

Ich wies sie darauf hin, dass es draußen saukalt sei, noch dazu auf dem Motorrad. Doch sie hatte sich schon ihre dicken Wollhandschuhe übergestreift.

Mit einem tiefen Seufzer holte ich den Norwegerpullover, die Motorradjacke und die beiden Helme aus dem Schrank. Den kleineren drückte ich Karin in die Hand; außerdem den langen Regenmantel, der ihr viel zu groß war. Wortlos verließen wir die Wohnung.

Vor dem Haus wischte ich die Sitzflächen des Motorrads mit dem Unterarm trocken, dann saßen wir auf und fuhren Richtung Süden nach Geretsried. Während der Fahrt spürte ich Karins Hände um meinen Bauch. Der erotische Höhepunkt dieses Wochenendes!

Eine knappe Stunde später stiegen wir vor dem Mietshaus, in dem Karin wohnte, von der Maschine. Gott sei Dank hatte es wenigstens aufgehört zu regnen, sodass wir zwar durchgefroren, aber wenigstens einigermaßen trocken ankamen.

Ich ging mit Karin hinauf in die Wohnung, wo ihre Eltern vor dem Fernseher saßen und Rudi Carells Samstagabendshow verfolgten. Ich wärmte mich auf und aß die belegten

137

Brote, die mir Karins Mutter auf den hässlichen Wohnzimmertisch stellte. Frau Kobek duldete es nicht, dass man sich länger als zehn Minuten in ihrer Wohnung aufhielt, ohne etwas zu sich zu nehmen. Das Angebot, auf dem Wohnzimmersofa zu übernachten, schlug ich aus. Ich hätte kein Auge zugetan, wenn ich auf der Couch gelegen wäre und meine Liebste nur ein paar Meter entfernt gewusst hätte.

Doch mich nachts zu ihr zu schleichen, konnte ich vergessen. Die Liesl, dieses neurotische Häuflein Hund, belauerte mich von seinem Körbchen aus und vollbrachte jedes Mal einen Höllenspektakel, sobald ich Karins Zimmer betreten wollte, und war durch nichts mehr zu beruhigen. Wir hatten bereits einige Versuche hinter uns, die stets damit endeten, dass sich das kleine Mistvieh aufführte, als würde es geschlachtet. Karins Vater kam dann aus dem Schlafzimmer, um nachzusehen, was denn los wäre, und fand mich mit rotem Kopf im Hausgang stehen.

Diese Einlage wollte ich mir heute sparen, also machte ich mich nach dem Imbiss fertig, um nach München zurückzufahren. Ich verabschiedete mich von den Eltern, Karin begleitete mich noch bis zur Haustür.

»Mit der Elli stimmt was nicht.« Sie sah mich nach dem ersten Abschiedskuss streng an. »Nicht weil sie im Rollstuhl sitzt und schwarze Sachen anhat. Auf ihre Art ist sie sogar ganz nett. Aber …«

»Sie ist halt durcheinander«, fiel ich ihr ins Wort. »Der Horst ist tot, und die Polizei weiß immer noch nicht, wer's war.«

Karin schüttelte den Kopf. »Nein, das ist es nicht.« Sie sah mich an und fuhr mir mit der rechten Hand übers Gesicht, was ich sehr mochte. »Ich habe Angst um dich. – Du darfst nicht dortbleiben. Ich kann dir nicht sagen warum, aber ich habe ein ganz ungutes Gefühl. Ich hätte es nicht länger in der Wohnung ausgehalten. Nicht bloß wegen der paar eingetrockneten Blutstropfen, da war noch was anderes. Frag mich nicht, was. Aber ich habe mich in der Wohnung vom ersten Augenblick an nicht wohlgefühlt.« Noch einmal fuhr sie mir über Stirn und Wange. »Du musst dort weg. Versprich mir, dass du dir was anderes suchst. Am besten gehst du ins Studentenheim zurück. Spätestens am Montag, wenn der Max nach Rom fährt.«

Mein Magen zog sich zusammen. Jetzt fing Karin auch noch an.

»Versprich's mir!«, beharrte sie und begann an meinem rechten Ohrläppchen herumzuknabbern.

Karin etwas abzuschlagen, wenn sie solche Sachen machte, war schlicht unmöglich. Nein konnte ich nicht sagen, höchstens ein bisschen Zeit herausschinden.

»Okay. Ich werde Elli sagen, dass sie sich einen anderen Helfer suchen muss. Und wenn das nicht klappt, soll sie halt eine Weile zu Hause …«

»Sei jetzt still und küss mich«, flüsterte Karin und drückte mich kräftig. Wie immer, wenn sie erreicht hatte, was sie wollte.

Zurück in der Kaulbachstraße, kochte ich mir zunächst einen heißen Tee. Der Fahrtwind hatte mich trotz der Lederjacke und des Regenüberzugs ausgekühlt.

Schon lange dachte ich über den Erwerb einer ledernen Motorradhose nach, doch ich konnte sie mir nicht leisten. Eine gute Motorradhose kostete zweihundert Mark. Ein Vermögen!

Schließlich ging ich ins Wohnzimmer und setzte mich vor den Fernseher, um mir das Aktuelle Sportstudio anzusehen. Und es kam, was an einem solchen Scheißtag kommen musste: Die Löwen hatten ihr Heimspiel verloren.

Wenigstens war Bier da. Nach zwei Halben schlief ich schlecht gelaunt vor dem Fernseher ein und träumte unsinniges Zeug: Karin ging durch mein Zimmer und verspritzte eine blutrote Flüssigkeit an alle Stellen, die Max ihr zeigte. Er saß in seiner Mönchskutte auf dem Bett und hatte wieder die schulterlangen Haare von früher. Ellis Rollstuhl stand in der offenen Zimmertür. Ohne Elli. – Mit ihr war etwas Schreckliches passiert, das spürte ich. Doch Max und Karin war der leere Rollstuhl egal. Sie waren zu sehr beschäftigt …

Da hörte ich ein Geräusch auf dem Gang. Ich war sofort hellwach. Wer war das? Waren die Einbrecher von gestern zurückgekommen?

Ich hörte deutlich, wie sich jemand draußen bewegte. Dazu leise Stimmen. Es waren also mindestens zwei. Ruhig bleiben, sagte ich mir. Doch mein Herz schlug bis zum Hals. Ich war alleine, und da draußen waren mehrere. Horst kam mir in den Sinn. Er war erschlagen worden, ohne sich zu wehren. Das hatte zumindest dieser Hastreiter gesagt. Spuren eines Kampfes waren nicht gefunden worden. Möglicherweise hatte ihn der eine abgelenkt, damit ihm der andere die Mordwaffe ungestört auf den Kopf schlagen konnte.

So einfach sollten es die Burschen mit mir nicht haben. Ich schaute mich im Wohnzimmer um, das vom Testbild des ZDF erleuchtet wurde. Was konnte ich hernehmen, um es den Angreifern über den Schädel zu hauen? Da fiel mein Blick auf die eisernen Vorhangstangen, die in die Halterung lediglich hineingeschoben waren. Sicher konnte man sie ohne Probleme herausziehen. Das würde zwar einigen Lärm verursachen, doch darauf konnte ich jetzt keine Rücksicht nehmen. Hauptsache, ich wäre bewaffnet.

Leise schob ich einen Stuhl zum rechten Fenster und stieg hinauf, ohne irgendein Geräusch zu verursachen. Nun zog ich die Stange mit einem Ruck nach rechts, während ich mit der anderen Hand den Vorhang abstreifte. Nach einem Ruck in die entgegengesetzte Richtung hatte ich die gut eininhalb Meter lange, schwere Eisenstange in der Hand.

Augenblicklich fühlte ich mich besser und überlegte, was ich weiter unternehmen könnte, um meine Situation zu verbessern.

Natürlich, ich musste näher zur Tür. Wenn der Eindringling ins Wohnzimmer kam, konnte ich ihm mit der Stange eines auf den Schädel geben, bevor er sich im Zwielicht des Raumes orientiert hatte. Also stieg ich vom Stuhl und trat drei Schritte vor, um mit meiner Waffe die Tür erreichen zu können. Ich bemühte mich, ruhig und tief zu atmen, doch die Aufregung schnürte mir Brust und Hals zu, und ich bekam kaum mehr Luft. Bald hatte ich Seitenstechen.

Auf dem Gang war nichts mehr zu hören. Wahrscheinlich formierte sich der Gegner zum Angriff, doch ich war gewappnet. Mit beiden Händen hielt ich die schwere Stange wie ein Ritter sein Schwert. Ich würde mich auf nichts einlassen, sondern sofort zuschlagen, sobald der Bursche seinen Kopf hereinstreckte.

Die Tür öffnete sich ganz langsam, und ich merkte, wie mir der Schweiß von der Stirn tropfte. Die Unterarme

141

begannen zu schmerzen, so fest hielt ich meine Waffe. Da ging die Tür wieder zu.

Hatte der Einbrecher gemerkt, dass ich nicht unvorbereitet war? Trat er vielleicht den Rückzug an? Oder überlegte er sich eine Taktik, mit der er mich überraschen konnte?

Es dauerte nicht lange, da senkte sich der Türgriff erneut, und die Tür ging einen Spalt weit auf. Nur einen Spalt. Der Angreifer hatte sich also entschieden. Er wollte den Kampf.

Nun hörte ich das erste Geräusch seit einer kleinen Ewigkeit.

Es war Elli. Nur sie konnte so kindisch kichern wie eine Fünfjährige, die man am Bauch kitzelt. Anschließend flüsterte Max mit seiner dunklen Stimme irgendetwas Unverständliches. Es hörte sich aber so an, als wäre er nicht mehr ganz nüchtern.

»Was ist denn hier für ein Lärm?« Max stieß die Tür auf und kam mit langen Schritten ins Wohnzimmer. Gleich bei der Stereoanlage blieb er stehen und schaute mich neugierig an, wie ich mit meiner Vorhangstange angriffsbereit dastand. Er überlegte einen Augenblick, doch er sagte nichts. Jeder Kommentar zu diesem Zeitpunkt hätte unsere Freundschaft nachhaltig gefährden können.

Nun kam Elli in den Raum gerollt. »Was macht ihr denn für perverse Spielchen hier?«, platzte sie heraus und sah sich neugierig in dem Chaos um. »Sicher irgendwas mit Verstecken, oder?«

Jetzt war Max nicht mehr zu halten und lachte los. Sein langer Körper schüttelte sich wieder und wieder, wie eine zu schnell gewachsene Fichte im Sturm. Elli dagegen sah mich mit großen, bernsteinfarbenen Augen an. Sie erwartete eine Antwort.

142

Um ihr die geben zu können, legte ich zunächst die Stange aus der Hand und setzte mich.

»Karin ist nicht mehr da«, stieß ich hervor.

»Schade, sie war nett.« Elli fuhr zum Fernseher und schaltete ihn aus.

»Brauchst du mich noch?«, fragte ich. »Sonst geh ich ins Bett.«

»Und wer räumt den Saustall hier auf?«, fragte Max und hob das Poster von David Bowie vom Boden auf. Der fallende Vorhang hatte es von der Wand gerissen.

»Ich nicht!«, fuhr ich ihn an. »Dank dem lieben Gott, dass ich dir nicht die Stange über den Schädel gezogen habe.«

An den beiden vorbei stürmte ich aus dem Wohnzimmer und knallte die Tür hinter mir zu. Max hörte ich noch etwas von Ehekrise faseln.

Der musste gerade so daherreden! Verpisst sich ins Kloster und spuckt dann schlaue Töne über die Beziehungen von anderen Leuten!

Ich ging ins Bett, ohne mir vorher die Zähne zu putzen. Darauf kam es heute auch nicht mehr an.

7

Leg mich wie ein Siegel auf dein Herz,
wie ein Siegel auf deinen Arm.
Denn stark wie der Tod ist die Liebe.

(Hohelied Salomos)

Sonntag

Es läutete früh, doch ich war schon wach, stand also auf
und tappte an die Wohnungstür. Ich erwartete Ellis Vater,
es war seine Zeit. Sehr gut, dachte ich, dann konnte ich ihm
gleich mitteilen, dass er sich jemanden anderen für seine
Tochter suchen solle. Ich hatte die Schnauze voll.

Doch vor der Tür stand Inspektor Huber. Er sah aus wie
immer in seinem braunen, abgetragenen Anzug. Anscheinend hatte er keinen Sonntagsstaat, in dem er ein wenig den
Eindruck eines höheren Beamten hätte machen können.
Mit einem linkischen Lächeln auf seinem breiten, schwam-
migen Gesicht mit der unscheinbaren Nase betrat er die
Wohnung.

»Wahrscheinlich bin ich zu früh dran für studentische
Kreise. Aber ich habe wichtige Nachrichten. Ich muss mit
Max reden.« Er sah sich um. »Tolle Wohnung. Ist mir ges-
tern schon aufgefallen.«

Ich deutete Richtung Küche und meinte, er müsse ein
wenig warten, bis ich Max geweckt und mir die Zähne

geputzt hätte. Ich hasse es, wenn jemand aus dem Mund stinkt, und möchte das auch niemand anderem zumuten.

Max war sofort in der Höhe, als ich ihm erzählte, dass der Inspektor da sei. Er verzichtete aufs Zähneputzen, zog eilig Jeans und T-Shirt an und ging in die Küche.

Als ich aus dem Bad kam, um Kaffee zu kochen, platzte ich in eine angeregte Diskussion.

»Der Horst ist ungefähr um neun Uhr abends umgebracht worden. Das hat der Gerichtsmediziner festgestellt. – Großflächiger Schädelbruch am Hinterkopf mit Splittern. Er war sofort bewusstlos. Blöderweise hat ein Knochensplitter genau eine Arterie getroffen. Deshalb das viele Blut auf dem Boden. Ich hab mir die Bilder vom Tatort und der Leiche angeschaut, und da habe ich was Interessantes entdeckt: Auf der linken Wange hatte das Opfer einen tiefen Kratzer.«

»Einen Kratzer?«, wiederholte Max.

»Möglicherweise von einem scharfen Gegenstand, zum Beispiel von einem Ring mit einem gefassten Stein.«

»Das heißt?« Max war ganz Ohr.

»Wahrscheinlich hat ihm jemand mit einem Ring kurz vor seinem Tod eine runtergehauen«, sagte Huber. »Das sagen zumindest die Pathologen.«

»Eine Frau?«

»Nur Frauen tragen Ringe mit einem dicken Klunker.«

Horst hatte viele Frauen gekannt, die meisten von ihnen waren laut Günther nicht mehr gut auf ihn zu sprechen.

»Gibt's sonst noch Erkenntnisse aus der Pathologie?«, fragte Max weiter.

»Horst Lang war gesund.«

»Drogen?«

»Ein bisschen Marihuana, aber keine harten Sachen. Nirgends waren Einstiche. Nicht an den Armen und auch nicht unter der Zunge, wo sie gerne übersehen werden.«

»Wie kommen Sie so schnell zu den vielen Details?« Max tauchte den Teebeutel wieder und wieder in die Tasse mit heißem Wasser, die vor ihm auf dem Tisch stand.

»Beziehungen«, meinte Huber und warf erst Max, dann mir einen schelmischen Blick zu. »Durch meine Arbeit im Präsidium kenne ich fast jeden, der in München mit einem Polizeiausweis rumrennt. Beim letzten Betriebsausflug habe ich auch noch die Kollegen aus der Pathologie kennengelernt. Das sind Pfundskerle, bloß ihr Humor und die Umgangsformen sind gewöhnungsbedürftig.«

»Was meinen Sie damit?«, fragte Max.

»Ich war neulich eingeladen, um mir den Betrieb dort anzusehen. Eine Privatführung praktisch.« Huber fuhr sich mit der Zunge über die Lippen. »Ich bin mit einem gewissen Doktor Oberstauß in die Kühlkammer gegangen. Der Kerl hat ständig eine Zigarette im Mund. Er wollte mir Schmauchspuren auf dem Schädeldach eines Ermordeten zeigen und zog eine Leiche mit einer schönen Schusswunde aus dem Schrank. Um die Haare des Opfers zur Seite zu drücken, brauchte er beide Hände. In Ermangelung einer anderen Ablagemöglichkeit hat er dem Toten die Zigarette zwischen die Zehen geklemmt, mir die Schmauchspuren vorgeführt, seine Zigarette anschließend wieder rausgezogen und fertig geraucht.«

Die Sache mit dem Frühstück hatte sich nach dieser kleinen Episode für mich erledigt.

»Und dieser Oberstauß hat mir auch die Befunde im Fall Horst Lang erklärt. Haarklein.« Huber hob die rechte

Hand. »Die tödliche Verletzung an seinem Hinterkopf stammt von einem stumpfen, etwas eckigen Gegenstand. Der Täter muss mit großer Kraft zugeschlagen haben. So leicht bricht der Schädelknochen dort nicht.«

»Und was heißt das?«, wollte Max wissen.

»Der Täter muss die Mordwaffe dabeigehabt und nach dem Mord wieder mitgenommen haben. Einen eckigen Prügel, eine Dachlatte oder etwas in der Richtung.«

»Er könnte doch auch etwas verwendet haben, was im Zimmer rumgelegen ist«, überlegte Max.

»Es ist aber kein Gegenstand gefunden worden, der dafür infrage käme«, sagte Huber. »Es fehlt nichts, hat Fräulein Guthor gesagt.«

»Das bedeutet?«

»Es war kein Profi«, erläuterte Huber. »Profis schießen. Oder sie stechen ihr Opfer nieder, wenn es niemand hören soll. Aber kein vernünftiger Mensch schleppt einen keulenartigen Gegenstand mit sich rum, schlägt jemanden damit tot und nimmt das Ding wieder mit heim. Wir leben schließlich nicht in der Steinzeit.«

»Der Hastreiter sagt, es wär ein Junkie gewesen«, meinte ich. »Damit ist er anscheinend nicht ganz schlecht gelegen, oder?«

Max und Huber wechselten einen langen Blick, den ich nicht deuten konnte.

»Die meisten Junkies sind harmlos. Sie sind froh, wenn ihnen selbst niemand was tut«, erklärte Huber und zündete sich eine Zigarette an, ohne zu fragen, ob es uns stört. »Ein paar Kandidaten gäb's natürlich, denen ich einen Totschlag zutrauen würde.« Er machte eine kleine Pause und sagte dann leise: »Dem Günther Grobbe zum Beispiel. Der war

147

schon im Knast wegen Körperverletzung in Zusammenhang mit Drogen. Der Bursche ist gefährlich und kannte den Horst aus dem Kittchen.«

»Woher wissen Sie von diesem Günther?«, fragte Max.

»In den Unterlagen stand, dass Horst Lang eingesessen hatte. Also habe ich mit dem Direktor von Stadelheim …«

»… einem Freund von Ihnen …«, ergänze Max.

»… gesprochen«, vervollständigte Huber den Satz. »Der hat in seinem Archiv nachgeschaut und mir berichtet, dass die zwei ein paar Wochen zusammen in einer Zelle waren.«

Der Kaffee war fertig, und ich stellte dem Inspektor eine Tasse hin. Der schüttete drei Löffel Zucker und viel Sahne hinein, um schließlich fortzufahren.

»Mein nächster Anruf galt dann natürlich den Drogenfahndern.«

»Ebenfalls Freunde«, mutmaßte ich.

Huber nickte. »Sie bestätigten mir, dass dieser Günther Grobbe auch bei ihnen kein unbeschriebenes Blatt ist.«

»Und der Horst war sein Dealer?«, fragte Max.

»Möglicherweise.« Huber legte den rechten Zeigefinger auf den Mund, wodurch er noch undeutlicher redete, als er es ohnehin schon tat. »Horst Lang verkaufte seinen Stoff recht günstig, deshalb hatte er bald eine Menge Kundschaft, darunter zwei unserer V-Leute. Er hat den Stoff hier in der Wohnung gedealt, das wusste jeder. Also ist die Wohnung zweimal mit richterlichem Befehl durchsucht worden; jedes Mal mit großem Aufgebot.«

»Aber Ihre Kollegen haben nix gefunden«, meinte Max und schmierte sich ein Honigbrot. Ihm hatten die Details aus der Pathologie nichts ausgemacht.

»Woher weißt du das?«, fragte Huber.

Max lächelte. »Sonst wäre er doch nicht mehr frei rumgelaufen.«

Huber nickte.

»Ist dieser Günther Grobbe jetzt der Hauptverdächtige?«, fragte ich.

»Verdächtig schon, aber wir haben nichts in der Hand.« Zwei tiefe Falten erschienen auf Hubers Stirn. »Günther Grobbe hat ein Alibi – seine Freundin. Sie behauptet, er wäre zum Tatzeitpunkt bei ihr gewesen.«

»Weitere Zeugen?«

»Keine.« Huber hob die schmalen Augenbrauen.

»Das ist mager.«

»Ja.«

»Sie würden es ihm zutrauen?«, wollte Max wissen.

»Der Kerl ist gefährlich, außerdem nimmt er alles mögliche Zeug. LSD und solchen Mist.« Huber erhob sich, er wollte gehen.

»Karin hat gestern Spuren von Blut auf meinem rechten Bettpfosten gefunden«, hörte ich mich da sagen.

»Wer ist Karin?«, fragte Huber.

»Kaspars Freundin«, erklärte Max.

»Der Putzdienst hat das Blut wahrscheinlich übersehen«, erklärte ich.

»Kann Blut so weit nach oben spritzen?«, fragte Max in Richtung Huber.

»Möglich«, meinte der Polizist und wiegte den Kopf.

Max legte sein Brot aus der Hand, stand auf und ging in mein Zimmer. Der Inspektor folgte ihm. Schließlich standen die beiden an meinem Bett und betrachteten den Bettpfosten von allen Seiten.

»Eindeutig Blut«, murmelte Max schließlich.

Huber nickte.

Wie ein altes Ehepaar, dachte ich, während ich die beiden betrachtete.

»Irgendwas stimmt an der Geschichte nicht«, sagte Max und schaute zu Huber.

»Das kannst du laut sagen!« Huber verließ mit verschlossener Miene das Zimmer. Seine hellblauen Augen schweiften durch den Gang zur Wohnungstür. »Mein Kollege Hastreiter hat sich festgelegt: Der Lang ist von einem Junkie umgebracht worden. Wegen Geld, Drogen oder weiß Gott was. – Doch nach allem, was wir jetzt wissen, steckt eher dieses Papier dahinter.« Huber sah uns verschwörerisch an. »Aber das bleibt noch unter uns.«

»Warum?«

»Der Hastreiter ist mit dem Polizeipräsidenten aufs Gymnasium gegangen. Und der Präsident hat mit dem Guthor zusammen studiert.«

»Aha«, machte Max. »Das klingt nach Spezlwirtschaft.«

Huber nickte. »Der Hastreiter ist kein schlechter Polizist. Sonst hätte er nicht den Job bei der Kripo.«

Er schien zu überlegen, wie viel er uns erzählen durfte. »Aber bei den Ermittlungen hier werden weder die Befunde aus der Pathologie noch die der Spurensicherung ernst genommen. Der Hastreiter kratzt nur an der Oberfläche, als hätte er Angst, bestimmte Zusammenhänge aufzudecken. Die Akten sind so dürftig, als wäre ein Fahrrad gestohlen worden.«

Huber stockte. »Ich will dem Kollegen nichts unterstellen, nicht dass ihr mich falsch versteht. Aber wir drei haben in ein paar Stunden mehr rausgefunden, als die polizeilichen Untersuchungen in den Tagen vorher ergeben haben.

– Da hat es bloß geheißen, es handelt sich um einen Mord im Rauschgiftmilieu. Und alle waren zufrieden.«

»Mit mir brauchen Sie aber nicht mehr zu rechnen«, sagte Max und nahm schlürfend etwas Tee zu sich. »Morgen bin ich weg. In Rom.«

»Wie lange?«

»Ein Jahr, mindestens.«

»Und das kannst du nicht aufschieben?« Huber hob die schweren Lider. Max würde ihm abgehen, sagte sein Blick.

»Nein.« Mein Freund schüttelte energisch den Kopf. Doch es war ihm anzusehen, dass ihm diese Antwort nicht leichtfiel. »Ich werde dort erwartet.«

Der Inspektor hob den Kopf. »Von wem?«

»Vom Heiligen Geist.«

Elli stand erst später auf. Sie verzichtete aufs Frühstück und zündete sich gleich zum Kaffee eine Zigarette an.

Sie wollte heute ihre Hausaufgaben erledigen, und wir sollten für eine Weile verschwinden, damit sie ihre Ruhe hätte. Das passte gut, denn Max wollte zur Sonntagsmesse, und ich begleitete ihn in die Theatinerkirche. Er schwieg während des Gottesdienstes. Keines der Gebete sprach er mit, nicht einmal ein Amen kam über seine Lippen. Ich spürte, dass er nachdachte, und zwar nicht über die laue Predigt des Monsignore Pfaffenheimer.

Anschließend gingen wir zum Frühschoppen in den Atzinger, nicht in die Engelsburg, denn wir wollten auf keinen Fall Günther über den Weg laufen. Der war sicher noch sauer auf Max.

»Diesen Monsignore Pfaffenheimer kenn ich, der liest an der Uni Kirchenrecht. – Drecklangweilig!« Max verdrehte die Augen. »Und immer wenn ich ihn sehe, kommt mir in den Sinn, dass der Kerl vor zweitausend Jahren wahrscheinlich einen erstklassigen Pharisäer abgegeben hätte.« Max drehte mir den Kopf zu. »Und zwar einen, der ganz laut geschrien hätte: Kreuziget ihn!«

Wir bestellten je vier Weißwürste und ein Weißbier dazu. Max hatte mich eingeladen.

»Und gesetzt den Fall, Jesus hätte damals wirklich mit zwölf solch blutarmen Burschen vom Typ Pfaffenheimer angefangen, dann wäre es bald vorbei gewesen mit seinem Verein. Überzeugt hätten die niemanden! Von denen wäre einer nach dem anderen gestorben, und fertig.«

Die Weißwürste kamen, und wir aßen stumm, konzentriert und schnell, wie wir es im Internat gelernt hatten.

Nachdem er sich den Mund mit einer weißen Papierserviette abgewischt hatte, nahm Max einen großen Schluck und begann: »Die Elli ist ein interessantes Mädchen, findest du nicht?«

»Vor Kurzem war sie noch verlogen«, hielt ich dagegen.

Er lächelte. »Das auch.« Nun lehnte er sich zurück und tippte mit dem linken Zeigefinger auf seinen Mund, als wollte er mit dieser Bewegung etwas besonders Schlaues herauskitzeln: »Sie hat eine farbige und oft recht passende Ausdrucksweise. – Niemand hat bisher ›mageres Benediktinermönchlein ohne Kutte‹ zu mir gesagt.«

»Das findest du passend?«

»Ja. Ich bin ein mageres Mönchlein ohne Kutte.«

»Auf dem Weg nach Rom.«

»Aber mit Bauchschmerzen.« Max trank aus und bestellte zwei weitere Halbe, obwohl mein Glas noch gut gefüllt war.

152

»Warum Bauchschmerzen?«

»Weil ich Angst habe.«

»Wovor?«

Max verdrehte die Augen. »Ich habe nicht Angst vor etwas, sondern um jemanden!«

»Und wer ist der Glückliche?« Ich versuchte, mein Glas auf einen Zug leer zu trinken, doch es gelang mir nicht. Bier am Vormittag ist eine gewöhnungsbedürftige Angelegenheit, die nie meine Sympathie fand, weil ich dann den restlichen Tag ständig pinkeln muss.

»Um dich!« Max hob die Augen. »Um dich und – um Elli.«

Ich räusperte mich und trank den Rest. »Danke für deine Fürsorge, aber ich kann gut auf mich selber aufpassen.«

»Meinst du?«

Ich nickte.

Eine Weile herrschte Stille. Das zweite Weißbier kam, und wir stießen stumm an.

»Du solltest mit mir kommen, damit dir nichts passiert, und die Elli sollte für eine Weile zu ihren Eltern ziehen«, sagte Max, ohne mich anzusehen.

»Du spinnst.« Ich bemühte mich, doch mir gelang kein sorgloses Lachen.

»Ich spinne nicht!« Max' Stimme klang spröde. »Wenn ich noch Zeit hätte, würde ich versuchen, den oder die Täter zu finden. Aber ohne Ellis Hilfe komme ich nicht auf die Lösung. Und solange sie lügt, kriegt niemand raus, was wirklich passiert ist. – Auch der Huber nicht. – Und solange die Sache nicht gelöst ist, seid ihr in Gefahr. Beide.«

Kurz nach Mittag waren wir wieder zu Hause.

Elli saß mit dem Kopfhörer über den Ohren im Wohnzimmer. Die Tür war offen, und der Rollstuhl stand so, dass sie die Wohnungstür im Auge hatte. Sie war auf der Hut.

Im Wohnzimmer hing ein neues Poster. Es zeigte David Bowie mit einer Zigarette in der Hand. Mir fiel auf, dass Horst wirklich eine gewisse Ähnlichkeit mit ihm gehabt hatte. Ein schlankes, hübsches Gesicht mit einer gut geschnittenen Nase und einem vollen Mund hatten beide. Doch Horst hatte besser ausgesehen, und ich fragte mich, warum. Da bemerkte ich, dass die Pupillen des Rockstars verschieden waren.

»Dem Bowie hat ein gewisser George Underwood eine aufs Auge gehauen.« Elli schaute auf die Wand mit den großformatigen Porträts. »Es ist um eine Frau gegangen. Die Pupille im linken Auge ist seitdem immer gleich groß, als hätte er ein Glasauge.«

Ich ging in die Küche, um Kaffee zu kochen. Die beiden wollten nachkommen, sobald er fertig war.

Während ich das heiße Wasser in den Filter goss, überlegte ich mir, wie ich Elli möglichst schonend beibringen konnte, dass ich morgen die Wohnung verlassen würde. Natürlich hatte ich ein schlechtes Gewissen. Aber Karin hatte mir das Versprechen abgenommen, hier auszuziehen. Außerdem würde sie diese Wohnung nie mehr betreten, und ich brauchte eine Bleibe, wo wir ungestört sein konnten.

Aufgekratzt rollte Elli in die Küche, Max folgte ihr.

»Jetzt hör endlich auf mit dem Unsinn«, kicherte sie. »Wieso sollte ich dich und die Polizei anlügen?«

Sie holte den Tabak aus der Seitentasche und begann sich eine Zigarette zu drehen. Geraucht wurde nur in der Küche.

»Ich weiß nicht, warum du lügst.« Max hielt mir seine Tasse hin und bedachte mich anschließend mit einem enttäuschten Blick, da noch keine Milch auf dem Tisch stand. »Aber nicht mal Hercule Poirot kann seine Fälle lösen, wenn er keinen Tropfen Wahrheit erfährt.«

Nach dem Kaffee ging Max zur Telefonzelle, um von dort aus bei seinen Eltern anzurufen und sich zu verabschieden. Ich traute ihm zu, dass er ihnen noch kein Wort von seiner Romreise gesagt hatte.

Es regnete und war eiskalt. Also nahm er meinen dunkelblauen Regenüberwurf, den ich bei schlechtem Wetter zum Motorradfahren anzog.

Max blieb lange weg, über eine Viertelstunde. Sicher gab es viel zu besprechen. Wahrscheinlich wollte ihm seine Mutter die Reise noch ausreden. Sie hatte immer gehofft, das Kloster wäre für Max bloß eine Laune und er käme nach einem Monat wieder nach Hause zurück.

Als er länger blieb, zog sie alle Register, um ihn aus den Klauen des Konvents zu befreien. Sie brachte ihm regelmäßig Motorradzeitungen mit dem Hinweis, er bekäme sofort eine große Maschine, sobald er vernünftig geworden sei. Sogar die neue Suzuki, über deren Beschleunigung wahre Wunderdinge erzählt wurden. Max nahm die Zeitschriften und reichte sie bei meinen Besuchen an mich weiter. Sie waren allerdings immer recht abgegriffen.

Vor etwa einem Jahr besuchte ihn seine Mutter zusammen mit einer Nichte zweiten Grades, einem auffallend hübschen Mädchen. Frau Stockmeier wollte ihn an diesem Sonntag unbedingt zu einem Spaziergang überreden. In dem barocken Raum, wo die Patres ihre Besuche empfingen, sei

155

es doch etwas stickig und draußen so schönes Wetter. Max lehnte mit der Begründung ab, er bekäme Kopfschmerzen in der Hitze. Dann fragte er die junge Dame über die Verwandtschaft aus. Als sie einem vor zehn Jahren verstorbenen Onkel beste Gesundheit attestierte, war der Schleier gefallen. Es handelte sich um eine junge Schauspielerin, die von seiner Mutter engagiert worden war und seine Hormone so stark in Wallung bringen sollte, dass er sich wieder weltlichen Dingen zuwenden würde.

Ein weiteres Mädchen brachte seine Mutter nicht mit, doch sie besuchte ihn regelmäßig, um den Kontakt nicht abreißen zu lassen.

Sein Vater kam schon lange nicht mehr mit, denn es hatte immer Streit und Vorwürfe gehagelt. Max schaltete dann erst recht auf stur und meinte, er könne mit seinem Leben machen, was er wolle. Das habe sein Vater endlich zu akzeptieren.

Nach einer weiteren Viertelstunde wurde Elli unruhig. »Wo bleibt er so lange? Ist er mit dem Motorrad weggefahren?«

»Unmöglich«, widersprach ich und zeigte ihr den Zündschlüssel, den ich immer in der Hosentasche trug.

»Ich habe ein saudummes Gefühl«, meinte sie. »Ich weiß nicht, warum, aber ich habe Angst, dass was passiert ist.«

»Was soll denn schon passiert sein?«, entgegnete ich. »Die Telefonzelle ist keine fünfzig Meter vom Haus entfernt, und Max ist kein kleines Kind mehr.«

Da hörte ich die Sirene. Und wenig später brauste ein Krankenwagen mit Blaulicht an der Wohnung vorbei.

Elli wurde kreidebleich. Sie rollte zum Küchenfenster, von dem aus jedoch bloß die verregnete Front der gegenüberliegenden Häuserzeile zu sehen war. Nicht die Telefonzelle.

Nun drehte sie ihren Rollstuhl nach links und setzte sich in Bewegung. Mit drei hektischen Stößen war sie auf dem Gang.

»Ich muss raus«, keuchte sie. »Ich muss sehen, was da draußen los ist.«

Sie war nicht aufzuhalten, obwohl es inzwischen noch heftiger regnete und die Temperatur gegen null Grad ging. Sie brauche keine Regendecke, schrie sie, als ich sie zudecken wollte. Max hatte sicher einen Unfall gehabt, es war ihr nicht auszureden.

Kaum vor dem Tor, waren wir schon patschnass. Es wehte ein eiskalter Wind, doch Elli waren Regen und Kälte egal. Mit kräftigen Stößen rollte sie zu dem Krankenwagen neben der Telefonzelle, dessen Motor lief. Um den Wagen herum standen einige Leute, doch Max war nirgends zu sehen.

Schwer atmend und mit hektischen Schüben stieß Elli ihren Rollstuhl vorwärts, fauchte die Leute auf dem Bürgersteig an, sie sollten sich verpissen, und ignorierte den Sanitäter, der uns den Weg verstellen wollte. Schließlich waren wir neben der Zelle und sahen, wie Max auf einer Krankenliege festgezurrt und anschließend in den Wagen gehoben wurde. Er war bewusstlos und leichenblass. Die blonden Haare, die rechte Gesichtshälfte und der obere Teil seiner Lederjacke und des Regenumhangs waren voller Blut.

Auf dem Bürgersteig hatte sich eine große rote Pfütze gebildet, die sich immer noch weiter ausbreitete, da das Blut noch nicht geronnen war und sich mit Regenwasser mischte.

157

Ich merkte, wie mich eine ungeheure Kälte von innen her packte. Ich fror bis ins Mark und konnte keinen klaren Gedanken mehr fassen. Ich musste mich an den Schiebegriffen von Ellis Rollstuhl festhalten, sonst wäre ich wohl umgekippt.

Elli sah dem Geschehen mit weit aufgerissenen Augen zu. Alles an ihr schien zu Eis erstarrt.

»Was ist passiert?«, brachte sie schließlich heraus. Es kostete sie enorme Kraft, so laut zu sprechen, dass der Sanitäter sie verstand. »Wohin fahren Sie?«

»Der Verletzte hat viel Blut verloren«, sagte er, ohne sich ablenken zu lassen. »Wir bringen ihn jetzt ins Schwabinger Krankenhaus.«

Dann sprang er ins Fahrzeug. Mit Blaulicht preschte es davon.

Die umstehenden Menschen tuschelten, gingen aber schnell auseinander, als zwei Polizeifahrzeuge zum Unfallort kamen. Niemand hatte Lust, in die Sache hineingezogen zu werden.

Die Polizisten sperrten den Platz und machten etliche Fotos.

Elli und ich standen immer noch wie festgefroren neben der Blutlache. Einer der Beamten fragte mich, ob ich ihm sagen könne, was sich hier abgespielt habe. Ich schüttelte den Kopf, und der Mann ließ es dabei bewenden. Elli wurde in Ruhe gelassen. Jeder sah, in welch mieser Verfassung sie sich befand. Sie hatte beide Hände zu einer klumpigen Faust zusammengepresst und hielt sie sich vor den Mund. Wie hypnotisiert starrte sie in die Blutlache. Zum Regen mischten sich Schneeflocken, die sich aber sofort auflösten, sobald sie zu Boden gefallen waren.

158

Nun begann Elli zu murmeln. Erst konnte ich nichts verstehen, dann sprach sie lauter. Es schien ihr egal, ob ihr jemand zuhörte oder nicht.

»Das Schwein bring ich um!« Ihre blauen Lippen bewegten sich kaum, doch ihr Gesichtsausdruck ließ keinen Zweifel daran, dass sie es ernst meinte.

Plötzlich riss sie den Kopf in die Höhe und drehte ihn zu mir herum. »Warum hasst er mich? Warum hasst er mich so unglaublich?« Ihre Stimme war plötzlich die eines kleinen Mädchens, das sich über den Verlust ihrer Lieblingspuppe beschwert. »Ich habe ihm doch nichts getan.« Sie schaute wieder zu der Blutlache hin, die immer wässriger wurde und von deren Ende inzwischen ein kleines hellrotes Bächlein auf die Straße und von dort in den Gulli floss.

»Wir müssen heim«, sagte ich, so laut ich konnte. Dann legte ich ihr die Hand auf die rechte Schulter und knetete sie ein wenig. »Du musst dir was Trockenes anziehen. Hier holst du dir den Tod.«

Sie zitterte am ganzen Körper.

Ich musste ruhig bleiben und mich um sie kümmern, auch wenn ich am liebsten in den Sanitätswagen gesprungen und zusammen mit Max ins Krankenhaus gefahren wäre. Aber ich konnte ihm nicht helfen. Max brauchte einen Arzt und keinen heulenden Spezl, der ihm das Händchen hielt.

»Wenn wir uns aufgewärmt haben, fahren wir sofort ins Krankenhaus«, murmelte ich und hoffte, den richtigen Ton gefunden zu haben.

Sie nickte und versuchte gleichzeitig die wie zu einem Gebet gefalteten Finger mit ihrem Atem zu wärmen. Ich nahm den Rollstuhl mit klammen Händen und schob ihn über die Straße zur Wohnung zurück. Dort zog ich Elli die patschnassen Sachen aus und setzte sie nackt in die Badewanne. Ich brauste erst ihre Hände und Füße, dann den ganzen Körper mit warmem Wasser ab. Sie ließ es ohne Widerspruch mit sich geschehen.

Es war ein Bild des Jammers, wie sie mit blau gefrorenen Gliedmaßen im Wasser saß und sich mit den Händen unsicher am Wannenrand festhielt. Die dünnen Beinchen lagen wie tot unterhalb ihres Oberkörpers und sahen aus, als hätten sie mit dem restlichen Körper nichts zu tun.

Während ich mich um Elli kümmerte, dachte ich an Max. Hoffentlich hatte er nicht zu viel Blut verloren, hoffentlich konnten ihm die Ärzte helfen. Wer ihn verletzt hatte, war mir egal, Hauptsache, er kam durch.

Schließlich hob ich Elli aus der Wanne, trocknete sie ab und steckte sie in frische, warme Sachen. Dann schob ich sie in die Küche, den wärmsten Raum in der Wohnung, und setzte Teewasser auf. Sie hatte sich inzwischen eine Zigarette angezündet, deren Rauch sie tief inhalierte. Als der Pfefferminztee fertig war, trank sie ihn schluckweise, dazu etwas Klosterfrau Melissengeist mit reichlich Zucker.

»Wer hasst dich?«, fragte ich. Die Worte vor der Telefonzelle kamen mir plötzlich wieder in den Sinn.

»Der liebe Gott hasst mich. Sonst würde dieser Wahnsinn doch irgendwann mal aufhören.« Sie wärmte sich die Hände an der Tasse und starrte in die trübe Flüssigkeit. »Gut, ich bin nie in die Kirche gegangen. Aber andere Leute gehen auch nicht in die Kirche und haben ein normales Leben.« Mit ihren schönen, kräftigen Fingern strich sie sich eine dunkelbraune Haarsträhne aus dem Gesicht. »Er könnte mich doch einfach in Ruhe lassen, so wie er andere Leute auch in Ruhe lässt. – Einfach bloß in Ruhe lassen.«

160

Nachdem wir eine Kanne heißen Tee getrunken hatten, zogen wir uns warm an und fuhren ins Schwabinger Krankenhaus.

Max werde gerade operiert, sagte uns eine junge Krankenschwester. Wir sollten vor dem Operationsraum Platz nehmen. Elli saß zusammengesunken in ihrem Stuhl, die Augen auf den Boden gerichtet, und zupfte mit Daumen und Zeigefinger der linken Hand an ihrem runden Kinn herum.

Plötzlich hob sie den Kopf und murmelte: »Zweiundsechzig.«

Ich fragte, was sie damit meine.

»Ich habe genau zweiundsechzig Sommersprossen auf der Nase«, flüsterte sie, die Zahl schien ihr wichtig. »Max hat sie gestern Abend gezählt.«

Gab es in diesem Augenblick etwas noch Unwichtigeres als Ellis Sommersprossen?

»Noch nie wollte jemand wissen, wie viele es sind. Doch Max hat keine Ruhe gegeben, bis ich nachgab. Er hat einen Bleistift genommen, einen Strich um meine Nase gezogen und dann angefangen zu zählen. – Es ist gar nicht so leicht, aber schließlich wusste er, dass es genau zweiundsechzig sind. Erst dann war er zufrieden.«

»Ist das wichtig?«, fragte ich.

»Ihm war es wichtig, und er meinte, der liebe Gott wisse sogar, wie viele Haare ich auf dem Kopf habe.« Sie hob den Blick. »Meinst du, dass mich der liebe Gott deshalb nicht mag, weil ich so oft lüge?« Sie schaute mich an wie ein kleines Mädchen, dem die Katze gestorben ist. »Weißt du, ich lüge so oft, dass ich es schon gar nicht mehr merke.«

Sie sank zusammen und schaute wieder in den Boden.

Nach etwa einer Minute flüsterte sie: »Willst du wissen, was am Montagabend wirklich passiert ist?«

»Nein!«, entgegnete ich gereizt. Im Augenblick interessierte mich ausschließlich, wie es um Max stand. Er lag ein paar Meter entfernt auf dem Operationstisch, und die Ärzte kämpften um sein Leben. Er war bewusstlos gewesen, als ihn die Sanitäter wegtransportiert hatten, und er hatte eine Unmenge Blut verloren.

Doch Elli konnte nicht still sein. »Max sagte mir gestern Abend, dass nichts zusammenpasst. Der tote Horst, die Erpressung und der Einbruch. Und er könne sich erst einen Reim darauf machen, wenn ich endlich aufhöre zu lügen.« Plötzlich erschien ein scheues Lächeln in ihrem grauen Gesicht. »Wir hatten einen sehr schönen Abend. Ich wusste gar nicht, dass Mönche so unterhaltsam sind.«

Wieder flog ein kleines Lächeln über ihr spitzes Gesicht.

Ich kannte Max. Wenn er wollte, konnte er sehr charmant sein. Früher hatte er enormen Erfolg bei den Mädchen, obwohl er nicht als gut aussehend bezeichnet werden konnte. Auf Kleidung hatte er auch nie besonderen Wert gelegt. Er hatte immer Jeans getragen, dazu karierte Hemden oder einfarbige T-Shirts. Wichtig waren ihm bloß die langen Haare, die er sich erst vor Kurzem hatte schneiden lassen.

Sein Erfolg bei den Frauen beruhte in erster Linie auf dem frechen Mundwerk und der Skrupellosigkeit, jede anzusprechen, die ihm gefiel. Offensichtlich hatte er dabei oft die richtigen Worte gefunden, denn ich wusste von einer stattlichen Anzahl Verflossener, als er mit knapp zwanzig seinen begehrten Jungmännerkörper hinter den Klostermauern verschwinden ließ.

»Der Max ist ziemlich schlau, stimmt's?« Elli sah mit ihren honigbraunen Augen müde zu mir her.

»Ja«, meinte ich. »Aber auch er macht Fehler.«

»Wie meinst du das?«

»Max hat mir heute Vormittag noch geraten, ich sollte morgen schon aus deiner Wohnung verschwinden. Dort wäre es zu gefährlich. Du solltest für eine Weile zu deinen Eltern ziehen.« Ich musste erst schlucken, bis ich das Folgende herausbrachte. »Aber auf sich selbst hat er nicht aufgepasst. – Jetzt sieht man, dass er recht hatte mit seiner Warnung.« In meinem Mund machte sich ein schaler Geschmack breit. »Karin wollte auch nicht in deiner Wohnung bleiben. Sie hatte dort ein blödes Gefühl, und ich musste ihr versprechen, noch diese Woche auszuziehen.«

»Hüte dich vor den Gezeichneten!«, flüsterte Elli und schaute an mir vorbei zu einem ausgebleichten Bild, das Van Goghs Sonnenblumen in schalen Farben zeigte. »Wenn du nicht mehr bei mir bleiben willst, dann hau ab. Ich werde dich nicht aufhalten.« Sie drehte ihren Kopf ein wenig. Ihre Augen waren gelb geworden und blitzten mich jetzt an. »Du hast zwei gesunde Beine. Damit kannst du gut wegrennen.«

»Das ist unfair«, zischte ich sie an. »Wer hat sich die letzten Tage um dich gekümmert, wenn nicht ich?«

»Weißt du, was wirklich unfair ist?«, schimpfte sie und warf das rechte Bein über das linke. »Es ist unfair, dass die einen rumlaufen können und die anderen in einem solchen Scheißstuhl sitzen.«

Sie war ziemlich in Fahrt und wollte noch etwas sagen, da tauchte Inspektor Huber auf.

»Schreien Sie nicht so rum, Fräulein Guthor.« Er setzte sich ohne Umschweife neben mich auf einen der

163

orangefarbenen Plastikstühle. »Wir sind hier in einem Krankenhaus.«

»Sie können mich mal«, raunzte Elli und drehte ihren Rollstuhl zur Seite, damit sie Huber und mich nicht mehr im Blickfeld hatte.

»Was ist mit Max?«, fragte der Inspektor.

»Wir wissen es nicht«, antwortete ich.

Huber nahm den nassen Hut ab und schlug ihn mehrmals gegen sein linkes Knie, um die Regentropfen loszuwerden. Dann machte er ein ernstes Gesicht und begann: »Ich bin seit heute Mittag im Dienst und habe mit dem ermittelnden Beamten geredet. Eine Frau hat einen kurzen Streit bei der Telefonzelle in der Kaulbachstraße gehört. Wie sie aus dem Fenster schaut, sieht sie einen Mann davonrennen und einen zweiten bewegungslos neben der Telefonzelle liegen. Sie hat sofort die Polizei angerufen, und Minuten später war ein Krankenwagen da. – Max hat eine Menge Blut verloren, stimmt's?«

»Wissen Sie schon, wer's war?«, fragte Elli, ohne den Inspektor anzusehen.

Huber versteckte seinen Kopf zwischen den breiten Schultern und zog die Mundwinkel nach unten. »Noch nicht«, stieß er hervor. »Aber wir werden den Kerl kriegen. Darauf könnt ihr euch verlassen!«

Eine junge Krankenschwester im OP-Kittel kam über den Gang gerannt. Sie öffnete die Tür zum Operationssaal mit dem linken Ellbogen. In jeder Hand hielt sie einen Plastikbeutel mit tiefrotem Inhalt. Es waren Blutkonserven.

Anschließend hörten wir durch die geschlossene Tür einige hektische Kommandos von einer lauten Männerstimme. Dann herrschte wieder Ruhe.

»Habt ihr schon mit einem Arzt geredet?«, begann Huber erneut. Er rutschte nervös auf seinem Stuhl hin und her.

Ich schüttelte den Kopf, Elli saß regungslos in ihrem Rollstuhl. Es brauchte keine große Menschenkenntnis, um zu erkennen, dass ihr der Polizist auf die Nerven ging.

Schließlich öffnete sich die Tür, und die junge Schwester von vorhin trat aus dem OP-Saal.

»Wie schaut's aus?« Huber war aufgestanden und ihr in den Weg getreten. »Ich bin von der Polizei und muss mit dem Patienten sprechen.«

Sie blieb stehen, sah ihm aber nur einen Moment in die Augen, um dann den Blick wieder sinken zu lassen.

»Sie können nicht mit ihm reden. Der Patient ist bewusstlos«, stieß sie hervor und wollte weiter.

»Bleiben Sie einen Augenblick. Bitte.« Der Inspektor schluckte. »Sagen Sie uns, wie es ihm geht.« Er machte mit dem Kopf eine Geste in Richtung OP.

»Da müssen Sie schon einen Arzt fragen.« Die junge Frau wand sich. »Ich habe gerade die letzten Blutkonserven mit der Blutgruppe des Patienten geholt. Er hat einen tiefen Messerstich im oberen Brustbereich und viel Blut verloren. Der Doktor gibt sich alle Mühe, aber er bekommt die Blutung nicht zum Stehen.«

Die Krankenschwester schaute auf ihre weißen Schuhe. Offenbar bemühte sie sich, das Schicksal des Patienten nicht zu nahe an sich heranzulassen. Nur wenn sie das immer wieder schaffte, würde sie den harten Job in der Chirurgie auf Dauer aushalten. Karins beste Freundin war Krankenschwester in Wolfratshausen und hatte uns erklärt, man müsse unbedingt Distanz zum Schicksal der Patienten bewahren.

165

»Der Chef konnte die größeren Gefäße nähen. Aber der Verletzte hat bereits wahnsinnig viel Blut verloren, und er blutet immer noch weiter«, flüsterte sie.

Mit einem resignierenden Nicken eilte sie davon.

»Das klingt nicht gut«, meinte Huber, ging an seinen Platz zurück und ließ sich auf den Plastikstuhl fallen, der quietschend nachgab.

Den Kommentar hätte er sich sparen können.

Wir saßen eine Weile stumm da, jeder in seine Gedanken versunken. Da hörte ich schnelle, trippelnde Schritte, die ich gut kannte.

Als ich aufschaute, sah ich einen kleinen Mönch in der schwarzen Kutte der Benediktiner den Gang entlang zu uns her kommen.

Es war Pater Zeno, unser früherer Präfekt, den ich schon seit über einem Jahr nicht mehr gesehen hatte. Seine untersetzte, kräftige Statur war unverwechselbar, und er bewegte sich so energisch und selbstbewusst wie eh und je. Er hatte sich kaum verändert, bloß die schütteren blonden Haare waren noch weniger geworden.

»Wie geht's dem Max?«, fragte er, während er mir die Hand schüttelte.

»Schaut nicht gut aus«, antwortete ich.

Er brummte, die Polizei habe im Kloster angerufen, da diese Adresse in Max' Papieren gestanden sei. Nun begrüßte er den Inspektor, die beiden kannten sich von früher. Elli warf er einen fragenden Blick zu, mit ihrer Anwesenheit wusste er nichts anzufangen.

Da ging die Tür auf, und ein etwa sechzigjähriger, drahtiger Mann in einem blutbespritzten Kittel trat heraus.

Zwischen den Händen verrieb er eine durchsichtige Flüssigkeit, die nach Desinfektionsmittel roch.

»Sind Sie die Angehörigen?«, fragte er, und es beruhigte mich, dass er kalte graue Augen hatte. Dieser Mann hatte sicher schon viel Blut gesehen, der ließ sich nicht so leicht aus der Ruhe bringen.

»Ich habe alles getan, was in meiner Macht stand«, sagte er und kam einige Schritte näher. Er hielt uns die leeren Handflächen entgegen, als wollte er andeuten, dass Max' Schicksal nicht in seiner Hand lag. »Die größeren Gefäße sind alle genäht. Aber die Sickerblutungen hören nicht auf.« Er biss sich auf die Unterlippe und fixierte uns der Reihe nach. »Ist Herr Stockmeier Bluter?«

»Nein«, antwortete ich.

»Nimmt er regelmäßig Medikamente?«

»Nein. Zumindest nicht dass ich wüsste.«

»Aspirin?«

»Hat er heut Morgen gebraucht. Wegen Kopfweh«, murmelte Elli. »Er hat gestern ein bisschen viel getrunken.«

»Mist.« Der Chirurg presste die Lippen zusammen. »Deshalb blutet er aus allen Löchern.«

»Könnten Sie sich vielleicht etwas verständlicher ausdrücken«, bat der Inspektor. »Wir sind Laien.«

Der Arzt musterte den Polizisten einen Augenblick, dann erklärte er: »Herr Stockmeier hat eine tiefe Stichverletzung neben dem Schlüsselbein. Über diese Verletzung hat er eine große Menge Blut verloren.« Er stockte. »Ich konnte die größeren Gefäße versorgen, normalerweise müsste die Kuh dann vom Eis sein.« Er schnaubte. »Aber die verdammten Sickerblutungen hören nicht auf. Wahrscheinlich wegen dem Aspirin, denn Aspirin behindert die Blutgerinnung.«

»Und was machen Sie jetzt?«, fragte Huber.

»Was soll ich machen?« Der Arzt hob die Achseln und schnaubte. »Er bekommt die letzten beiden Blutkonserven mit seiner Blutgruppe, dann hilft nur mehr Beten.«

Er sah uns der Reihe nach müde an.

»Was heißt das?«, wollte ich wissen.

»Beten Sie«, meinte der Arzt und wandte sich zum Gehen. »Beten Sie! Das ist alles, was Sie im Augenblick für den jungen Mann tun können.«

»Ich muss ihn sehen«, sagte Elli plötzlich und drehte den Rollstuhl in Richtung Operationsraum.

Der hoch gewachsene Chirurg blieb stehen, wandte sich um und kam ein paar Schritte zurück. »Eigentlich dürfen nur Patienten und Mitarbeiter den OP betreten.« Er musterte Elli einen Augenblick. »Aber in Ihrem Fall wollen wir eine Ausnahme machen. Verderben können Sie nichts.«

Er ging zurück zum Operationssaal, Elli und ich folgten. Er hielt uns die Tür auf und unterrichtete die beiden anwesenden Krankenschwestern, dass wir bei dem Patienten bleiben dürften. Dann war er weg.

Elli steuerte direkt auf den metallenen Operationstisch zu, auf dem Max unter einem weißen Tuch lag. Die rotblonden Haare waren unter einer Art Turban versteckt. Sein ohnehin blasses Gesicht hatte nun einen porzellanfarbenen Teint. Es sah aus wie eine Totenmaske, in deren Nasenlöchern zwei bunte Schläuche steckten. Die Atmung lief parallel zu einem Blasebalg, der in einem Glaskegel untergebracht war. An einem Galgen hing eine durchsichtige Plastiktüte, in der sich noch etwas rote Flüssigkeit befand, die permanent durch einen Schlauch in die rechte Armvene tropfte.

Doch das bisschen Blut war wohl zu wenig, um den Verlust auszugleichen, hatte der Arzt gesagt.

Ich blieb hinter Elli. Unter allen Umständen wollte ich vermeiden, dass sie sah, wie mir die Tränen in die Augen stiegen.

Die zwei anwesenden Krankenschwestern räumten die gebrauchten chirurgischen Instrumente weg. Laut schepperten die Zangen und Pinzetten, die sie in kleine Metallwannen legten.

Plötzlich begann die jüngere – sie war noch keine zwanzig – zu schluchzen: »Ich war noch nie dabei, wenn jemand gestorben ist«, heulte sie los und drückte sich den Ärmel des Operationskittels auf die Augen.

Die ältere der beiden hatte ein Bulldoggengesicht und eine dicke Brille. Sie ging zu ihrer Kollegin hin, um sie zu trösten: »Irgendwann ist es so weit, das lässt sich nicht vermeiden. Sterben gehört zu unserem Geschäft.«

Sie hatte sich bemüht, sehr leise zu sprechen, trotzdem hatten Elli und ich jedes Wort verstanden.

Eine eisige Stille lag für einige Momente über dem Raum mit den erbarmungslos sauberen Fliesen, nur das regelmäßige Geräusch des Beatmungsgerätes war zu hören.

»Max Stockmeier«, begann Elli plötzlich laut und deutlich. »Wenn du meinst, dass du dich einfach so vom Acker machen kannst, dann hast du dich geschnitten.«

Sie fuhr einmal um den Operationstisch herum, ohne auf die Krankenschwestern zu achten, die ihr auswichen.

Am Kopfende kam sie zum Stehen und begann erneut: »Max Stockmeier! Du hörst mir jetzt gefälligst zu, auch wenn ich dich schon in bedeutend besserer Verfassung gesehen habe.«

Sie holte tief Luft, um das Folgende laut und deutlich über die Lippen zu bringen.

»Du kannst nicht einfach in mein Leben platzen, den großen Zampano spielen und dann sang- und klanglos durch die Hintertür verschwinden. Das lass ich mir nicht bieten.«

Wieder holte sie Luft: »Ich bin nicht deswegen gestern Abend mit dir ins Kino gegangen, habe mir deine Vorwürfe angehört und mir von dir meine Sommersprossen zählen lassen, damit du einen Tag später den Löffel abgibst. Du reißt dich jetzt gefälligst zusammen. Das bist du mir schuldig.«

Die Oberschwester trat an den Galgen, wechselte den inzwischen leeren Beutel gegen einen vollen und meinte: »Das ist die letzte Konserve mit seiner Blutgruppe.«

Elli überlegte einen Augenblick. »Was können wir sonst noch machen?«

Die Oberschwester hob die Schultern. »Beten.«

Als hätte ein unsichtbarer Regisseur seinen Auftritt beschlossen, ging die Tür zum OP auf, und herein kam der Krankenhausgeistliche, ein mittelgroßer Mann mit hochgeschlossenem weißen Kragen und einem deutlich sichtbaren silbernen Kreuz an der linken Seite des dunklen Anzugs.

Ohne Zögern ging er zu Max hin, nickte stumm jedem der Anwesenden zu und legte ein kleines schwarzes Kästchen auf einen metallenen Tisch. Er öffnete es und entnahm ihm ein goldfarbenes Döschen, dazu ein Kruzifix und ein schwarzes Büchlein, das er aufschlug, um die richtige Seite zu suchen.

»Was wird das?«, fragte Elli irritiert.

»Ich werde dem jungen Mann die Letzte Ölung geben«, meinte der Pfarrer. Er hatte die richtige Seite gefunden und begann nun ein lateinisches Gebet zu murmeln, dazu machte er mehrere Kreuzzeichen.

»Schieben Sie das Zeug sofort wieder ein«, unterbrach ihn Elli mit panisch geöffneten Augen. »Max braucht keine Letzte Ölung. – Er darf nicht sterben.« Sie verbesserte sich sofort. »Und er wird auch nicht sterben.«

Der Pfarrer drehte ihr den Kopf zu und sah sie ernst an. »Ich habe die Aufgabe, den Patienten mit dem Sterbesakrament zu versorgen. Der Arzt sagte, es stünde schlecht um ihn. Stören Sie mich bitte nicht bei meiner traurigen Pflicht.«

Die Zeremonie dauerte etwa zehn Minuten, während derer Elli mit hängendem Kopf in ihrem Rollstuhl saß. Neben dem Murmeln des Priesters hörte ich den Beatmungsapparat und schaute immer wieder zu dem Infusionsbeutel, der sich gnadenlos leerte.

Schließlich war der Geistliche fertig. Er schlug das dünne Buch zu, nahm das Döschen und legte es zusammen mit dem Kruzifix in das Kästchen zurück. Er schloss es, nickte uns erneut zu und verließ eilig den Raum.

»Und Sie haben wirklich keine Infusionen mehr?«, fragte Elli verzweifelt in Richtung Oberschwester. »Haben Sie überall nachgeschaut?«

»Es sind noch drei Beutel mit seiner Blutgruppe da«, berichtete die Schwester, die jetzt aussah wie ein trauriger Pitbull. Sie tat zwei Schritte auf Elli zu. »Aber bei denen ist das Verfallsdatum abgelaufen. Wir dürfen sie nicht mehr verwenden. Eigentlich müssten sie schon vernichtet sein.«

Elli überlegte. »Scheiß auf das Datum«, stieß sie kaum hörbar zwischen ihren Zähnen hervor.

»Was haben Sie gesagt?« Die Oberschwester sah Elli entsetzt an.

»Scheiß auf das Datum, hat sie gesagt.« Ich ging mehrere Schritte auf die Oberschwester zu. »Was kann passieren, wenn Max diese Infusionen bekommt?«

»Es ist verboten«, entgegnete die Oberschwester knapp. Durch ihre dicken Brillengläser schaute sie mich streng an.

»Ich habe Sie nicht gefragt, ob es verboten ist.« Ich versuchte die trockenen Lippen zu befeuchten, was nicht gut gelang. »Ich habe Sie gefragt, was passiert, wenn Max die abgelaufenen Infusionen kriegt?«

Die Schwester hob die Schultern. »Möglicherweise haben sich Blutzellen bereits zersetzt, und es würde dem Patienten schaden.«

»Und was passiert, wenn er die abgelaufenen Infusionen nicht bekommt?«, fragte ich, obwohl ich die Antwort kannte.

»Er wird wahrscheinlich sterben«, murmelte die Schwester und schaute zur Seite. Jetzt sah sie aus wie ein sehr trauriger Pitbull. »Aber wir haben unsere Vorschriften, verstehen Sie. Wir können hier nicht machen, was wir wollen.«

»Man sollte überlegen, was wichtiger ist.« Elli sprach langsam und eindringlich. »Die Vorschriften oder ein Menschenleben?«

Plötzlich sah die Schwester nicht mehr aus wie ein Pitbull, sondern wie ein trauriger Boxer. Und es gibt keine anderen Hunde, die so traurig dreinschauen können wie Boxer. Ihre niedrige Stirn hatte sich in eine einzige horizontale Falte verwandelt. Bei jedem ihrer tiefen Atemzüge hoben sich die flache Brust und die breiten Schultern. Es arbeitete in ihr.

»Das Datum auf dem Beutel ist nicht besonders groß geschrieben.« Elli rollte zu der Oberschwester und deutete auf den Infusionsständer. »Da kann man sich leicht verschauen.«

Die Schwester überlegte einige Augenblicke. Die Falte auf ihrer Stirn wurde kleiner.

»Gut«, sagte sie schließlich. »Aber wenn ich wieder zurück bin, will ich eine Weile mit dem Patienten alleine sein.« Sie schaute zu ihrer Kollegin hinüber. »Ist das klar?«

Sie drehte sich um und verschwand durch die Tür.

Die junge Krankenschwester räumte noch etwas herum. Als die Ältere zurückkam, verließ sie wortlos den Raum.

Das hellhäutige Gesicht der Oberschwester war gerötet vor Aufregung. Sie war eine sehr tapfere Frau, die einiges riskierte. Sie war zur Hauptdarstellerin in diesem Stück geworden, bei dem sie zur Verantwortung gezogen werden konnte, wenn es schlecht ausging.

Doch sie hatte ihre Entscheidung getroffen, und nun galt es, das Vorhaben umzusetzen. Konzentriert hängte sie die erste der drei abgelaufenen Blutkonserven an den Tropf und überwachte mit stoischem Gesichtsausdruck die Infusion.

Elli hatte Max' rechte Hand genommen, ich stand hinter ihr und stützte mich auf die Lehne ihres Rollstuhls. Gesprochen wurde kein Wort.

Mir ging vieles durch den Kopf: Wer hatte Max überfallen? Wer hatte einen Grund dafür? Die Leute, die hinter dem Dokument her waren? Oder Günther, der Idiot?

Vielleicht war Max mit mir verwechselt worden? Er hatte meinen Regenumhang getragen, als er zum Telefonieren gegangen war.

Doch eigentlich waren wir nicht zu verwechseln. Max war fast einen Kopf größer als ich.

173

Immer wieder dachte ich an die Abenteuer, die ich mit Max erlebt hatte. Auch an sein sorgloses Lachen dachte ich, das in letzter Zeit so selten geworden war.

Dazu piepste der Monitor und zeigte an, dass sein Herz noch schlug.

»Wie sieht's aus?«, fragte Elli die kurzsichtige Krankenschwester, während diese erneut den Beutel wechselte.

»Mir steht kein Urteil zu«, brummte sie. »Da müssen Sie schon den behandelnden Arzt fragen.«

»Gibt's hier irgendwo einen Arzt?«, nörgelte Elli.

Die Schwester schüttelte den Kopf, ohne die Infusion aus den Augen zu lassen.

Wenige Minuten später ging die Tür auf, und der grauhaarige Chirurg kam herein. Er untersuchte Max mit ernstem Gesicht. Dann ging er an den Infusionsständer und schaute auf die Blutkonserve. Er las die Beschriftung, nahm seine Brille ab und setzte sie wieder auf. Dann las er noch einmal.

Die Spannung im Raum war zu greifen.

»Sicher ein Schreibfehler«, meinte der Arzt mit ruhiger Stimme in Richtung Oberschwester.

Die war bleich geworden und schwieg.

»Wenn die Infusionen durch sind, werfen Sie die Beutel sofort weg! Damit niemand auf dumme Gedanken kommt.«

Er verließ den Raum, und ich folgte ihm, da ich dringend auf die Toilette musste. Das Weißbier vom Vormittag machte sich bemerkbar. Als ich zurückkam, setzte ich mich auf einen Stuhl vor der Tür. Huber und Pater Zeno waren bereits gegangen.

Ich konnte Max nicht helfen und war selbst mit meinen Kräften am Ende, denn es war meine Schuld, dass Max da

174

drin lag. Hätte ich ihm nicht von Elli erzählt, wäre er in Heiligenbeuern geblieben und morgen unversehrt nach Rom gefahren.

Wegen mir war er nach München gekommen, und wegen mir war er überfallen worden.

Es dauerte noch fast eine Stunde, bis Elli aus dem Operationssaal rollte.

»Und?«, fragte ich.

»Er lebt. Die Blutung ist irgendwie zum Stillstand gekommen«, flüsterte sie. »Er wird es schaffen.«

Krankenschwestern eilten den Gang auf und ab. Die wenigen Ärzte gingen in Anbetracht der Würde ihres Amtes deutlich langsamer.

Wir verließen das Krankenhaus und fuhren nach Hause.

Als ich die Wohnungstür öffnete und Elli in den Gang rollte, hatte ich das seltsame Gefühl, hier nicht sicher zu sein. Ich schob den Gedanken aber gleich wieder zur Seite, wahrscheinlich war ich überreizt. Zu viel war in den letzten Tagen passiert.

Elli und ich verzichteten auf jede Form von Abendtoilette. Wir aßen stumm eine Kleinigkeit und tranken Bier dazu. Anschließend brachte ich Elli ins Bett, legte mich dann selbst hin und fiel sofort in einen tiefen, traumlosen Schlaf.

8

Ich bin müde vom Seufzen,
ich schwemme mein Bett die ganze Nacht
und netze mit meinen Tränen das Lager.
Mein Auge ist trüb geworden vor Gram
und matt, weil meine Bedränger so viele sind.

(Psalm 6)

Montag

Das Klingeln an der Haustür weckte mich.

Verdammt, schoss es mir durch den Kopf, konnte Ellis Vater nicht einfach aufschließen und in die Wohnung kommen, um seine Tochter zu wecken? Sicher hatte er einen Schlüssel, und ich war schließlich nicht sein Privatportier.

Ohne auf die Etikette zu achten, stieg ich aus dem Bett und ging in Unterhosen an die Wohnungstür. Die Klinke in der Hand, gähnte ich noch einmal ausgiebig, dann drückte ich sie und öffnete.

Vor mir stand der Inspektor und musterte mich verwundert von oben bis unten. Offensichtlich hatte er mit einem anderen Outfit gerechnet.

»Was ist mit Max?«, fragte ich.

»Mit dem geht's aufwärts. Ich habe heute schon im Krankenhaus angerufen.«

»Super!« Endlich einmal eine gute Nachricht.

»Außerdem war ich gestern noch bei diesem Günther. Vom Krankenhaus bin ich direkt zu ihm hin gefahren.«

Ohne sich um meine spärliche Bekleidung zu kümmern, trat Huber über die Schwelle. Ich schloss die Tür hinter ihm.

»Der hat ein Alibi für gestern Nachmittag. Er war die ganze Zeit mit seiner Freundin zusammen, und sie hat seine Aussage bestätigt.«

»Er könnte sie dazu gezwungen haben«, meinte ich und kratzte mich am Hinterkopf.

»Möglich«, nuschelte Huber und steuerte in die Küche. »Könntest du mir vielleicht einen Kaffee machen? Ich bin seit zwei Stunden auf den Beinen. Im Klo am Hauptbahnhof hat sich ein junger Kerl den goldenen Schuss gesetzt.« Er ließ sich auf den erstbesten Stuhl fallen. »Ich kann mich an den Anblick der armen Schweine einfach nicht gewöhnen. Keine Ahnung, was im Hirn von jemandem vorgeht, der glaubt, er könnte seine Probleme mit ein paar Gramm weißem Pulver lösen.«

Huber streckte die Beine weit von sich und schüttelte den Kopf.

»Ist das nicht Sache des Rauschgiftdezernats?« Ich überlegte, wie viel Kaffee ich machen sollte.

»Freilich, aber ich habe die Kollegen gebeten, mich über die Vorkommnisse in der Szene auf dem Laufenden zu halten.«

»Warum?«

»Weil ich die Schnauze davon voll habe, im Trüben zu fischen«, sagte Huber trotzig.

Ich füllte Wasser in den Kessel und stellte ihn auf den Gasherd. Dann spülte ich die Kaffeekanne, in der noch Reste von gestern waren, holte einen Filter aus der Anrichte und kippte fünf Löffel Kaffeepulver hinein. Bis das Wasser kochte, sagte Huber kein Wort. Er musste sich erholen.

Ich deckte den Tisch für vier Personen, denn Ellis Vater würde sicher auch bald auftauchen. Es gab Brot, Butter und Marmelade. Zum Bäcker zu gehen, hatte ich keine Lust. Als Huber sich eine Zigarette anstecken wollte, bat ich ihn, es zu lassen, bis wir gefrühstückt hatten. Sogar Elli wartete mit ihrer ersten Kippe, bis ich etwas im Magen hatte.

Während ich Huber den Kaffee einschenkte, überlegte ich laut: »Ich glaub, dass es der Günther war. – Wer sonst? Der Günther hat dem Max versprochen, dass er ihm den Kinnhaken heimzahlt. Er war im Knast wegen Körperverletzung, und jeder weiß, wie jähzornig er ist.«

»Möglich. Auf das Alibi seiner Freundin gebe ich nicht viel.« Der Inspektor nahm vorsichtig einen kleinen Schluck aus der Kaffeetasse. »Aber es könnte natürlich auch jemand anderer gewesen sein. Die Vorkommnisse in letzter Zeit passen einfach nicht zusammen.«

Da hatte er allerdings recht: Zuerst der tote Horst, dann die Erpressung, anschließend die durchwühlte Wohnung und jetzt der Anschlag auf Max.

»Sie glauben, dass die Sache gestern mit den anderen Geschichten zusammenhängt?« Ich strich mir dick Butter aufs Brot. Das ist gut für die Nerven.

»Möglich.« Huber nahm auch eine Scheibe und bedeckte sie mit Marmelade. Butter sei für ihn tabu, meinte er. Wegen der vielen Kalorien. In einer unglaublichen Geschwindigkeit, die ich ansonsten nur von Internatsschülern kannte, verspeiste er fünf kalorienarme Marmeladenbrote. Dazu drei Tassen Kaffee. Anschließend gönnte er sich eine Verdauungszigarette.

Es klingelte an der Wohnungstür. Dem Läuten nach konnte es nur Ellis Vater sein. Ich stand auf, ging zur Tür und öffnete. Inzwischen war ich angezogen.

Herr Guthor schleuderte mir ein fröhliches »Guten Morgen« entgegen und stürmte in die Wohnung. Anstatt zum Zimmer seiner Tochter ging er gleich in die Küche. Wahrscheinlich dachte er wegen des frischen Zigarettenrauchs, sie wäre schon auf.

»Wer ist das?«, fragte mich Guthor. Er war an der Küchentür stehen geblieben und betrachtete den Inspektor.

Ich stellte die beiden einander vor, und Guthor machte keinen Hehl daraus, dass es ihm nicht passte, den Polizisten hier in der Wohnung zu sehen.

»Die Polizei darf mit meiner Tochter nur reden, wenn ich dabei bin«, stellte er klar. »Das ist mit Kommissar Hastreiter abgesprochen. Lisbeth sagt oft unüberlegte Dinge, und ich möchte nicht, dass ihr daraus ein Strick gedreht wird.«

»Mit Ihrer Tochter habe ich doch gar nicht geredet.« Hubers Feuerzeug klickte. Er hatte sich schon wieder eine angezündet.

»Was machen Sie dann hier?«, raunzte Guthor.

»Ich habe den Kaspar besucht und mich mit ihm unterhalten.« Huber nahm einen tiefen Zug, entließ den Rauch routiniert durch seine Nasenlöcher und betrachtete den Rechtsanwalt mit kalten Augen.

»Worüber?«

»Das geht Sie nichts an.« Huber lehnte sich zurück und schlug die kurzen Beine übereinander, sodass ein Stück der haarlosen rechten Wade unter der Hose herausspitzte.

Guthor trat einen Schritt vor. »Ich werde jetzt meine Tochter wecken. Und wenn ich mit ihr zurückkomme, möchte ich das Frühstück gerne ohne Ihre werte Anwesenheit einnehmen, Herr Inspektor.« Er machte eine kleine, wohlüberlegte Pause. »Falls Sie mit mir oder mit meiner Tochter sprechen wollen, können wir jederzeit einen Termin in meinem Büro vereinbaren.« Er wandte sich um. »Sie haben kein Recht, ohne triftigen Grund in die familiäre Intimität dieser Wohnung einzudringen. – Wir haben uns verstanden.«

Schon war er draußen und zog die Küchentür, die sonst immer offen stand, hinter sich zu.

»Ganz schön nervös, der Herr Anwalt.« Huber blies den Zigarettenrauch Richtung Küchenfenster, das ich geöffnet hatte und von dem aus kalte, feuchte Luft in die Küche strömte. »Ich darf also die familiäre Intimität dieser Wohnung nicht stören.« Mit einem Schlag verschwand alle Freundlichkeit aus Hubers Gesicht. »Er hat Dreck am Stecken, der Herr Anwalt. Der Kerl will mir Angst machen, um mich aus den Ermittlungen rauszuhalten. Da frag ich mich, warum!«

Huber erhob sich so dynamisch, wie man es ihm bei seinem Übergewicht nicht zugetraut hätte. Dann bedankte er sich für das Frühstück und verschwand, ohne ein Wort darüber zu verlieren, wie er weiter vorgehen wollte.

Eine Viertelstunde später saßen Elli und ihr Vater am Frühstückstisch.

Elli war sehr blass, doch ihr Gesicht entspannte sich, als ich ihr mitteilte, dass es mit Max aufwärts gehe.

»Nach den Vorlesungen am Vormittag werden wir ihn besuchen«, schlug sie vor. Dann erzählte sie ihrem Vater von der gestrigen Messerattacke.

180

Guthor hörte zu, den linken Ellbogen am Tisch aufgestützt und das Gesicht in die Hand gelegt. Er sagte kein Wort, bis Elli fertig war.

»Wer ist Max?«, wollte er zunächst wissen.

»Ein Freund«, antwortete Elli ausweichend.

Guthor nickte. »Und dieser Huber hat noch keine Spur?«, fragte er in meine Richtung.

Ich schüttelte den Kopf.

»Ich bitte euch: Geht heute Vormittag nirgendwohin.« Guthor erhob sich und küsste seine Tochter auf die Stirn.

»Warum?«, fragte ich.

»Weil ihr kein Risiko eingehen sollt.« Der Anwalt schluckte, denn das war keine akzeptable Erklärung.

»Welches Risiko?« Schön langsam reichte es mir. »Sagen Sie mir endlich, was hier gespielt wird.«

Auch ich stand auf und ging drei Schritte um den Tisch herum auf Guthor zu.

»Seit ich diese Wohnung betreten habe, werde ich angelogen. Es spielen sich die unglaublichsten Dinge ab, und alle tun so, als hätten sie keine Ahnung, was los ist. – Das nehme ich Ihnen aber nicht ab! Ich will eine Erklärung. Die sind Sie mir schuldig.«

Ich war laut geworden und fixierte den groß gewachsenen Mann. Er wich meinem Blick aus. Das erste Mal.

»Sie haben recht, Herr Spindler.« Guthor versuchte, die Augen zu heben, aber es gelang ihm nicht. »Doch ob Sie es mir glauben oder nicht, ich weiß selbst nicht, ob und wie die einzelnen Ereignisse zusammenhängen. Ich muss heute Vormittag verschiedene Leute anrufen und sehen, was ich herausfinde. Möglicherweise bekommen Sie Besuch von einem meiner Geschäftspartner, einem Italiener.

Möglicherweise muss ich heute noch eine Reise antreten und bin dann mehrere Tage weg.«

»Wo willst du hin?«, fragte Elli.

»Das kann ich dir nicht sagen, mein Liebling.« Guthor ging zu seiner Tochter, beugte sich zu ihr hinunter und küsste sie ein zweites Mal. Das hatte er noch nie getan. Dann drehte er sich um und verschwand aus der Wohnung.

»Was machen wir jetzt?«, fragte ich Elli, die an einem Stück Brot herumnagte.

»Am besten das, was mein Vater gesagt hat.« Sie legte den Brotkanten zurück auf ihren Teller. »Ich habe ihn noch nie so ratlos gesehen.« Sie schaute auf. »Er hat Angst.« Sie biss sich auf die Lippen. »Eine Scheißangst hat er.«

»Wovor?«

»Wenn ich das wüsste.« Elli setzte ihren Rollstuhl in Bewegung und fuhr an mir vorbei aus der Küche in ihr Zimmer. Dort knallte sie die Tür hinter sich zu.

Ich räumte das Geschirr weg und fühlte mich mit einem Mal todmüde. Also ging ich in mein Zimmer, zog mich aus und legte mich voller unguter Gedanken ins Bett. Ich hätte mich ohrfeigen mögen für meine Blödheit. Wie konnte ich nur in eine solche Situation geraten?

Gut. Ich hatte mich auf Elli eingelassen, weil sie mir leidgetan hatte und weil ich auf die sturmfreie Bude scharf gewesen war. Aber Karin würde nie wieder hierher kommen, und ohne sie konnte ich genauso gut wieder ins Studentenwohnheim ziehen.

Ich musste weg hier. Ich hatte die Nase gestrichen voll von Ellis Lügen und den undurchsichtigen Warnungen, ob sie nun von Max kamen oder von Ellis Vater.

Warum war Horst umgebracht worden? Dazu die Erpressung und der Einbruch. Und gestern zu allem Überfluss noch der Überfall auf Max.

Den Kopf voller Sorgen, schlief ich ein.

»Kaspar, steh auf«, hörte ich Ellis Stimme neben meinem rechten Ohr und spürte eine Hand, die mich an der Schulter rüttelte. »Wir haben Besuch.«

Ich öffnete die Augen und sah sie neben meinem Bett im Rollstuhl sitzen.

Ich war sofort wach.

»Wer …« Ich stockte. »Wer ist gekommen?«

»Der Freund meines Vaters, der Italiener. Du hast ihn gesehen, als wir in der Kanzlei waren.«

Ich brauchte nur einen Augenblick nachzudenken, um mich an den kleinen, elegant gekleideten Herrn zu erinnern, der für seine Freunde noch ›Weiße Wurste‹ besorgen wollte.

»Und was sucht er hier?«

»Das wird er uns gleich erzählen.« Elli drehte den Rollstuhl Richtung Tür. »Also komm!«

Ich schwang die Beine aus dem Bett und stand auf. Dann schlüpfte ich in die Jeans und zog das Hemd von gestern wieder an. Heute würde es schon noch gehen, obwohl es nicht mehr nach Veilchen roch. Ich konnte für den Italiener kein neues Hemd opfern. Im Schrank waren nur mehr zwei ungebrauchte, und frühestens am kommenden Wochenende würde ich mir von zu Hause frische Wäsche holen können.

Barfuß tappte ich aus dem Zimmer über den Gang zur Küche, wo der Mann neben Elli am Tisch saß und mir mit seinen schwarzen Augen entgegensah.

183

»Gute Tag«, sagte er und deutete mit dem Kopf eine Verbeugung an. »Es tut mir leid, dass ich Sie stören muss. Aber ich denke, es ist notewendig.«

Ich nickte zur Begrüßung, zumal ich nicht wusste, wie ich ihn anreden sollte.

»Mein Name ist Dottore Luca Begoni. Ich bin Avvocato und komme aus Mailand.« Er sprach wie alle Italiener, die so viel Freude an den Vokalen haben und sie dehnen, als stünden sie permanent auf einer Opernbühne. »Ich soll eine Papier an mir nehmen, damit es nicht in – come si dice – falsche Hände fällt.«

»Was habe ich mit diesem Papier zu tun?«, fragte ich. Mir gefiel die Art nicht, wie er mich ohne Scheu musterte. Ich beschloss aber, mich von diesem mageren Männlein nicht aus der Ruhe bringen zu lassen. Also lehnte ich mich lässig ans Küchenbuffet.

»Wieso ist dieses Papier so wichtig?«, setzte Elli nach, und Herr Begoni wandte ihr ohne Hast seinen Blick zu. Doch er machte den Mund nicht auf.

Warum sagt der Kerl nichts, wenn er etwas von uns will? Warum sitzt er bloß da und betrachtet abwechselnd Elli und mich? Natürlich wollte er uns nervös machen, und ich spürte, wie die Schweißflecken unter meinen Achseln größer wurden.

»Was steht auf dem Zettel?«, wiederholte Elli ihre Frage sinngemäß. Sie bemühte sich um eine entspannte Körperhaltung und warf das rechte Bein über das linke. Dann fügte sie mit ironischem Unterton hinzu: »Ist es eine Todesliste der Mafia? – Von solchen Sachen habe ich schon gehört.«

Elli war raffinierter als ich. Sie ließ sich auf Psychospielchen nicht ein, sondern lockte ihren Gast aus der Reserve.

184

»No, no«, sagte Begoni leise, und ein kleines Lächeln deutete sich im knochigen Gesicht des Italieners an. »Keine Todesliste. – So etwas gibt es nur in schlechten Romanen. In Wirklichkeit ist niemand so pazzo, so verruckt, die Namen der Leute auf einen Zettel zu schreiben, die sterben mussen.«

Das freundliche Gesicht des Mannes zu diesem unfreundlichen Thema irritierte mich.

»Worum geht es dann?«, wollte Elli wissen.

»Ich suche eine Ergebnis von eine Analisi, einer Untersuchung.« Er lehnte sich zurück und legte beide Zeigefinger an seine Unterlippe. »Eine einfache Sache.«

Ellis Augen wurden schmal. »Und wegen einer solch einfachen Sache sind Sie eigens aus Italien hierher nach München gekommen?«

»Si.« Das Gesicht des Avvocato wurde verschlossener. Er hatte offensichtlich keine Lust, weitere Einzelheiten herauszurücken.

Damit sollte er aber bei Elli nicht durchkommen.

»Warum ist das Untersuchungsergebnis so wichtig?«, fragte sie.

»Es geht um Geld«, meinte der Avvocato. »Viel Geld.«

»Wie viel?«

»Millionen!«, flüsterte der Italiener und lehnte sich in seinem Stuhl zurück.

»Und wie können wir Ihnen in dieser Angelegenheit helfen?«

»Ich brauche die Papier.« Er wandte sich Elli zu und hielt die gefalteten Hände vor die Nase wie ein kleiner Junge bei der Erstkommunion. Jetzt drehte er den Kopf in meine Richtung. »Der Dokument muss hier sein. Herre Orst hat es gestohlen.«

185

Ich musste einen Augenblick überlegen, wen der Italiener mit »Herre Orst« meinte, doch es konnte sich bloß um Horst handeln.

»Und wo hat er es gestohlen?«, wollte ich wissen.

Der Italiener sah zur Decke, offensichtlich fragten wir ihm zu viel. Doch ich war nicht bereit, weiterhin den Trottel zu spielen. Ich wollte erfahren, was los war.

»Im Buro von Avvocato Guthor.«

»Und wie hat er das geschafft?«

»Herre Orst war ein bell' ragazzo und hat gemacht – sagen wir – schone Auge mit Fraulein Muller im Buro. Sie hat ihm die Papier gezeigt.«

»Und dann?«

»Dann hat Herre Orst die Papier mitgenommen. – Allora«, fuhr der Italiener fort. »Der Dieb ist morto und die Papier ist verschwunden. Das ist schlecht, denn wir brauchen sie. – Urgente! Dringend!«

»Haben Sie den Horst umgebracht?«. Ich traute dem zurückhaltenden Mann ohne Weiteres einen Mord zu. Doch wahrscheinlich machte sich ein Avvocato die Hände nicht selbst schmutzig, also verbesserte ich mich. »Oder umbringen lassen?«

»No, no«, lachte Herr Begoni und winkte ab. »Schauen Sie mich an! Sehe ich aus wie ein – come si dice – Dummekopf?« Er beugte sich vor und sprach jetzt viel leiser. »Kein vernunftiger Mensch bringt jemanden um, von dem er etwas erfahren oder bekommen will.« Er hob die Brauen. »Nicht, bevor er nicht hat, was er wollte.«

»Wer war's dann?«

Begoni hob die Schultern. »Ich habe keine Ahnung, und es ist mir ehrlich gesagt auch egal.«

»Das soll ich Ihnen glauben?«

Begonis Gesicht wurde zur Maske. »Signore Guthor hat Herre Orst Geld gegeben, damit er die Papier wieder bekommt. Viel Geld für ein Stuck Papier. Signore Guthor war fur die Papier verantwortlich, es durfte auf keinen Fall in die falschen Hände kommen. Er wollte es ohne Ärger zuruckhaben. Signore Guthor ist troppo simpatico, er will nie Ärger.«

»Wie viel hat er bezahlt?«, fragte ich.

Herr Begoni machte mit der linken Hand eine Geste, die eine große Summe andeutete.

»Wie viel?«, setzte ich nach.

Der Italiener überlegte einen Augenblick. »Zwanzigtausend.« Er verschränkte die Arme.

»Vor drei Tagen wurde hier in der Wohnung eingebrochen«, fuhr ich fort. »Waren Sie das?«

Er neigte den Kopf etwas zur Seite: »Möglich.« Er nickte. »Gut möglich.«

»Haben Sie gefunden, was Sie gesucht haben?«

Der gut gekleidete Mann verzog das Gesicht, als hätte er gerade auf etwas Bitteres gebissen. Er sah mich an, als hätte er mich für klüger gehalten. »Caro amico. – Wäre ich hier, wenn wir gefunden hätten, was wir gesucht haben?«

Er machte bei diesem komplizierten deutschen Satz mit Konjunktiv Plusquamperfekt keinen Fehler. Auch sein Akzent war kaum mehr zu erahnen. Er konnte hervorragend Deutsch und sprach nur dann fehlerhaft, wenn er es wollte. Dieser Mann war ungewöhnlich intelligent, so viel stand fest. Und überaus gefährlich, das spürte ich.

»Stecken Sie hinter der Messerattacke auf meinen Freund Max?«, war meine letzte und auch wichtigste Frage.

187

»No«, entgegnete Signor Begoni und erhob sich langsam. »Damit habe ich nichts zu tun.«

Umständlich kam er um den Tisch herum, drückte Elli die Hand und blieb dann einen Augenblick vor mir stehen. »Ich habe gehört, dass Ihr Freund schwer verletzt ist. Das tut mir sehr leid. Ich weiß, wie wichtig echte amici sind.« Er legte mir die Hand auf meine rechte Schulter. »Aber glauben Sie mir: Wenn es einer von unseren Leuten gewesen wäre, dann wäre Ihr Freund nicht mehr am Leben.«

Er deutete eine Verbeugung an und ging zur Tür. Dort blieb er stehen und drehte sich noch einmal um.

»Suchen Sie bitte nach dem Dokument. Und geben Sie mir Nachricht, wenn Sie es gefunden haben. Fraulein Muller hat meine Telefonnummer.«

Er überlegte, dann fuhr er fort: »Signore Guthor ist so lange an einem sicheren Ort. Auch er denkt daruber nach, wo die Papier sein könnte.«

Beinahe geräuschlos öffnete er die Tür und war verschwunden.

Sein herbes Rasierwasser stand noch eine Weile in der Luft wie eine Warnung.

Ich öffnete das Küchenfenster, auch wenn es draußen immer noch regnete und saukalt war.

»Dieser reizende Herr ist ein Freund deines Vaters?«, fragte ich Elli, während ich in den Regen hinausstarrte.

»Ich glaube nicht, dass die beiden Freunde sind«, meinte sie und zündete sich eine Zigarette an. »Menschen wie mein Vater und dieser Begoni haben keine Freunde. – Solche Leute trauen niemandem. Vor allem dann nicht, wenn sie Angst haben.«

»Der Italiener hat nicht ausgeschaut, als hätte er Angst.«

»Aber mein Vater! Er hat sich immer schon vor diesem Begoni gefürchtet«, stellte Elli nüchtern fest. »Früher hat er ihn oft zu uns nach Hause eingeladen. – Der feine Herr Begoni hat dann im Speisezimmer gesessen, den Duft des neuesten Eau de Toilette aus Mailand verbreitet und in aller Ruhe eine riesige Portion Osso buco verspeist. Mir ist beim Zuschauen schon schlecht geworden.«

»Warum?«

Elli sah zum Fenster, das ich inzwischen wieder geschlossen hatte. »Er hat nur Fleisch gegessen, der Herr Avvocato. Keinen Salat, kein Gemüse. Nur Fleisch, und zwar unglaubliche Mengen. Wie ein Raubtier.«

Ich setzte mich auf den Stuhl ihr gegenüber und überlegte, ob ich jemanden kannte, der nur Fleisch aß. Mir fiel niemand ein.

Dafür kam mir eine andere Sache in den Sinn. »Du hast am Freitagabend nach diesem Papier gesucht?«

»Ich hoffte, die Einbrecher hätten etwas übersehen«, meinte Elli.

»Du hast also von dem Zettel gewusst?«

Elli nickte.

»Und warum hast du uns nichts davon erzählt?«

Sie hob die Achseln.

»In diesem Haus wird mehr gelogen als auf der Beerdigung eines Politikers!«, stieß ich hervor. Ein unglaublicher Zorn packte mich. »Der Horst ist tot, und der Max ist knapp mit dem Leben davongekommen«, schrie ich Elli an. »Ich möchte endlich wissen, was hier gespielt wird. Die Wahrheit sollst du mir sagen, und zwar nicht nur scheibchenweise.«

Sie saß mit eingesunkenen Schultern auf ihrem Rollstuhl und schwieg. Doch je länger ich sie ansah, desto mehr tat sie mir leid. Die schwarzen Haare hingen in ihr trauriges Gesicht, doch sie weinte nicht. Möglicherweise wäre es leichter gewesen, wenn sie geweint hätte.

»Gestern im Krankenhaus wolltest du mir erzählen, was am Montagabend wirklich passiert ist.« Ich hatte mich wieder beruhigt.

»Das war gestern«, flüsterte sie und schüttelte den Kopf, ohne ihn zu heben. »Glaub mir: Die Wahrheit hilft niemandem. – Komm, wir fahren zum Max.«

»Dein Vater hat gesagt, wir sollen das Haus nicht verlassen«, entgegnete ich.

Elli zündete sich mit zittrigen Fingern eine weitere Zigarette an, sog den Rauch tief ein und stieß ihn wieder aus.

»Mein Vater! Der kann mich mal. – Schließlich ist er schuld an dem ganzen Schlamassel.«

Die Besuchszeiten im Schwabinger Krankenhaus waren auf eine Stunde nachmittags zwischen 16 und 17 Uhr beschränkt. Ich hatte Elli bereits am Parkplatz darauf hingewiesen, doch sie meinte, dass derartige Vorschriften möglicherweise für andere Leute galten, aber nicht für uns. Ich würde gleich sehen, wie so etwas läuft.

Ich dürfe bloß nicht freundlich sein, zu niemandem! Also setzte ich ein mürrisches Gesicht auf und schob Elli die Rampe zur Krankenhauspforte hinauf. Bevor wir das Krankenhaus betraten, ließ mich Elli an dem großen Schild anhalten, auf dem die leitenden Ärzte der einzelnen Abteilungen aufgelistet waren. Sie prägte sich einige Namen ein, dann ging es weiter zum Empfang.

Dem Pförtner erklärte sie mit leiser, leidender Stimme, sie habe einen Termin mit Doktor Fleischer von der Chirurgie. Dieser Name war leicht zu merken, zumal er doch ausnehmend gut zur Tätigkeit seines Inhabers passte.

»Doktor Fleischer operiert jeden Vormittag«, meinte der Pförtner nüchtern. »Da hat er sicher keine Zeit für Sie.«

Elli richtete sich ohne Eile in ihrem Rollstuhl auf, ihre gelben Augen funkelten. »Glauben Sie, dass ich zum Spaß von Bayreuth hierherkomme?« Sie gab dem armen Kerl nur einen Augenblick zum Überlegen, dann fuhr sie mit scharfem Ton fort: »Ich habe einen Termin bei ihm, und Sie sagen mir sofort, wo ich ihn finde, sonst kriegen Sie Ärger.«

»Aber …«

»Ich warne Sie!« Ellis Stimme wurde lauter. »Mein Vater hat mit seinem alten Freund Professor Urban gesprochen, und der hat den Termin heute Vormittag arrangiert. Falls Sie Zicken machen, wende ich mich direkt an die Krankenhausleitung.«

Der Pförtner wurde blass und überlegte. Schließlich gab er Auskunft: »Doktor Fleischer ist im Parterre links hinter den Operationsräumen zu finden. Aber er hat wirklich keine Zeit. Er operiert, das habe ich Ihnen doch gesagt.«

Elli warf dem armen Kerl ein arrogantes, kaum hörbares »Danke« hin und rollte nach links in den Teil der Klinik, wo wir gestern schon gewesen waren. Jetzt hieß es die Augen offen halten nach einer der Krankenschwestern, die gestern bei der Operation dabei gewesen waren. Glücklicherweise trafen wir auf dem Gang vor dem OP die Oberschwester mit dem Boxergesicht. Sie freute sich sogar, uns zu sehen.

»Ich muss Ihnen danken«, sagte Elli und hielt ihr die Hand entgegen. »Ohne Sie wäre unser Freund nicht mehr am Leben.«

»Bitte«, entgegnete die Schwester und wurde verlegen.

»Können wir zu Max?«, fragte Elli.

Die Schwester schüttelte den Kopf. »Herr Stockmeier darf keinen Besuch empfangen. Strenge Anweisung von oben.«

»Ich muss ihn sehen«, stieß Elli hervor.

»Wenn's aber nicht geht!« Nervös sah sich die Schwester um. »Heute Morgen war schon ein Polizist hier. Der durfte auch nicht mit ihm sprechen.«

Elli beugte sich nach vorne und flüsterte: »Sie sagen mir einfach seine Zimmernummer, und alles andere überlassen Sie mir.« Elli hob die rechte Hand. »Ich schwöre: Kein Mensch erfährt, woher wir den Tipp haben.«

Die kleine Krankenschwester versicherte sich, dass niemand in der Nähe war, dann flüsterte sie: »Erster Stock, Zimmer 104. Ich sollte ihm einen Krimi besorgen. Ihm sei todlangweilig, sagte er mir vor einer halben Stunde.«

Elli griff nach hinten und zog aus der Tasche hinter der Rollstuhllehne den Neuesten von Patricia Highsmith heraus. »Den hat er sicher noch nicht gelesen.«

Die Schwester nickte und machte sich davon, bevor sie zusammen mit uns gesehen wurde.

Elli holte nun ein hellgrünes Krankenhaushemd aus derselben Tasche und schlüpfte hinein, so gut es ging. Für mich hatte sie einen weißen Kittel mitgebracht. Anscheinend hatte sie immer noch einiges Equipment zu Hause. Im Zusammenspiel mit der Tatsache, dass sie im Rollstuhl saß, sorgte unsere Verkleidung dafür, dass wir auf dem Weg in den ersten Stock als Patient mit Pfleger wahrgenommen wurden und uns frei bewegen konnten.

Nach kurzer Suche standen wir vor Max' Zimmer. Ich klopfte leise. Nichts rührte sich. Also öffnete ich die Tür, und nachdem ich Elli in den Raum geschoben hatte, schloss ich sie gleich wieder.

Max war alleine im Zimmer, er schlief. Sein Gesicht war immer noch blass, doch es hatte nicht mehr den porzellanartigen Schimmer von gestern. Er atmete ruhig. Zögerlich tropfte eine durchsichtige Flüssigkeit in einen Infusionsschlauch, der in seinem rechten Arm steckte.

Elli rollte langsam zum Bett. Zuerst berührte sie seine Beine, die sich unter der dünnen weißen Decke abzeichneten. Dort ließ sie ihre Hand liegen und begann zu weinen.

Sie weinte still vor sich hin. Kein Seufzen, kein Laut.

Ich war neben der Tür stehen geblieben. Mir reichte, dass Max noch am Leben war und bald wieder auf die Beine kommen würde. Dann würde es dem Drecksack, der ihn überfallen hatte, an den Kragen gehen. Darauf konnte sich das Schwein verlassen.

Plötzlich begann Max seinen Mund zu bewegen. Dann öffnete er langsam die Augen, erst das rechte, dann das linke. Schließlich blinzelte er ein paar Mal und sah zu uns her.

Hastig wischte sich Elli über die Augen, Max durfte ihre Tränen nicht sehen. Mit belegter Stimme meinte sie, er solle nicht reden. Das würde ihn zu sehr anstrengen.

»Ein bisserl matt bin ich schon«, krächzte Max. »Aber ich freu mich, dass ihr hier seid.« Er kniff für einige Momente die Augen zusammen, dann begann er erneut: »Wie seid ihr eigentlich reingekommen? Ich darf heute noch keinen Besuch kriegen, haben die Schwestern gesagt. Sie bewachen mich wie Fort Knox.«

Elli zog eine Schnute und versuchte einen unschuldigen Gesichtsausdruck. »Davon haben wir gehört.«

193

»Und wie habt ihr es bis hierher geschafft?«

»Wir haben uns den Weg freigeschossen.«

Max verzog sein Gesicht zu einem mühsamen Lächeln.

»Wer war's?«, fragte ich und kam näher an sein Bett heran.

»Keine Ahnung.« Max schluckte, und ich hatte den Eindruck, dass ihm das Schlucken wehtat. »Es ist alles so schnell gegangen, und der Kerl hatte eine Kapuze über dem Gesicht. Plötzlich war er dagestanden, und ich habe versucht, ihm das Messer wegzuschlagen.« Max stockte. »Das hat nicht besonders gut geklappt, wie ihr seht.«

»War's der Günther?«, setzte ich nach.

Max versuchte, die Schultern zu heben, doch das tat ihm weh, und er stöhnte leise. »Die Größe würd passen, aber ...«

»Hat er was gesagt?«

»Nein, kein Wort. Er war plötzlich dagestanden. Ich habe das Messer in seiner Hand gesehen und versucht, ihm auszuweichen. Dabei bin ich weggerutscht, nach vorne gefallen und hab den Stich gespürt. Mehr weiß ich nicht.«

»Hat er mit Absicht zugestochen?«, fragte ich.

»Keine Ahnung.«

»Vielleicht hatte er es auf mich abgesehen? Schließlich warst du mit meinem Regenmantel draußen.«

Max hob den rechten Unterarm, streckte den Zeigefinger und bewegte ihn verneinend hin und her. »Unmöglich, uns zwei zu verwechseln.« Wieder schluckte er. »Schließlich bin ich größer als du und außerdem viel hübscher.«

Kaum hatte er fertig geredet, da ging die Zimmertür auf und eine große, schwere Frau in Schwesterntracht kam herein.

194

»Der Patient darf noch keinen Besuch empfangen«, fuhr sie uns an. »Nicht mal von seinen Eltern. Die habe ich vor einer halben Stunde heimgeschickt.«

Sofort hatte ich mein Unschuldsgesicht aufgesetzt, das half immer.

»Verlassen Sie sofort das Zimmer!« Der Ton der Schwester wurde schärfer.

Elli hatte eine andere Taktik. »Schreien Sie nicht so rum! Ich bin nicht taub.« Sie drehte den Rollstuhl auf frontalen Angriff und sah die Matrone giftig an.

»Es wird immer noch schöner! Erst einen schwerkranken Patienten stören, und dann auch noch frech werden!«

»Mit Ihnen«, Elli wandte ihr Gesicht ab, »mit Ihnen möchte ich nicht streiten. Streit ist nämlich schlecht für die Gesundheit.« Mit hoch erhobenem Kopf fuhr sie an der Schwester vorbei zur Tür. » Schauen Sie mich an: Vor drei Monaten habe ich mir die linke Arschbacke verstaucht und mich so drüber geärgert, dass ich heute gar nicht mehr laufen kann.«

Wenige Minuten später standen wir vor Ellis VW-Bus. Sie zündete sich eine Zigarette an. Es hatte aufgehört zu regnen, doch immer noch war es schweinekalt.

»Wer war's?«, fragte ich Elli.

»Der Günther, wer sonst«, sagte sie. »Der Kerl ist aggressiv und total unberechenbar. Manchmal wirft er auch LSD ein und anderes Scheißzeug.«

»Aber das Alibi.«

Elli schnaubte. »Seine Freundin würde es nicht wagen, ihm zu widersprechen. – Günther kann richtig grob werden. Er war nicht umsonst im Knast.«

»Vielleicht hat er auch den Horst auf dem Gewissen«, mutmaßte ich.

»Nein.« Elli schüttelte langsam den Kopf und richtete dann die schönen dunklen Haare nach hinten. »Dem Horst hätte Günther nie was getan.«

»Warum?«

»Günther mochte den Horst wahrscheinlich mehr als seine Freundin. Er war geradezu verliebt in ihn.«

Die Nachricht traf mich wie ein Keulenschlag. »Ist er schwul?«

Das passte nicht zusammen, noch nie hatte ich von einem schwulen Schläger gehört.

Elli wiegte den Kopf hin und her. »Nicht direkt. Ich würde eher sagen, er kann sich nicht recht entscheiden.«

»Und der Horst? War der auch verliebt in den Günther?« Die Sache wurde immer interessanter.

»Pffff«, machte Elli und verdrehte die Augen. »Der Horst hat den Günther im Knast ein bisschen rangelassen, aber nur bis zu einem bestimmten Grad. Dafür hat Günther dort auf ihn achtgegeben, wenn irgendwelche Typen ihm an die Wäsche wollten. Hübsche Jungs leben im Knast gefährlich. – Immer schön mit dem Hintern zur Wand schlafen, hat der Horst gesagt. Und die Arschbacken fest zusammenkneifen, wenn das Licht ausgeht!«

Elli holte den Tabak aus der Seitentasche und begann sich eine weitere Zigarette zu drehen.

»Und wer steckt hinter der Erpressung?«, fragte ich.

Elli leckte das Zigarettenpapier, rollte die Kippe zusammen und zupfte den überstehenden Tabak ab. Dann zündete sie die Zigarette in aller Ruhe an. »Lass die Erpressung weg! Sie hat mit den anderen Geschichten nichts zu tun.«

Dasselbe hatte der Inspektor gesagt.

»Was ist mit dem Zettel, den der Horst deinem Vater gemopst hat?«

Elli verdrehte die Augen. »Damit hat der ganze Scheiß angefangen.« Sie nahm einen tiefen Zug und wiederholte wie ein heiseres Echo: »Mit dem blöden Wisch hat alles angefangen.«

»Was hat angefangen?«

»Horst wurde plötzlich unausstehlich. Er sagte, er würde nicht mehr lange in München sein. Er wollte nach Indien, mit seiner Schwester. – Seine Mutter war natürlich stocksauer. Sie wollte nicht allein bleiben. Nicht nach allem, was sie schon mitgemacht hatte. Mit ihrem Mann, der ständig blau war. Mit ihrem Sohn, der nicht viel taugte, außer wenn es um Frauen ging. Und vor allem mit ihrer Tochter, die sie kaum einen Augenblick aus den Augen lassen konnte, seit sie ein kleines Kind war.« Elli zog den Rotz in der Nase hoch, holte schließlich ein Tempo aus der linken Tasche ihres Rollstuhls und schnäuzte sich gründlich. »Außerdem hat sie Schulden.«

»Hatte Horst sonst noch mit jemandem Ärger?«, fragte ich.

Elli kniff die Augen zusammen und sah mich konzentriert an. »Mit meinem Vater natürlich, und mit der Müller, seiner Sekretärin.«

»Warum?«

»Horst hat das Papier mitgehen lassen, während er sie bezirzte. Der Begoni hat uns doch haarklein davon erzählt.«

»Dein Vater hat anschließend zwanzigtausend Mark für den Zettel bezahlt?«

Elli nickte.

»Aber er hat das Papier nicht zurückbekommen?«

Sie nickte. »Bloß eine gut gemachte Kopie. Horst kannte vom Knast her einen erstklassigen Fälscher.«

»Da stimmt doch was nicht«, meinte ich und hatte gute Lust, auch eine zu rauchen.

Elli überlegte, wie sie mir das Folgende am besten erklären könne. »Du solltest meinen Vater nicht überschätzen. Er ist nicht so toll, wie er immer tut. Braucht er auch nicht, denn mit seinem selbstbewussten Auftreten nimmt er seinem Gegenüber gleich den Wind aus den Segeln. Vor allem vor Gericht macht er eine unglaublich überzeugende Figur.«

»Aber bei Horst hat das nicht geklappt?«, fragte ich.

»Zuerst schon.« Elli grinste. »Horst war schwer beeindruckt, als ihn mein Vater bei seiner Verhandlung vertrat. Papa konnte alle Anklagepunkte entkräften.«

»Welche Punkte genau?«

»Rauschgiftbesitz und -handel.«

»Und das hat nicht gestimmt?«, fragte ich.

»Horst hat sich früher nicht besonders für Drogen interessiert. Nur für Frauen.« Elli rieb sich die Hände, um sie zu wärmen. »Manchmal hat er ein paar Gramm gekauft, gelegentlich einen Joint geraucht und auch mal was weiterverkauft. Der Freund von einem Mädel, dem Horst den Kopf verdreht hatte, wusste davon und zeigte ihn bei der Polizei an. Horst wurde festgenommen. Den Rest kennst du.«

»Erzähl es mir noch mal, ich möcht es ganz genau wissen.«

»Also pass auf.« Elli schnaufte tief durch. »Die Sache mit dem Besitz stand für die Beamten fest, sie hatten ein

198

paar Gramm bei ihm gefunden. Rauschgifthandel wurde ihm aufgrund der Aussage des verschmähten Liebhabers auch noch unterstellt. Horsts Pflichtverteidiger war eine Pfeife. Der konnte nicht mal klar darlegen, dass bei seinem Mandanten gar keine Fluchtgefahr bestand. Also ist der arme Kerl in Untersuchungshaft gewandert. Dort lernte er den Günther kennen. Nach ein paar Wochen durfte er wieder raus und sollte in Freiheit auf seinen Prozess warten. Er hat sich bei mir vorgestellt, und ich habe ihn genommen. Mein Vater vertrat ihn vor Gericht. Der hat den Ermittlern gleich mal ein paar Verfahrensfehler um die Ohren gehauen und den Rauschgifthandel ad absurdum geführt. Auf Anraten meines Vaters sollte Horst behaupten, ihm wäre das Rauschgift in die Jacke gesteckt worden und er hätte nichts davon gewusst. Papa war die Wahrheit egal. Er hatte den Auftrag, Horst rauszuhauen.«

»Und das hat geklappt?«, fragte ich ernüchtert.

»Natürlich!« Elli streckte den hübschen Kopf nach vorne. »Wovon, glaubst du, leben Leute wie mein Vater? – Von der Wahrheit?« Sie lachte. »Die Wahrheit ist meinem Vater scheißegal. Es geht um Geld, wenn er in die Schlacht zieht, um nichts anderes.«

»Aber warum hat er den Horst verteidigt, der hatte doch kein Geld?«

»Weil ich ihn drum gebeten habe.«

»Und dann klaut der undankbare Typ deinem Vater ein wichtiges Dokument. Ein gutes Motiv, den Kerl um die Ecke zu bringen.«

»Es war Horsts einzige Chance, an ein bisschen Kohle zu kommen«, verteidigte Elli den Toten.

»Du kannst das akzeptieren?«

»Natürlich. Mit dem Dealen hat er kaum was eingenommen, und mit den paar Kröten, die er bei mir verdiente, wäre er nie weggekommen. Die Chance war einmalig: Das Fräulein Müller hat sich an den Horst rangemacht. Sie zeigte ihm das Papier, und er klaute es bei der nächsten Gelegenheit. Von meinem Vater hat er Geld bekommen, er hat ihm aber bloß die Kopie zurückgegeben.«

»Hat dein Papa den Horst umgebracht?«

Elli winkte ab. »No, no, signore«, ahmte sie Begonis Tonfall mit den breiten Vokalen nach. »Papa mio ist nicht così stupido, dass er tötet Herre Orst, bevor er nicht at, was er will.« Sie beendete ihren Ausflug ins Italienische. »Außerdem bringen Leute wie mein Vater niemanden um. Dafür sind sie viel zu gerissen.«

Ich überlegte. »Mit wem hatte Horst sonst noch Ärger?«

»Mit mir natürlich.« Elli sah mich mit großen, honigbraunen Augen an. »Seine Pläne passten mir überhaupt nicht. Er wollte nicht nur weg aus Deutschland, wo es ständig regnet und saukalt ist. Nicht bloß weg von seiner Mutter, die ja wirklich keine angenehme Erscheinung ist.« Sie drehte den Kopf zur Seite und zog die Augenbrauen zusammen, dass sich zwei vertikale Falten bildeten. »Er wollte auch mich nicht mehr sehen.« Ihre halb gerauchte Kippe landete auf der Straße und rollte in Richtung VW-Bus.

»Hast du ihn umgebracht?«, fragte ich, während ich die Schienen aus dem Wagen holte, auf denen ich sie ins Auto schieben konnte.

»Nein«, lachte sie. »Ich war's wirklich nicht. – Wie hätte ich das auch anstellen sollen?«

Ich überlegte. Jemand hatte Horst von hinten niedergeschlagen. – Elli konnte es nicht gewesen sein. Sie saß zu weit unten, um ihm eine über den Hinterkopf zu ziehen. Das war plausibel, zumindest auf den ersten Blick.

Doch während der Heimfahrt fiel mir der Weber-Wacki aus Deining ein, ein kleiner, krummbeiniger Dackelmischling. Er hatte es zu einiger Berühmtheit gebracht, da er stets verschwand, sobald im Umkreis von zehn Kilometern eine Hündin läufig war, und erst nach Tagen wieder heimkehrte. Er hatte im Laufe seines Lebens jede Menge kleiner Mischlingsbälger mit krummen Beinen gezeugt und damit seine fragwürdige Genetik im Landkreis weiter gestreut als jeder stattliche Schäferhundrüde.

Es hieß, dass er tagelang die Heimstätte der Hundedame belagerte und sich weder mit bösen Worten noch mit Holzscheiten vertreiben ließ. Er wartete geduldig auf seine Chance, und im entscheidenden Augenblick zeigte er eine Geschicklichkeit, die man dieser mickrigen Kreatur nicht zugetraut hätte.

Auf unseren Fall übertragen hieß dies, dass Elli sehr wohl einen ausgewachsenen Mann niederschlagen konnte. Er brauchte sich bloß so weit zu bücken, dass sie ihm mit einem Prügel oder Totschläger eine drüberziehen konnte.

Ich erzählte Elli von dem kleinen Hund und der daraus entwickelten Theorie. Sie hörte stumm zu.

»Du bist nicht dumm, Kaspar«, sagte sie nachdenklich. »Natürlich hätte ich ihn niederschlagen können, wenn er sich gerade zu mir runterbückt. – Doch ich hätte dem Horst nichts tun können. Dafür mochte ich ihn zu sehr.«

»Viele Verbrechen werden aus Liebe begangen. Oder aus Enttäuschung«, meinte ich.

»Das schon«, erwiderte Elli. »Aber ich habe ihn nicht geliebt.« Sie suchte die richtigen Worte. »Wir hatten sehr

201

viel Spaß miteinander, das kannst du mir glauben. – Aber Liebe?« Sie schüttelte den Kopf. »Darunter stell ich mir schon was anderes vor.«

Wir wollten zur Uni, um am Basisseminar Griechisch teilzunehmen. Doch das Gebäude war beinahe leer, und am Schwarzen Brett stand, dass in dieser Woche aufgrund der Grippeepidemie sämtliche Lehrveranstaltungen ausfallen.

Also fuhren wir nach Hause und verschwanden auf unsere Zimmer. Ich hatte einiges nachzuholen, auch wenn es die nächsten Tage keine Vorlesungen gab.

Elli hatte recht: Mein Wortschatz war eine Katastrophe, sowohl in Latein wie in Griechisch. Also setzte ich mich an den Schreibtisch und wiederholte etliche Kapitel. Es tat mir gut, einige Stunden an etwas anderes zu denken als an den toten Horst und an Max, der im Krankenhaus lag. Ihn zu besuchen, kam heute nicht mehr infrage, denn sicher waren inzwischen seine Eltern aufgetaucht, und denen wollte ich nicht gerne über den Weg laufen. Ich hätte ihnen erklären müssen, was vorgefallen war.

Abends war Elli nach einem Bad. Also ließ ich die Wanne volllaufen und schüttete ein exquisites Badeöl dazu. Nachdem ich sie in die Wanne gehoben hatte, stellte ich ein Tischlein mit allen möglichen Fläschchen und Tinkturen daneben. Sie wolle sich mal wieder aufpeppen, sagte sie, als ich das Badezimmer verließ.

»Mach dir Locken, sonst bleibst du hocken«, trällerte sie fröhlich.

Kurz vor acht läutete es. Wer war das schon wieder?

Ich drückte auf den elektrischen Toröffner und staunte nicht schlecht, als ein Rollstuhl in den Hausgang fuhr, dem ein zweiter folgte. Hinter den beiden tappte ein etwa zwanzigjähriges rothaariges Mädchen her, das ein käsiges, desinteressiertes Gesicht zur Schau trug.

»Was bist denn du für einer?«, fragte mich der erste Rollstuhlfahrer aus wenigen Metern Entfernung. Er hatte lange blonde Haare, die ihm bis über die breiten Schultern fielen.

»Hat Elli den Zivi gewechselt?«, fragte der zweite. Er war dunkelhaarig und hatte einen gewaltigen Vollbart. Wäre ich nicht zur Seite getreten, der Kerl wäre mir eiskalt über die Zehen gefahren, als er an mir vorbei in die Wohnung rollte.

Ehe ich mich's versah, waren die beiden in der Küche und hatten ihre Rollstühle links und rechts an der Längsseite des Tisches in Position gebracht. Ellis Platz an der Stirnseite blieb frei. Das Mädchen folgte den beiden und ließ sich stumm in einen Stuhl fallen.

»Wo ist die Elli?«, fragte der Blonde.

»Sie badet«, sagte ich, erstaunt über die Dreistigkeit, mit der die drei in die Wohnung gekommen waren. Sie taten gerade so, als wären sie hier zu Hause.

»Sie macht sich also hübsch für uns.« Der Blonde deutete mit dem Zeigefinger über den Tisch auf mich. »Sag ihr, das ist nicht nötig. Ich will nur ihr Geld, nicht ihren Körper.«

Der Bärtige lachte gutmütig, während das rothaarige Mädchen die Augen verdrehte, ein Buch aus ihrer Jutetasche zog und zu lesen begann.

»Der Zimmerservice hier stimmt immer noch nicht. Gott sei Dank hab ich ein bisserl Wegzehrung mitgenommen«, brummte der Blonde und zog zwei Bierflaschen aus der Tasche hinter der Lehne seines Rollstuhls. Er knallte sie auf den Tisch und machte dann eine Handbewegung, die bedeuten sollte, dass er einen Öffner brauchte. Als ich einen aus der Schublade holte und ihm hinhielt, fragte er, ob ich auch ein Bier wolle.

Ich nickte und streckte die Hand nach der Flasche aus.

Als ich das Etikett sah, wurde ich mit einem Schlag sentimental. Es war ein Dunkles vom Bräu in Wolfratshausen. Wie es ihm und seiner Frau wohl ging? Augenblicklich überkam mich ein schlechtes Gewissen. Ich hatte die beiden nicht angerufen. Bei meinem letzten Besuch in Wolfratshausen hatte ich mir anhören müssen, ihr Leben wäre verpfuscht, nachdem Max sich entschlossen hatte, in Heiligenbeuern zu bleiben. Und jetzt lag er schwer verletzt im Krankenhaus.

»Was wollt ihr eigentlich hier?«, fragte ich den Blonden.

»Wir kommen alle vierzehn Tage und spielen Schafkopf miteinander. Hat Elli nie von uns erzählt?«

Ich schüttelte im Aufstehen den Kopf, ging ins Bad und berichtete Elli von den beiden Kerlen, die in der Küche auf sie warteten.

Sie saß mit einer weißen Gesichtsmaske in der Wanne und hielt den Kopf so steif nach oben wie eine Gottesanbeterin, die sich innerlich darauf vorbereitet, ihr Männchen zu fressen.

»Die zwei habe ich glatt vergessen.« Sie bemühte sich, das Gesicht beim Reden möglichst wenig zu bewegen. »Ich brauche aber noch ein bisschen Zeit, bis meine Feuchtigkeitsmaske eingezogen ist. Stell ihnen was zu essen hin, dann geben sie Ruhe. In einer Viertelstunde bin ich fertig.«

Ich wandte mich zum Gehen.

»Halt«, rief Elli mir nach. »Kannst du schafkopfen?«

Natürlich konnte ich schafkopfen. Im Internat hatten wir ganze Nächte durch gespielt.

»Gut, dann bist du dabei. Halt mir die anderen inzwischen bei Laune!«

Ich verließ das Badezimmer, ging in die Küche und stellte dort alles auf den Tisch, was ich an Essbarem im Kühlschrank fand.

Sofort waren die beiden Rollstuhlfahrer bester Stimmung, und sie stellten sich vor.

»Otto«, meinte der Blonde und nahm ein Stück Salami.

»Mike«, sagte der Bärtige und deutete dann auf das blasse Mädchen. »Das ist die Bea.«

Das Mädchen nickte und hob die rechte Hand, ohne vom Buch aufzublicken. Sie sah dabei aus wie eine Oberschülerin, die sich in der Schule ohne große Euphorie meldet. Sie interessierte sich auch nicht für die Brotzeit. Wahrscheinlich weil kein Vollkornmüsli auf dem Tisch stand.

»Wir haben Elli vor zwei Jahren in der Reha in Lenggries kennengelernt«, erzählte Otto und kaute. »Mich hat's mit dem Motorrad erwischt. Der Mike ist von einem Gerüst gefallen, und die Story von der Elli wirst du sicher schon kennen.«

»Die Elli war damals nicht gut drauf«, meinte Mike in seinem tiefen Bass.

»Damals war keiner gut drauf«, verbesserte ihn Otto. »Aber man musste zusehen, dass es irgendwie weitergeht. Wir haben den ganzen Tag Karten gespielt, um uns die Zeit zu vertreiben und nicht über unsere Zukunft im Rollstuhl nachdenken zu müssen.«

205

»Da ist unser vierter Mann entlassen worden«, ergänzte Mike. »Und in der Reha war niemand mehr, der mit uns spielen wollte.«

»Wir haben überall rumgefragt, aber keiner hatte Lust.«

»Schließlich hat die Elli angebissen, obwohl sie das Spiel erst lernen musste. Sie ist wirklich sehr clever, innerhalb von drei Tagen hatte sie alle Tricks raus. Unglaublich.«

Otto nickte. »Elli hat nicht viel geredet, auch nicht beim Kartenspielen.«

»Schlaftabletten hat sie gesammelt«, ergänzte Mike laut schmatzend. »Sie meinte, es würde niemand mitkriegen, aber schließlich sind wir auch nicht ganz blöd.«

»Wir haben ihr das Zeug abgenommen. Zuerst wollte sie nicht rausrücken damit, aber Mike hat nicht lockergelassen und ihr erklärt, dass sie in der Klapse landet, wenn man ihr draufkommt.« Otto stockte.

»Außerdem hatten wir keinen Ersatzmann«, meinte Mike.

»Seit der Entlassung spielen wir alle zwei Wochen. Wie die Invaliden vom Veteranenverein.«

Ich hörte Elli meinen Namen rufen und ging ins Bad. Sie hatte die Gesichtsmaske abgewaschen und bat mich, sie aus der Wanne zu heben und ihr beim Abtrocknen zu helfen. Es dauerte nicht lange, bis sie in frischen Klamotten aus dem Bad rollte.

»Dass ihr zwei Banditen euch noch hertraut!« Elli umkurvte den Tisch und kam an der Stirnseite zum Stehen.

»Wieso?«, meinte Otto. »Haben Madame Angst um das Ersparte?«

Elli holte Kleingeld aus ihrer Geldbörse und zählte flink ein paar Zehnerl, Fünfzigerl und Markstücke auf dem

Tisch. »Wenn ich gegen dich verliere, fühle ich mich jedes Mal, als wäre ich bestohlen worden.«

»Daran gewöhnst du dich schon noch«, entgegnete der Otto und begann die Karten zu mischen. Dann fragte er beiläufig: »Wo ist eigentlich der Horst?«

»In der Pathologie«, meinte Elli.

»Macht er dort ein Praktikum?«, fragte Mike.

»So kann man das auch nennen.« Ellis Lippen wurden dünn. »Er ist vor einer Woche in seinem Zimmer erschlagen worden, und die Polizei hat seine Leiche zur Sektion mitgenommen.«

»Red keinen Scheiß!«, brummte Otto und ließ die Karten sinken. »Darüber macht man keine Scherze.«

»Ich mache keine Scherze.« Elli saugte an der Oberlippe, ihre Augen wurden feucht. Sie erzählte die ganze Geschichte.

»Wer bist du eigentlich?«, wollte der Blonde von mir wissen, nachdem Elli fertig war.

»Ich heiß Kaspar und wohne seit Montagabend hier. – Jetzt wo der Horst …« Ich wusste nicht, wie ich den Satz beenden sollte.

Die beiden nahmen gleichzeitig ihre Bierflaschen und tranken einen großen Schluck. Die Lust auf einen zünftigen Schafkopf war ihnen anscheinend vergangen.

»Schöner Scheiß«, meinte Mike, dessen breites, gutmütiges Gesicht ernst geworden war. »Und jetzt kommen wir hier reingeplatzt. – Sorry.«

Otto betrachtete seine Bierflasche. »Ist wohl besser, wenn wir wieder abziehen.«

Er wandte seinen Kopf zu Bea, die inzwischen ihr Buch auf den Schoß gelegt hatte und dreinschaute wie eine verschreckte Spitzmaus.

207

»Tut mir einen Gefallen und bleibt.« Elli deutete mit einer Handbewegung an, dass sie auch ein Bier haben wolle. Mike gab ihr eines aus seinen Beständen, die sich im Laufe des Abends noch als sehr umfangreich herausstellen sollten. Er fühle sich manchmal wie ein fahrendes Biertragerl, meinte er.

»Wer gibt?«, fragte Otto.

»Semper quidem saudumm quaeret, immer; wer blöd fragt«, entgegnete Elli.

Otto mischte und teilte die Karten aus. Die ersten Runden verliefen wortkarg und zäh. Doch ab dem zweiten Bier wurde es lustiger. Otto war ein frecher Zocker. Er versuchte jedes Solo, auch wenn seine Karten nicht viel taugten. Mike war das glatte Gegenteil, er spielte vorsichtig und redete kaum.

Der beste Spieler am Tisch war jedoch Elli. Sie merkte sich jede gefallene Karte und zählte die Punkte mit. Bald schon hatte sie den konzentrierten Gesichtsausdruck, den ich aus den Übersetzungskursen kannte. Alles Kantige war aus ihrem Gesicht verschwunden. Die Augen leuchteten bernsteinfarben, und die kleinen Fältchen um Augen und Mundwinkel glätteten sich.

»Die Polizei meint also, dass irgendein zugekiffter Idiot den Horst erschlagen hat«, sagte Mike und spielte den Herzober aus.

»Ja«, meinte Elli und gab einen Trumpf zu.

»Das glaub ich nicht.« Otto schmierte.

»Warum?«, fragte ich und stach mit dem Eichelober.

»Der Horst war nicht der Schnellste, aber blöd war er auch nicht.« Otto legte die Karten aus der Hand, um sich eine Zigarette zu drehen. »Er war kein schlechter

Kartenspieler, aber man musste immer aufpassen, dass er einen nicht bescheißt.«

»Was heißt das?«, wollte ich wissen.

Otto warf erst Mike und dann Elli einen vielsagenden Blick zu. Als mich beide mit einem kaum wahrnehmbaren Nicken als vertrauenswürdig einstuften, fuhr er fort: »Der Horst war vor ein paar Monaten noch im Knast. Dort wird keiner zu einem besseren Menschen. Der Kerl hat niemandem über den Weg getraut.«

»Mir hat der Typ eh nicht gefallen«, sagte Mike in Richtung Elli. »Der bringt dir nichts als Ärger, hab ich dir gleich schon gesagt.«

»Er hatte ein miserables Karma«, warf Bea ein. Ich hätte gar nicht geglaubt, dass sie zuhört.

»Trotzdem sind ihm die Weiber nachgelaufen, als wär er das letzte übrig gebliebene Mannsbild nach einem Atomkrieg«, ergänzte Mike.

»Wir hatten jedenfalls viel Spaß zusammen«, meinte Elli leise und senkte die Augen. »Mit ihm war es nie langweilig.« Sie lehnte sich in ihrem Rollstuhl zurück, sah zur Decke und betrachtete die aufwendig restaurierten Stuckverzierungen.

9

Deine Lippen sind wie eine scharlachfarbene Schnur,
und lieblich ist dein Plaudermund.
Deine Schläfen sind hinter dem Schleier
wie eine Scheibe vom Granatapfel.

(Hohelied Salomos)

Dienstag

Als es morgens läutete, freute ich mich nicht.

Erst um drei Uhr waren Otto und Mike mit ihrem Mädel abgezogen. Ich habe bis zum Schluss nicht herausbekommen, in welchem Verhältnis sie zu den beiden stand. War sie die Pflegerin oder Freundin von einem oder von beiden?

Auch Elli konnte diese Frage nicht beantworten. Bea sei schon in die Reha gekommen und habe die beiden besucht. Seltsamerweise immer alle zwei.

Sicher war Ellis Vater an der Tür. Ohne große Lust ging ich hin, um zu öffnen. Doch vor mir stand nicht Herr Guthor, sondern es war der Inspektor.

»Was ist mit Max?«, fragte ich und hielt ihm die Tür auf.

»Dem Max geht's besser«, erklärte Huber und drängte an mir vorbei in die Wohnung. »Ich durfte gestern Abend mit ihm reden.« Jetzt erhob er seine Stimme. »Max glaubt, dass es dieser Günther war. Er kann es aber nicht beschwören. Der Täter trug eine Kapuze.«

»Was sagen die Ärzte?«, fragte ich. Den vermeintlichen Tathergang kannte ich bereits.

»Es wird noch eine Weile dauern, bis er wieder auf die Beine kommt. Auch wenn er selber meint, er könne schon wieder Bäume ausreißen.«

Huber merkte, dass ich keinerlei Anstalten machte, ihm einen Kaffee anzubieten, und fasste sich kurz.

»Die Polizei ist jetzt natürlich in einem Dilemma. Zum einen glaube ich dem Max, zum anderen hat der Günther ein Alibi.« Huber zog die Augenbrauen hoch, wodurch seine Stirn noch niedriger wurde. »Wir recherchieren bei den Nachbarn hier in der Kaulbachstraße, aber ich befürchte, dass niemand eine verdächtige Person bemerkt hat. Wegen der Kälte und des Regens ist am Sonntag niemand freiwillig vor die Tür gegangen.« Hubers Lippen kräuselten sich.

»Das heißt, dass der Günther ohne Strafe davonkommt, bloß weil ihn niemand gesehen hat und seine Puppe ihm ein Alibi gibt?« Ich starrte den Inspektor an, und meine Finger bildeten unwillkürlich eine Faust. »Das Schwein darf versuchen, den Max umzubringen, und anschließend passiert ihm nichts?«

Huber wand sich. »Wir leben in einem Rechtsstaat, und da braucht man Beweise, um jemanden verurteilen zu können.« Er zögerte. »Oder ein Geständnis.« Wieder machte er eine kleine Pause. »Aber das lässt du dir am besten von Herrn Guthor erklären. Der kennt sich hervorragend aus in diesen juristischen Dingen.«

Huber hatte gesagt, was er sagen wollte. Also verabschiedete er sich und verschwand.

211

Ich weckte Elli und berichtete ihr, dass es Max besser gehe. Sie wollte aufstehen, also hob ich sie aus dem Bett und schob sie ins Bad. Dort erzählte ich die anderen Einzelheiten von Hubers Besuch.

Nach dem Zähneputzen rollte sie ins Wohnzimmer. »Rebel, Rebel«, dröhnte kurz darauf die Single von David Bowie durch die Wohnung. Elli hatte die Anlage aufgedreht und auf Wiederholung gestellt.

Natürlich dauerte es nicht lange, bis es klingelte und Frau Mauler vor der Tür stand.

»Es ist eine Unverschämtheit, mit welcher Rücksichtslosigkeit diese junge Guthor ihre Mitmenschen tyrannisiert.«

Die resolute alte Dame hatte einen Schirm in der Hand, mit dem sie wild herumfuchtelte, als wäre es ein Säbel. »Sorgen Sie dafür, dass dieses Weibsstück den Lärm abstellt, und zwar schnell!«

Ich wünschte Frau Mauler zunächst einen Guten Morgen, dann klärte ich sie darüber auf, dass ich in dieser Wohnung lediglich die Rolle des Hausdieners innehätte und meiner Chefin nichts befehlen könne. Schon gar nicht was die Musik anging.

»Musik«, ereiferte sich Frau Mauler, »Musik ist etwas ganz anderes! Mozart ist Musik, oder Bach. Was aus dieser Wohnung kommt, ist ausschließlich Lärm!«

»Soll ich Frau Guthor holen, damit Sie die Angelegenheit mit ihr besprechen können?«, fragte ich und bemühte mich nicht, mein Gähnen zu unterdrücken.

»Reden soll ich mit diesem Weibsstück?« Frau Mauler sah mich entsetzt an. »Mit dieser Person kann man nicht reden, sondern nur streiten. – Ich bin ein sehr friedliebender Mensch und habe immer in Harmonie mit meinen

212

Nachbarn gelebt. Aber seit diese Göre hier eingezogen ist, kann man es kaum mehr aushalten. Jeden Tag Lärm, jeden Tag Ärger, und jetzt ist auch noch die Polizei im Haus.« Sie seufzte. »Ist ja auch kein Wunder bei dem Volk, das sich hier rumgetrieben hat. Aber die Polizei lässt alles durchgehen. Sie unternimmt nichts! Gar nichts!«

»Soll ich sie nicht doch holen?«, versuchte ich es noch einmal, wieder von einem Gähnen begleitet.

»Nein, lassen Sie das. Richten Sie ihr bloß aus, dass ich mich bei ihrem Vater über sie beschwert habe. Und sagen Sie ihr, dass ich mich nicht so leicht rausekeln lasse. Und dass sie keinen Trost in lauter Rockmusik und Drogen finden wird. Es tut mir sehr leid, dass sie im Rollstuhl sitzt. Aber wahre Hilfe gibt es nur bei Gott, nicht bei diesen langhaarigen Schreihälsen. Guten Tag.« Frau Mauler drehte sich um und schritt hoch erhobenen Hauptes zur Treppe und dann hinauf in den ersten Stock. Die ist noch gut in Schuss, dachte ich und schloss die Tür. Dann ging ich zu Elli und erzählte ihr vom Besuch aus dem ersten Stock.

»Dumme Ziege«, kommentierte sie knapp. »Die alte Schachtel geht mir seit dem ersten Tag auf die Nerven.«

Anschließend bereitete ich das Frühstück vor.

»Because the Night« war die nächste Nummer, die in Wiederholung durch die Wohnung dröhnte. Ich mochte Patty Smith, die eine ältere Schwester von Elli hätte sein können mit ihren dunklen, vollen Locken und der schlanken, fast jungenhaften Figur.

Schließlich klingelte es erneut. Wahrscheinlich war es wieder die Mauler. Manchmal kam die alte Ziege auch mehrmals am selben Tag, hatte Elli gesagt.

213

Ich spülte den Bissen des Marmeladenbrotes, den ich gerade noch im Mund gehabt hatte, mit etwas Kaffee hinunter, stand vom Küchentisch auf und ging zur Tür. Auf einen zweiten Anschiss gefasst, öffnete ich.

Doch ich hatte mich heute schon einmal getäuscht, als ich statt Inspektor Huber Ellis Vater erwartet hatte. So war es auch diesmal.

Eine große, dunkelhaarige Frau in langem Trenchcoat stand mit dem Rücken zu mir vor der Wohnungstür. Ich fragte, was sie hier wolle. Da drehte sie sich um, und mir blieb die Luft weg. Das Gesicht der Dame war ein Narbenfeld, das von einem weit in die Stirn gezogenen, dunkelblauen Kopftuch umrahmt wurde.

»Sie sind Lisbeths Studienkollege Kaspar, stimmt's?«, fragte die Frau mit dunkler Stimme. »Wir sind uns noch nie begegnet. Ich bin Ellis Mutter und möchte Ihnen danken, dass Sie sich um meine Tochter kümmern, nachdem ...«

Sie hielt mir ihre Hand entgegen, und ich wunderte mich über den kräftigen, geradezu männlichen Händedruck. Ich trat stumm zur Seite, um sie hereinzulassen. Sagen konnte ich nichts, denn auf einen solchen Anblick war ich nicht vorbereitet gewesen. Nirgends in der Wohnung hing ein Bild der Eltern.

»Meine Tochter hört schon wieder so laut Musik, dass sich die arme Frau Mauler im ersten Stock bei meinem Mann beschweren wird.« Sicheren Schritts ging sie durch den Gang ins Wohnzimmer. Wenige Augenblicke später war Patty Smith verstummt, und gleich darauf kam Frau Guthor mit ihrer Tochter in die Küche.

»Haben wir noch Kaffee für meine Mama?«, fragte Elli. Ich stellte eine weitere Tasse auf den Tisch.

214

»Wollen Sie auch was essen?«, fragte ich.

Inzwischen fühlte ich mich wirklich wie Ellis Hausmädchen.

»Nein danke«, meinte Frau Guthor, die ausgesprochen gut roch. »Der Appetit ist mir heute schon vergangen.«

»Wieso vergangen?«, wollte Elli wissen und schmierte sich ein Honigbrot.

»Ich erzähl's dir, wenn du fertig gefrühstückt hast, mein Kind.« Frau Guthor setzte sich auf dem Küchenstuhl zurecht und zog sich mit einer eleganten Bewegung das Kopftuch von den vollen Haaren. Diese perfekte Frisur war teuer, das sah sogar ich.

»Du bist noch nie ohne Anmeldung hierher gekommen«, brummte Elli und biss in ihr Brot. »Was ist los?«

»Es gibt immer ein erstes Mal.« Ellis Mutter nippte zunächst an dem Kaffee, den ich ihr hingestellt hatte, und trank schließlich einen größeren Schluck. Offenbar schmeckte er ihr.

»Mama!« Elli legte ihr Honigbrot auf den Teller und hob den Kopf. »Du bist lieb, du bist zuverlässig und du bist die beste Mutter der Welt. Aber du bist nicht spontan. – Also, was ist passiert?«

»Ich muss mit dir reden«, erwiderte Frau Guthor spröde. Ihre Mimik konnte ich aufgrund der vielen Narben in ihrem Gesicht kaum beurteilen. Die schönen hellbraunen Augen waren das einzig wirklich Lebendige darin. Der Rest sah aus wie das Gesicht einer Schaufensterpuppe, dem Lederteile in unterschiedlichen Farbtönen aufgeklebt worden waren.

»Gut.« Elli kaute einige Male und schluckte schließlich. »Schieß los.«

Frau Guthor drehte den Kopf zu mir her und zog die Augenbrauen in die Höhe. Sie wollte offensichtlich allein mit Elli sprechen, ich sollte verschwinden. Ich nahm also meine Kaffeetasse und mein Honigbrot, murmelte etwas von wichtigen Prüfungen und ging in mein Zimmer.

Auf meinem Schreibtisch räumte ich genug Platz frei, um den Kaffee abstellen zu können. Nun lehnte ich mich im Stuhl zurück, legte das rechte Bein auf die Tischplatte und dachte darüber nach, was ich mit dem heutigen Tag anfangen sollte. Nebenbei aß ich das Honigbrot und trank den Kaffee in kleinen Schlucken.

Da hörte ich einen kurzen, grellen Schrei. – Das war Elli. Ich sprang auf und rannte in die Küche.

Elli saß an ihrem Platz und starrte auf ein großes Stück Packpapier, das vor ihr auf dem Küchentisch lag. In dessen Mitte befand sich ein rundes, etwa hühnereigroßes, bleiches Etwas. Ich trat näher. Es war von gräulicher Farbe und erinnerte an eine Muschel. Zunächst verwarf ich meinen ersten Gedanken, er erschien mir zu makaber.

Doch je länger ich hinschaute, desto sicherer war ich mir, dass dieser erste Gedanke stimmte: auf dem Tisch lag wirklich ein Ohr. Das Ohr eines Menschen!

»Von wem ist das?«, stammelte ich, starr vor Schreck.

»Es ist das rechte Ohr meines Mannes«, sagte Frau Guthor und stockte. »Das hat zumindest auf dem Päckchen gestanden, das ich in unserem Briefkasten gefunden habe.«

Ihre Stimme an sich hatte sich nicht verändert, sie war nur leiser geworden.

»Warum schneidet jemand Ihrem Mann ein Ohr ab und schickt es Ihnen?«, fragte ich, nachdem ich mich vom ersten Schrecken erholt hatte.

Abwechselnd sah ich zu Elli und zu ihrer Mutter hin. Einen weiteren Blick auf den Tisch wollte ich unter allen Umständen vermeiden.

»Heute Morgen hat jemand angerufen, der sagte, es sei ein Päckchen für mich im Briefkasten. Der Anrufer meinte, ich solle ein Papier besorgen, für das mein Mann verantwortlich gewesen sei.« Frau Guthor sah mich nüchtern an. »Meine Tochter und Sie wüssten, um welches Papier es sich handelt.«

»Wer steckt hinter der Sache?«, fragte ich.

»Sicher dieser aalglatte Avvocato, der Scheißkerl«, vermutete Elli.

Ich nickte, und gleichzeitig spürte ich, wie mir plötzlich hundeelend wurde und mein Mageninhalt von unten in die Speiseröhre drängte. Ich sprang auf, rannte aufs Klo und verabschiedete mich dort formlos von meinem Frühstück. Danach setzte ich mich auf die Klobrille, um wieder zu Atem zu kommen.

Ich merkte, wie mir die Angst die Kehle zudrückte, als würde sich eine Schlinge um meinen Hals schließen. Horst, Max und nun Ellis Vater hatte es bereits erwischt. Wann würde ich an der Reihe sein?

Nachdem ich wieder Luft bekam, putzte ich mir die Zähne und spülte den Mund mit Odol. Das Gefühl, aus dem Mund zu stinken, wollte aber nicht nachlassen.

Schließlich kehrte ich in die Küche zurück, wo mich die Damen stumm erwarteten. Auf meinem Platz stand eine große Tasse Kamillentee. Daneben die Flasche mit dem Klosterfrau Melissengeist.

»Geht's wieder?«, fragte Frau Guthor und schüttete etwas Melissengeist in den Tee.

Ich setzte mich und schlug die eiskalten Hände um die wärmende Tasse. Jetzt hatte ich die Möglichkeit, Ellis Mutter genauer zu betrachten. Sie war schlank und hatte für eine etwa fünfundvierzigjährige Frau eine sehr gute Figur, die von ihrem dunklen Kostüm noch betont wurde. Den eleganten Trenchcoat hatte sie über die Stuhllehne gehängt. Den Kopf hielt sie aufrecht und selbstbewusst. Auch ihre ruhigen Bewegungen bestätigten den Eindruck einer sehr disziplinierten Frau.

»Wir brauchen den Zettel«, stieß Elli plötzlich hervor. »Wir brauchen ihn, sonst bekommen wir nie Ruhe. Ich habe es satt, jeden Tag eine neue Katastrophe zu erleben. Und jetzt haben die Schweine dem Papa …« Sie wandte den Kopf zur Seite.

»Dein Vater war in der letzten Zeit verändert.« Frau Guthor zündete sich eine Marlboro an. »Ich hatte den Eindruck, dass er mir oft gar nicht zuhörte, wenn ich mit ihm sprach. Er war mit seinen Gedanken ganz woanders.«

»Ihr Mann sagte, er würde verreisen«, erinnerte ich mich. »Wohin wollte er?«

»Er muss oft weg. Geschäftlich.« Ellis Mutter musterte mich mit hellwachen Augen. »Er sagt aber nie, wohin. Das wäre besser für mich, meint er. Er ruft auch nie zu Hause an. Meistens ist er nach drei, vier Tagen wieder daheim. Wo er gewesen ist und was er getrieben hat, bleibt sein Geheimnis.«

»Und Sie akzeptieren das?«, wunderte ich mich.

»Wieso?«

Ich überlegte einen Augenblick, ob ich das Folgende sagen sollte, entschied mich aber dafür. »Es könnte doch eine andere Frau dahinterstecken.«

»Schauen Sie mich an«, sagte sie nach einem kleinen Zögern. »Sehe ich aus, als könnte ich noch große Forderungen stellen?«

Sie ließ das Gesagte kurz wirken, dann fuhr sie fort, ohne die Stimme zu heben. »Das mit meinem Gesicht passierte, als Lisbeth ein Jahr alt war. Wir waren Silvester ausgegangen und hatten uns um Mitternacht das Feuerwerk angesehen. Eine der Raketen ist nicht vollständig abgebrannt und vom Himmel auf mein Kleid gefallen. Blöderweise war es aus Polyester und hat gleich angefangen zu brennen. Mein Mann versuchte, mir das brennende Kleid vom Leib zu reißen. Als das nicht klappte, hat er es mir über den Kopf ausgezogen.« Sie schluckte. »Das war ein Fehler, denn dabei hat das heiße Plastik mein Gesicht verbrannt.«

Ich überlegte, warum sie mir eine solche Intimität mitteilte. Wir kannten uns noch keine Stunde.

»Sie werden sich wundern, warum ich Ihnen das alles erzähle, aber ich denke, Sie sollten wissen, was für ein Typ mein Mann ist. Er ist sicher nicht das, was man eine Seele von Mensch nennt.« Sie lachte kurz und schüttelte den Kopf. »Aber er hat immer zu mir gehalten. Er hat sich keine andere Frau gesucht, nachdem ich mich nicht mehr in der Öffentlichkeit zeigen wollte. Er hat sich keine Schönere und Jüngere genommen, obwohl er große Chancen bei den Damen hat.« Sie machte eine Handbewegung, die andeutete, dass das Thema für sie abgeschlossen war.

Nach einer kleinen Pause begann sie erneut. »Lisbeth sagte mir, dass Sie ihr geholfen haben, als sie allein mit Horsts Leiche in der Wohnung war. Sie sagte auch, dass Sie und Ihr Freund Max einige Erfahrung mit Verbrechen hätten. Also möchte ich offen zu Ihnen sein.«

Ich war ganz Ohr.

»Helfen Sie mir bitte, dieses ominöse Papier zu finden. Das bin ich meinem Mann schuldig.« Frau Guthor sah mich an, ohne zu lächeln.

»Vielleicht hast du eine Idee, wo es sein könnte?«, setzte Elli nach.

Ich brauchte etwas Zeit zum Nachdenken.

»In der Wohnung sicher nicht«, brummte ich schließlich. »Hier ist schon alles durchsucht worden.«

Ich überlegte, wo ich an Horsts Stelle das Papier versteckt hätte. Natürlich nicht in Ellis Wohnung, zu der ihr Vater einen Schlüssel hatte. Die Zimmer hier konnte Guthor so oft durchsuchen, wie er wollte, während Horst mit Elli an der Uni war. Außerdem kannte er als Anwalt sicher Spezialisten, die in jedem Raum das fanden, was sie suchten.

»Wir müssen uns in Horsts Situation versetzen und die einzelnen Möglichkeiten abklopfen. Wenn er das Papier im Wald vergraben hat, werden wir es kaum finden. Also interessiert diese Variante nicht. – Wenn er es in einem Schließfach versteckt hat, wäre wahrscheinlich ein Schlüssel aufgetaucht. Also brauchen wir uns darüber auch keine Gedanken zu machen.« Jetzt kam der letzte und entscheidende Punkt. »Möglicherweise hat er das Papier aber jemandem gegeben, zu dem er Vertrauen hatte. Also«, fragte ich in die Runde, »wer kommt infrage? Wem hat Horst wirklich vertraut?«

»Niemandem«, meinte Elli, ohne auch nur einen Moment zu zögern. »Er war der geborene Einzelgänger. Freunde oder so hatte er nicht, bloß den Günther.«

»Und?«

220

Elli prustete. »Die zwei haben öfter ein Bier miteinander getrunken oder einen Joint zusammen geraucht, aber er hat dem Günther nicht wirklich über den Weg getraut. Das weiß ich sicher.«

»Und sonst?« Ich erwartete weitere Vorschläge. »Ein anderer Freund, ein Mädchen, die Mutter, die Schwester …?«

»Die Schwester«, fiel mir Elli ins Wort. »Seine Schwester Eva war der einzige Mensch, den Horst wirklich liebte.«

»Könnte es sein, dass Horst das Papier bei ihr gelassen hat?«

Elli wechselte einen Blick mit ihrer Mutter.

»Eva hat ein kommunikatives Problem. Sie ist Autistin.« Elli wusste nicht recht, wie sie mir die Umstände knapp erklären konnte. »Sie hat zwar ein Gedächtnis wie ein Elefant, ist aber kaum in der Lage, Zusammenhänge zu begreifen. Sie lebt in ihrer eigenen, abgeschlossenen Welt.«

»Was heißt das?«, wollte ich wissen.

»Ganz einfach: Horst konnte ihr nicht einfach ein Stück Papier in die Hand drücken und sagen, sie solle drauf aufpassen.«

»Warum nicht?«

»Eva hätte sich dann vermutlich in ihrem Zimmer eingesperrt und das Papier den ganzen Tag lang angestarrt, damit es ihr ja niemand wegnimmt.«

Das leuchtete mir ein, doch so schnell wollte ich diese Spur nicht aufgeben. Sie schien mir die einzige, die zu dem verflixten Papier führen konnte.

»Wenn sie aber gar nicht wüsste, dass sie das Dokument hat?«, spann ich den Gedanken weiter.

Ellis Pupillen weiteten sich. »Du meinst, wenn das Papier in einem anderen Gegenstand versteckt wäre.«

Ich nickte.

»Das könnte die Lösung sein.« Sie griff an die Räder. »Was hängen wir hier noch rum? Wir müssen zu Eva und schauen, ob wir den Zettel dort finden. Vielleicht auch das Geld, von dem Horsts Mutter gesprochen hat.«

Eine halbe Stunde später saß ich mit Elli in dem gelben VW-Bus mit dem Peace-Zeichen. Ihre Mutter hatte das Ohr wieder eingepackt und war nach Hause gefahren. Wir sollten uns melden, sobald wir Neuigkeiten hätten.

Es war nicht weit bis Ramersdorf, wo Frau Lang wohnte. Elli war schon öfters dort gewesen und beschrieb mir den Weg. Ich hielt direkt vor dem grauen Reihenhäuschen, holte Elli aus dem Wagen, schob sie zur Haustür und klingelte.

Es dauerte nicht lange, bis Horsts Mutter in der Tür stand.

»Was wollt ihr?«, fragte sie patzig.

»Vielleicht wissen wir, wo Horsts Geld ist.« Elli wollte nicht lange um den heißen Brei herumreden und legte gleich ihren Köder.

Frau Langs Gesicht behielt seine Skepsis, doch sie trat stumm zur Seite, um uns ins Haus zu lassen und die Tür hinter uns wieder zu schließen. Sie deutete geradeaus, Richtung Wohnzimmer.

»Wo ist Eva?«, fragte Elli.

»Oben in ihrem Zimmer.«

Die Wohnung war kalt und düster, der Geruch von Kohlsuppe hing im Raum. Elli fuhr mit ihrem Rollstuhl an den niedrigen Couchtisch, ich setzte mich auf den Polsterstuhl daneben. Frau Lang fragte uns, ob wir Kaffee wünschten, doch Elli lehnte ab.

Horsts Mutter nickte und setzte sich auf das Sofa uns gegenüber. Sie trug einen blau karierten Schurz, ihre großen Hände hatte sie gefaltet und zwischen die Knie eingeklemmt.

»Und«, begann sie. »Wo ist es?«

Elli spitzte den Mund und antwortete nicht gleich. Frau Lang sollte ruhig merken, dass die Sache nicht so einfach war.

Schließlich holte Elli tief Luft und begann: »Horst hat von meinem Vater ein Papier gekriegt, das er nicht mehr zurückgeben konnte. Vorher ist er erschlagen worden.« Sie versicherte sich mit einem schnellen Blick, dass Frau Lang ihr folgen konnte. »Wahrscheinlich hat Horst das Geld und das Schriftstück zusammen aufbewahrt.«

»Wenn Sie meinen.« Frau Lang sah zur Decke, die frische Farbe vertragen hätte. Das Papier interessierte sie nicht. Sie hatte offensichtlich auch noch nie davon gehört.

»Nachdem weder der Zettel noch das Geld in meiner Wohnung sind, können sie sich eigentlich bloß hier befinden. Horst war sehr misstrauisch, und richtige Freunde hatte er auch nicht, soweit ich weiß.«

Frau Lang drehte den Oberkörper zur Seite und legte den Kopf in den Nacken. »Horst hat sich sehr verändert, seit er bei Ihnen angefangen hat. Er ist hart geworden, stur und selbstsüchtig. Früher konnte ich mit ihm über alles reden, wir hatten ein gutes Verhältnis. Ich machte ihm keinen Ärger, als er seine Lehre abbrach. Schreiner war eh nichts für ihn. Gleich danach hat er bei den Behinderten angefangen. Das war seine Welt. Alle dort mochten ihn, und er machte seine Sache gut. Er hatte keine Ausbildung als Pfleger, deshalb war er für unterschiedliche Schichten

223

eingeteilt, als Springer. Zwischendrin ist er heimgekommen, hat gegessen, geschlafen, ist mit Eva spazieren gegangen, und manchmal hat er uns ein Eis spendiert. Doch eines Tages«, sie stand auf und ging ans Fenster, »eines Tages tauchte die Polizei hier auf.« Ihre Stimme wurde brüchig. »Die suchten nach Rauschgift, und in Horsts Jeansjacke haben sie welches gefunden. Nicht viel, aber es reichte. – Er wurde festgenommen und ist direkt in U-Haft gekommen, wegen Fluchtgefahr. Dort hat er diesen Günther kennengelernt. Ein böser Mensch mit brutalen Augen, doch Horst kam gut aus mit ihm. Nach ein paar Wochen war Horst wieder frei und suchte sich gleich Arbeit, aber das war nicht einfach. Bei den Behinderten haben sie ihn nicht mehr genommen. Dort hieß es, er hätte mit Drogen gehandelt. Horst hatte kein Geld und große Angst, nach der Verhandlung wieder ins Gefängnis zu wandern, diesmal für länger. Da erfuhr er von der Stelle bei der behinderten Tochter des bekannten Anwalts Guthor. Horst hat sich sofort beworben. Er wollte die Betreuung aber nur übernehmen, wenn der Alte ihn vor Gericht verteidigt.«

Sie zog ein kariertes Taschentuch aus der Schürzentasche und schnäuzte sich wenig damenhaft.

»Es war das erste Mal, dass Horst so dachte. Früher war er nie berechnend gewesen. Mein Horst war ein lieber Kerl, der gerne mit seiner Schwester spielte und mit ihr zusammen im selben Bett schlief. Jedenfalls hat er die Stelle in der Kaulbachstraße bekommen, und der berühmte Anwalt hat ihn vertreten. Die Verhandlung ist gut gelaufen. Für Herrn Guthor war es keine große Sache, Horst rauszuhauen. Aber dafür hatte Horst ihm seine Seele verkauft. Er tat Dinge, die er eigentlich nicht tun wollte. Er wurde immer unzugänglicher, je länger er bei dem Fräulein Guthor war. Schließlich hatte er kaum mehr Zeit für Eva. Für mich schon gleich gar nicht. Horst musste immer auf sein Fräulein aufpassen, Tag und Nacht. Wenn wir ihn sehen wollten, mussten wir zu ihm kommen.«

Wieder schnäuzte sie sich.

»Ich kann Ihnen schon sagen, warum Ihr Sohn keine Zeit für Sie und Ihre Tochter hatte.« Elli warf ihr rechtes Bein über das linke. »Der Horst hatte in einem Monat mehr Weibergeschichten als manche Männer in ihrem ganzen Leben.«

Der Schatten eines Lächelns flog über das faltige Gesicht der verhärmten Frau. »Er war ein hübscher Kerl, mein Host. Darauf ist man als Mutter auch stolz. Die Mädchen mochten ihn. – Als Kind wurde er zu unzähligen Geburtstagen eingeladen, obwohl wir uns nicht revanchieren konnten. Wir hatten kein Geld für solche Feste, und mein Mann hätte auch nicht gewollt, dass fremde Kinder zu uns ins Haus kommen. Man müsse sich ja schämen mit unserer Eva, sagte er oft. Ihm hat es auch nicht gepasst, dass sein Sohn fast nur mit Mädchen spielte, mit Eva und den Mädchen aus der Nachbarschaft. Vielleicht hatte mein Mann Angst, dass Horst …« Sie zögerte. »… na, Sie wissen schon. – Mein Mann wollte einen richtigen Sohn. Einen Mittelstürmer, der von Zeit zu Zeit eine Rauferei hat. Aber Horst war ganz anders.« Ihre Stimme wurde immer leiser. »Ganz anders.«

Sie hielt einen Moment inne, dann sagte sie gefasst: »Schluss jetzt mit den alten Geschichten. Wo ist das Geld?«

»Hat Horst seiner Schwester in letzter Zeit etwas geschenkt?«, fragte Elli zurück.

»Er hat ihr immer was mitgebracht, wenn er gekommen ist. Jedes Mal.«

»Was waren das für Dinge?«

Frau Lang überlegte. »Kleinigkeiten. Ringe oder Armbänder aus Glassteinen. Auch mal ein Tuch oder eine Spange …«

Elli winkte ab.

»Es müsste etwas Größeres sein.« Sie überlegte. »Eine Schachtel zum Beispiel.«

Frau Lang verschränkte die Arme und sah zum Fenster. »Horst hatte nicht viel Geld, aber vor etwa zwei Wochen hat er Eva ein Stofftier geschenkt, ein großes grünes Krokodil.«

»Bingo«, meinte Elli, und ihre honigfarbenen Augen strahlten. »In dem Krokodil ist das Geld. Können Sie es holen?«

Wortlos stand Frau Lang auf und stieg über die enge Wendeltreppe in den ersten Stock. Sie ließ die Zimmertür offen, und so hörten wir abwechselnd Frau Langs Stimme und die ihrer Tochter. Was die beiden sprachen, war nicht zu verstehen, doch zunächst redeten sie ruhig miteinander.

»Nein«, brüllte Eva plötzlich und stieß dann einen lang gezogenen, hohen Schrei aus, wie ich ihn noch nie gehört hatte. Eine Mischung aus Angst und Wut.

Nun hörte ich Schritte, und eine Tür flog zu. Das Schreien war jetzt leiser, doch es ging weiter. Ein Schlüssel drehte sich im Schloss, dann eilte Frau Lang die Treppe herunter und ließ sich schwer atmend auf das Sofa fallen. Im Arm hielt sie ein etwa achtzig Zentimeter langes, hässliches Stoffkrokodil, dem das rechte Glasauge fehlte.

Das Schreien verstummte. Dafür begann ein Pochen, das sich sowohl in der Frequenz als auch in der Lautstärke

226

steigerte. Offenbar bearbeitete Eva die verschlossene Tür mit irgendeinem Gegenstand.

»Oft bin ich mit meinen Kräften am Ende«, murmelte Frau Lang, und sie tat mir leid. »Das arme Mädchen kann nichts dafür, aber ich habe manchmal keine Geduld mehr mit ihr.« Sie zog ihr Taschentuch aus der Schürze und schnäuzte sich erneut. Auch sie war erkältet. »Zuerst stirbt der Mann, dann wird mir der Horst erschlagen. Und damit nicht genug: Ich brauche Geld, um wenigstens in unserem Häuschen bleiben zu können. Die Bank war schon hier. Wenn ich nicht zahlen kann, dann …«

Das Pochen wurde langsamer und leiser, dafür begann ein schwaches Wimmern.

»Und hier soll das Geld drin sein?« Frau Lang musterte Elli skeptisch und hielt ihr das grüne Stoffkrokodil entgegen.

Elli nahm das Stofftier und tastete es durch. Sie brauchte nicht lange zu suchen, denn im Bauchbereich, zwischen den Vorder- und Hinterbeinen, knisterte es. Sie gab mir das Tierchen in die Hand, damit auch ich den Unterschied fühlen konnte.

»Sie dürfen es aber nicht kaputt machen, sonst dreht Eva durch«, erklärte uns Frau Lang. »Es war schwer genug, ihr das Krokodil wegzunehmen. Sie liebt es mehr als alles andere, was ihr Bruder ihr geschenkt hat. Sie muss drauf aufpassen, hat Horst ihr eingeschärft. Sie muss gut drauf aufpassen, sonst kann sie nicht mit nach Indien. Deshalb macht sie ein solches Gezeter.«

Die Geräusche im ersten Stock hatten inzwischen fast aufgehört. Nur mit großen Abständen hörten wir ein verzweifeltes Klopfen.

227

»Haben Sie ein Messer?«, fragte Elli, während sie das Krokodil in alle Richtungen drehte. »Ein spitzes Messer.«

Frau Lang stand auf, ging in die Küche und kam mit einem riesigen Fleischermesser zurück.

»Haben Sie nichts Kleineres? Ich möchte dem Krokodil nicht den Kopf abschneiden, sondern bloß die Naht am Bauch auftrennen.«

Frau Lang ging und kam mit einer Rasierklinge zurück. Sie nahm Elli das Krokodil wortlos aus der Hand, legte es sich auf den Schoß und trennte geschickt die Naht auf, die an der Unterseite des Tieres entlanglief.

Es dauerte keine halbe Minute, da sah ich die ersten Geldscheine. Lauter Fünfhunderter. Frau Lang atmete mit geöffnetem Mund immer schneller, bis die Naht auf gut dreißig Zentimeter offen lag. Dann griff sie hinein und zog das Geld heraus. Ein dickes Bündel mit Fünfhundert-Mark-Scheinen. Ihre Augen leuchteten, und sie drückte das Geld fest an ihre flache Brust.

»Sicher ist auch das Papier drin.« Elli forderte mit einer Handbewegung das Krokodil.

Frau Lang gab es ihr achtlos. Sie hatte das Geld und war glücklich.

Nun steckte Elli die rechte Hand in den Bauch des Stofftieres und holte ohne Mühe zwei mit Schreibmaschine beschriebene Seiten heraus. Ihr Gesicht glänzte triumphierend, als sie mir die Blätter vor die Nase hielt. Ich wollte sofort wissen, was auf den Papieren stand, doch Elli schüttelte den Kopf und steckte sie weg.

Frau Lang war inzwischen aufgestanden und in die Küche gegangen. Sie kam mit einigen Stoffresten und Nähzeug zurück. Die Stoffreste stopfte sie in den Bauch des

Krokodils, den sie anschließend mit routinierten Stichen schloss. Dann eilte sie mit dem reparierten Stofftier im Arm die Treppe hinauf. Ich hörte, wie sich ein Schlüssel im Schloss drehte und eine Tür aufging.

»Böse Mama«, schrie Eva. »Böse, böse, böse Mama.«

Dann rannte das blonde Mädchen die Treppe herunter und kam vor Elli und mir zum Stehen.

»Mama ist immer böse, wenn du dabei bist«, keifte Eva Elli an, während sie das hässliche Krokodil an ihre Wange presste.

Ihre Stirn war blau geschwollen, seitlich der Augenbrauen lief etwas Blut über die Schläfe, die Knöchel an beiden Händen waren wund geschlagen. Sie hatte die Tür also mit den Fäusten und dem Kopf bearbeitet.

»Du bist schlecht«, hackte sie weiter auf Elli ein. »Mein Bruder ist nicht mehr da, weil er es mit dir nicht ausgehalten hat.« Sie nickte fortwährend, um sich in ihrem Monolog zu bestärken. »Genau. Er hat es nicht mehr ausgehalten mit dir. Deshalb ist er gegangen. Er ist jetzt in Indien. Ich werde bald nachkommen.« Mit einer abrupten Bewegung wandte sie sich um und lief die Treppe wieder hinauf. »Bald werde ich ihn dort besuchen.«

Wir hörten eine Tür knallen, dann war Ruhe.

»Sie müssen meine Tochter entschuldigen«, meinte Frau Lang, die langsam die Treppe heruntergekommen war. »Sie meint es nicht so.«

Elli strich sich umständlich die Haare aus dem Gesicht, was sie gerne tat, wenn sie nicht recht weiterwusste.

»Ich nehme es ihr nicht übel«, raunte sie und sah dann hoch zu der verhärmten Frau Lang, die ihre rechte Hand in die Schürzentasche gepresst hielt. Sicher hatte sie dort das Geld hingesteckt. »Aber meinen Sie nicht, Ihre Tochter sollte erfahren, dass ihr Bruder nicht mehr lebt?«

Frau Lang hob die Schultern. »Ich hab's versucht, aber Eva will nichts davon hören. Sie will, dass Horst jetzt in Indien ist und sie nachholt, sobald es geht.«

»Aber er kann sie nicht nachholen. Horst ist tot.«

Evas Mutter schaute zu Elli hinüber, und zum ersten Mal sah ich etwas wie Freundlichkeit in ihren Augen. »Das ist ihr egal.« Sie versuchte ein Lächeln, doch es gelang nicht recht. »Zeit ist nicht wichtig für sie. Es spielt keine Rolle, ob es noch eine Woche dauert, einen Monat oder ihr ganzes Leben. Sie hat Geduld. Hauptsache, Horst wird sie eines Tages holen. – Er hat es ihr doch versprochen.«

Elli nickte betroffen und setzte ihren Rollstuhl in Bewegung. Im dunklen Flur verabschiedeten wir uns mit wenigen Worten und wünschten Frau Lang alles Gute.

»Geben Sie gut auf Fräulein Guthor acht«, meinte Frau Lang, als sie mir die Hand drückte. »Und passen Sie auf, damit es Ihnen nicht genauso geht wie meinem armen Jungen.«

Tränen stiegen ihr in die Augen, und sie wandte sich ab.

Wieder im VW-Bus, schärfte Elli mir ein, dass ich ihrem Vater keinesfalls von dem gefundenen Geld erzählen dürfe. Sie traute ihm zu, dass er es zurückforderte, sollte er davon erfahren.

Ich nickte und legte den ersten Gang ein. Ein paar Kilometer weiter blieb ich am Straßenrand stehen. Ich wollte endlich wissen, was in dem verdammten Schriftstück stand.

Also drehte ich mich auf dem Fahrersitz nach hinten, wo Elli die erste Seite bereits in der Hand hatte und aufmerksam las. Es dauerte unerträglich lange, bis sie damit fertig war und mir das Blatt wortlos nach vorn reichte.

›Blutuntersuchung von Celio Adriano‹ stand auf dem Papier, und darunter folgte eine lange Liste von einzelnen Parametern, die mir größtenteils fremd waren. Die Untersuchung war vor einem guten Jahr in einem Labor in München vorgenommen worden. Soweit ich die Ergebnisse interpretieren konnte, war Celio gesund, die Werte waren in Ordnung. Bloß hinter ›Testosteron‹ stand eine fett gedruckte Zahl mit einem doppelten Minus.

»Verstehst du das?«, fragte ich Elli.

Sie bedeutete mir mit einer Handbewegung, ich solle still sein. Sie war mit der zweiten Seite noch nicht fertig. Endlich hob sie den Kopf und reichte mir das Blatt. Ich überflog die Befunde und verstand wenig. Doch der finale Satz war eindeutig: »Impotentia coeundi«. Celio war impotent.

»Armes Schwein«, meinte ich. »Aber warum ist dieser Befund so wichtig? Warum wird deinem Vater ein Ohr abgeschnitten, damit wir uns so viel Mühe geben, den Schrieb zu finden und ihn beim Herrn Avvocato abzuliefern?«

»Mmmmh«, brummte Elli. »Es muss mit diesem Celio Adriano zusammenhängen. Er ist Sänger, Entertainer, Schauspieler und was weiß ich noch alles. Ein echter Superstar. Auf den Plattencovers hat er immer das Hemd aufgeknöpft bis zum Bauchnabel, damit man jedes seiner fünf Millionen Brusthaare einzeln bewundern kann.«

»Karin hat eine Platte von ihm mit seinen größten Hits«, fiel mir ein. »Sie findet ihn fundamentalerotisch. Der letzte Latin Lover, sagt sie.«

»Von der Optik her ist der Kerl wirklich erste Sahne.« Elli schmunzelte. »Aber die Werte sehen gar nicht fundamentalerotisch aus.« Ihre Stirn kräuselte sich. »Ich geh ja öfter mal zum Frisör mit meiner Mutter, und die Zeitschriften da sind voll mit Geschichten über diesen Celio. Seine Frau war Miss Italia, er hat fünf Kinder und ständig irgendwelche Weibergeschichten.« Sie überlegte. »Sollte rauskommen, dass dieser Latino impotent ist, dann wird seine Popularität genauso zusammenfallen, wie manch anderes bei ihm bereits zusammengefallen ist.«

Das hatte sie sehr schön ausgedrückt!

»Und was machen wir jetzt?«, fragte ich und startete den Motor.

»Zuerst kommt der Schrieb an einen Platz, wo er wirklich sicher ist«, erklärte Elli.

»Und wo ist das?«

»Ich werde mich draufsetzen!«

Das war eine gute Idee, und ich fuhr los zum Schwabinger Krankenhaus.

Natürlich waren wir wieder außerhalb der Besuchszeiten da.

Durch den Vordereingang an der Pforte vorbei hatten wir schlechte Karten, zu Max zu gelangen. Der gestrige Trick war nur einmal anwendbar. Sicher waren die Pförtner angewiesen, das freche, dunkelhaarige Weibsstück im Rollstuhl nicht mehr ins Gebäude zu lassen.

Aber solch kleine Widrigkeiten konnten Elli nicht abschrecken.

Auf ihre Anweisung hin schob ich sie durch den Seiteneingang in die Notaufnahme, wo sie falsche Personalien angab und meinte, sie hätte plötzlich unerträgliche Schmerzen in beiden Kniescheiben. »Nicht oben, nicht unten, nur

232

in den Kniescheiben!« Die grauhaarige Krankenschwester in der Aufnahme machte ein hilfloses Gesicht. Querschnittgelähmte haben selten Schmerzen in den Bereichen, wo sie eigentlich nichts mehr spüren sollten. Nach kurzer Überlegung meinte sie, wir könnten im Wartezimmer Platz nehmen, wo sich bereits gut zwei Dutzend Patienten befanden.

Wir hatten aber nicht vor, uns dort aufzuhalten. Vielmehr schob ich Elli in die Behindertentoilette, wo sie ihr mattgrünes Krankenhemd aus der großen Tasche an der Rückseite des Rollstuhls holte und sich überzog. Für mich hatte sie wieder den weißen Kittel eingesteckt, der zwar fürchterlich zerknittert war, mich jedoch als Mitglied des Pflegedienstes auswies.

In der Hoffnung, dem Abteilungsdrachen nicht über den Weg zu laufen, schlichen wir uns quer durch das Krankenhaus zu Max' Zimmer im ersten Stock.

Dort klopfte ich leise, öffnete die Tür und war heilfroh, dass die Luft rein war. Also schob ich Elli ins Zimmer. Max lag gemütlich in seinem Bett, den linken Arm hinter dem Kopf, in der rechten den Krimi von der Highsmith. Seine Gesichtsfarbe war wiederhergestellt.

»Ihr traut euch was«, murmelte er und las den Absatz fertig. Dann legte er das Buch zur Seite und schob nun auch den rechten Arm hinter den Kopf, um ihn anzuheben und uns besser sehen zu können. »Der Schwester Amalie würde ich an eurer Stelle aus dem Weg gehen. Die jagt euch sonst mit einem abgeschlagenen Urinierglas aus dem Krankenhaus.«

Elli machte sich keine Sorgen wegen der resoluten Schwester. »Wie geht's dir?«, fragte sie und fuhr zum Krankenbett.

»Saugut«, antwortete Max, und so sah er auch aus.

»Gestern warst du noch so weiß wie ein Leintuch, und heute …«, wunderte ich mich.

»Mein Papa war gestern hier und hat eine Kühltasche voll Bluttransfusionen aus dem Wolfratshauser Krankenhaus mitgebracht.« Max grinste. »Mit Flüssigkeiten kennt er sich aus, der Papa. Schließlich ist er Bierbrauer und Wirt. Die Transfusionen hat er von seinem alten Spezl, dem Doktor Wurm. Der hat gemeint, meine Blutgruppe habe im Oberland jeder zweite. Unsere Vorfahren wären sehr fruchtbar gewesen. Da könne das Krankenhaus leicht ein paar Beutel entbehren.«

»Und die haben sie dir gestern alle verpasst?«

»Jedenfalls so viele, dass ich mir heute gar nicht mehr vorstellen kann, wie beschissen es mir gestern noch gegangen ist.« Max schob die Ellbogen unter den Rücken und richtete sich noch weiter auf. »Weiß der Huber inzwischen, wer mich umbringen wollte?«

»Nein«, meinte Elli und erzählte dann im Schnelldurchlauf, was in den letzten 24 Stunden geschehen war, von dem abgeschnittenen Ohr, unserem Besuch bei Frau Lang und dem grünen Krokodil, in dessen Bauch sich Geld und das gesuchte Papier befunden hatten. Schließlich zog sie das Dokument unter ihrem Sitzkissen heraus und gab es Max, der es aufmerksam las.

»Der Celio wäre deiner Meinung nach jetzt bestens für den Zölibat geeignet«, folgerte er in Richtung Elli und gab ihr das Papier zurück.

»Wenn dir sonst noch was dazu einfällt, kannst du es mir morgen sagen«, entgegnete sie und drehte den Rollstuhl herum. »Für heute haben wir dich genug gestört.«

234

»Ihr könnt mich doch jetzt nicht einfach hierlassen«, protestierte Max und setzte sich nun ganz auf.

»Du bleibst, wo du bist, und wirst erst mal wieder richtig gesund«, erklärte Elli und gab dem Rollstuhl einen kräftigen Stoß.

»Ich bin schon wieder topfit«, reklamierte Max. »Ich brauch bloß frische Klamotten, dann hält mich hier nichts mehr.«

»Unsinn«, wiegelte ich ab und folgte Elli zur Tür. »Du brauchst Ruhe, bis du wieder auf dem Damm bist.«

»Meinst du, ich bleib hier im Bett liegen und warte, bis das nächste Unheil passiert?« Max hatte seine langen, mageren Beine aus dem Bett geschlenzt und sich an den Bettrand gesetzt, damit wir sehen konnten, wie gut es ihm schon wieder ging.

»Laut Arzt bist du mindestens vierzehn Tage außer Gefecht«, meinte ich. »Es dauert noch eine Weile, bis deine Wunde an der Schulter verheilt ist.«

»Unsinn.« Max stand auf, ging überraschend sicher zum Schrank, holte ein Bündel Wäsche heraus und drückte es mir in die Hand. »Nimm meine blutverschmierten Sachen bitte mit nach Hause. Anschließend bringst du mir frische Klamotten, eine Hose, Socken, Unterwäsche, ein Hemd und einen Pullover an die Pforte. Ich hab schon jemanden, der es dort für mich abholt. Eine halbe Stunde später komme ich zu eurem Auto auf den Parkplatz. Und dann«, er sah Elli und mir abwechselnd in die Augen, »dann kaufen wir uns die Brüder, die deinem Papa das Ohr abgeschnitten haben.«

»Du spinnst.« Ich wollte ihm das Kleiderbündel gleich wieder zurückgeben.

235

»Nein«, entgegnete er ernst und hob die Hände. »Wir haben keine andere Wahl. Die Sache ist noch nicht zu Ende. Und solange sie nicht zu Ende ist, seid ihr beide und Ellis Vater in großer Gefahr. Da kann ich nicht hier im Krankenzimmer liegen, Krimis lesen und auf die nächste Mahlzeit warten.«

Elli überlegte nur einen Augenblick, dann schob sie das Bündel unter ihren Krankenhauskittel. Sie sah jetzt aus, als hätte sie nur mehr wenige Tage bis zur Entbindung. Wir verabschiedeten uns knapp und verließen – unbehelligt von Schwester Amalie – das Krankenhaus.

Zurück in der Kaulbachstraße, bat mich Elli, von der Kanzlei ihres Vaters aus den Avvocato anzurufen und ihm auszurichten, dass wir das Papier hätten. Sie wollte nicht mitkommen, da sie weder den kleinen Italiener noch Fräulein Müller ausstehen konnte.

Also ging ich alleine über den Hausgang in die Kanzlei und fragte nach der Telefonnummer des Italieners. Ich hatte vor, ihn von der Kanzlei aus zu verständigen.

Fräulein Müller schenkte mir ihr bezauberndes Lächeln. »Was wollen Sie von ihm?«

»Ich muss mit ihm reden.«

»Worüber?«

»Das kann ich Ihnen nicht sagen.«

»Geht's um das verschwundene Dokument?« Ihr Gesicht wurde ernst.

Ich nickte.

»Ich war schuld, dass Horst es klauen konnte«, sagte sie spröde. »Aber das werden Sie wahrscheinlich schon erfahren haben.«

236

Ich nickte erneut.

»Seit ich Horst das erste Mal gesehen hatte, war ich verschossen in den Kerl wie eine Dreizehnjährige in ihren Englischlehrer. Ich wollte ihm imponieren und zeigte ihm einige wichtige Papiere im Tresor. Aber er hat sich bloß für das eine Papier interessiert.« Sie wurde traurig und sah jetzt noch hübscher aus. »Zu mir war er so lange nett, bis er hatte, was er wollte. Dann war Schluss.«

»Haben Sie ihn umgebracht?«, fragte ich.

Sie hätte ihn erschlagen und dann die Tatwaffe hier im Büro verstecken können, bis Gras über die Sache gewachsen war. Die Polizei hatte das Büro nicht durchsucht, soweit ich wusste.

»Nein.« Sie lächelte traurig. »Ich hätte ihm nichts antun können.«

Dasselbe hatte Elli gesagt.

»Genauso wenig, wie man einem kleinen Kind etwas antun kann«, fuhr die Müller fort.

Sie überlegte einen Augenblick, um eine bessere Erklärung zu finden. »Horst war ein Kind, das achtlos nimmt, was man ihm schenkt. Minuten später hatte er alles vergessen. Oft denke ich: Diese Welt ist nicht gemacht für jemanden, der so schön ist, wie er war. Er bekam sehr viel und hat es mit aller Selbstverständlichkeit genommen. So wie ein Kind eine Blume pflückt und sie wieder fallen lässt, sobald es eine noch schönere findet.«

Sicher hatte sie all das romantische Zeug irgendwo gelesen.

»Ich wusste, dass er für Fräulein Guthor nicht nur den Kaffee kocht und ihr auf der Toilette behilflich ist. Als sie vor gut vier Wochen mit ihren Eltern zwei Tage unterwegs war, ist er zum ersten Mal in die Kanzlei gekommen, um hier zu telefonieren. Ich war alleine und habe ihm aus Langeweile einen Kaffee angeboten. Dann ist alles wie im Film abgelaufen.«

Warum erzählt sie mir das alles?, überlegte ich.

»Ich habe ihm einige wichtige Dokumente gezeigt, unter anderem das Gutachten von Signor Adriano. Am nächsten Tag ist er wiedergekommen und diesmal länger geblieben. Als er aus der Tür war, war das Papier auch weg.«

Fräulein Müller betrachtete ihre dunkelrot gefärbten Fingernägel. »Ich habe den Verlust erst bemerkt, als Herr Guthor einige Tage später danach fragte. Natürlich bekam ich Riesenärger, als ich dem Chef erzählte, wie Horst zu dem Papier kommen konnte. Ich bin gleich rüber zu ihm in die Wohnung und habe ihn gebeten, mir das Papier wiederzugeben. Aber er hat bloß gelacht und gemeint, das sei seine große Chance und Herr Guthor müsse schon tüchtig was springen lassen, damit er den Fetzen wieder kriegt.«

»Wir haben das Papier«, sagte ich nüchtern.

»Super! Falls alles wieder in Ordnung kommt, kann ich sicher bleiben. Dann ist Herr Guthor nicht mehr sauer.«

Ich fragte erneut nach der Telefonnummer des Italieners.

Die Sekretärin schlug vor, mir im Büro von Herrn Guthor eine Verbindung nach Mailand herzustellen. Ich bräuchte dort bloß den Hörer abzuheben, wenn es läute.

Ich dankte und ging den Gang entlang bis zur Eichentür mit den Goldbuchstaben, öffnete sie und trat mit einem flauen Gefühl ein. Ich spürte, dass ich nicht hierher gehörte. Vor dem Schreibtisch blieb ich stehen und starrte das Telefon an. Auf keinen Fall wollte ich mich setzen, ich wollte auf der Hut sein.

238

Es dauerte nicht lange, da klingelte es. Nach dem dritten Läuten hob ich ab.

»Pronto«, sagte die heisere Stimme des Avvocato. »Begoni. Chi parla?« Es entstand eine kleine Pause, dann begann er erneut. »Entschuldigen Sie, ich hatte vergessen, dass Sie Deutscher sind.« Das war eine Lüge. »Was kann ich für Sie tun?«

»Wir haben das Dokument.«

»Benissimo. – Sehr gut«, jauchzte er. »Ich komme, um es zu holen.« Er überlegte. »Heute habe ich noch Termine, aber morgen gegen Mittag werde ich da sein.«

Ich schwieg. Er sollte sich bloß nicht einbilden, dass er das Dokument umsonst bekam.

»Noch was?«, fragte er.

»Sie kriegen das Schreiben nur, wenn Sie uns sagen, wer den Max überfallen hat«, begann ich mutig.

Es folgten einige Sekunden der Stille, die ich nur schwer ertrug.

»Sind Sie in der Position, um Forderungen zu stellen?«, fragte der Avvocato schließlich gereizt.

»Sind Sie in der Position, diese Forderung nicht zu erfüllen?«, fragte ich zurück und wunderte mich über meine Courage.

Auf der anderen Seite der Leitung war es wieder still. Dann hörte ich ein tiefes Einatmen: »Was wollen Sie?«

Ich brauchte nicht lange zu überlegen. »Bringen Sie in Erfahrung, ob es ein gewisser Günther Grobbe war, der den Max überfallen hat.«

Begoni zögerte, dann fragte er: »Wo wohnt der Kerl?«

Ich gab ihm die Adresse von Günthers Freundin, die direkt über der Engelsburg wohnte.

239

»Ist das alles?«, fragte Begoni, nachdem er die Anschrift wiederholt hatte, um einen Irrtum auszuschließen.

»Was ist mit Herrn Guthor?«

»Was soll mit ihm sein?«

»Geht es ihm gut?«

Der Avvocato lachte kehlig. »Keine Sorge, junger Mann. Herrn Guthor fehlt nichts. – Bis morgen. Ciao.«

Er legte auf, und ich merkte, dass mein Hemd innerhalb weniger Minuten völlig durchgeschwitzt war und ich anfing zu stinken.

Ich brauchte frische Wäsche, dringend!

Zurück in der Wohnung, berichtete ich Elli von meinem Telefonat. Anschließend packte ich die frischen Sachen für Max zusammen, und wir fuhren ins Krankenhaus, wo ich das Paket an der Pforte abgab. Der Pförtner hatte bereits darauf gewartet.

Elli war im VW-Bus sitzen geblieben und sah zum Seitenfenster hinaus in den kalten Dauerregen.

Was mochte in ihrem Kopf vorgehen?

Keine Viertelstunde später kam Max. Mit langen Schritten näherte sich seine schlaksige Gestalt dem Bus, er öffnete die Schiebetür und stieg vorsichtig nach hinten zu Elli.

»Fahr los«, sagte er knapp.

»Wohin?«, wollte ich wissen.

»Ich möcht das Ohr sehen.«

»Dann fahr zu meiner Mama«, schlug Elli vor.

»Wo wohnt sie?«, fragte ich.

»Mitten in Grünwald. Dort, wo du keine Häuser mehr siehst, sondern bloß noch mannshohe Gartenzäune.«

Ich parkte vor einem riesigen Gartentor neben einem schwarzen Porsche und stieg aus. Von der anderen Seite des Tores her hörte ich einen Hund bellen, bei dessen tiefer Tonlage ich auf einen Dobermann oder Rottweiler tippte. Unser Nachbar hatte ein solches Vieh und der musste sich seither die Post selbst im Dorf abholen, denn kein Postbote wagte sich mehr in seinen Hof.

Wir luden Elli aus, und sie rollte gleich zur Sprechanlage, die aus einigen in Teakholz eingefassten Knöpfen und einem Lautsprecher bestand.

»Wer da?«, hörte ich Frau Guthors Stimme. Sie klang blechern und abweisend, ganz anders als heute Morgen.

»Ich bin's, Mama. Können wir reinkommen?«

»Natürlich, mein Liebling.« Die Stimme hatte sich augenblicklich verändert.

Mit Einsetzen des Summtons konnte ich das Gartentor aufdrücken, hätte es aber am liebsten gleich wieder zugeschlagen. Vor mir stand der größte Hund, den ich je gesehen hatte, eine schwarz-weiß gefleckte Dogge. Sie hielt den Kopf schief, als würde sie überlegen, ob wir uns schon begegnet waren. Vielleicht suchte sie sich aber auch gerade den Körperteil aus, an dem sie mich am besten packen konnte. Wie paralysiert stand ich da und starrte auf die Bestie.

»Komm her zu mir, Doggy.« Elli breitete die Arme aus, und mit drei riesigen Sätzen war der Hund beim Rollstuhl. Er drückte den Kopf fest auf Ellis Decke, ließ sich ausgiebig tätscheln und versuchte mehrmals ihr Gesicht abzulecken. »Bevor du die zwei auffrisst, musst du mich noch ein wenig lieb haben.«

»Mach keine blöden Scherze!« Mir war nicht wohl bei dem Gedanken, von diesem Vieh nicht geliebt zu werden.

241

»Sobald ihr die Gartentür hinter euch geschlossen habt, seid ihr in meiner Hand«, meinte Elli huldvoll.

Sie schob Doggys mächtigen Kopf zur Seite und fuhr nun den gepflasterten Weg entlang Richtung Haustür.

Doggy kam zu mir her und beschnüffelte erst meine Hände, dann die Hose. Anschließend überprüfte sie Max, um schließlich mit ungelenken Sprüngen hinter Elli herzurennen.

»Ihr müsst aber auf dem Weg bleiben«, rief uns Elli über die Schulter zu. »Sonst könnte euch mein Hündchen für einen Einbrecher halten und euch ein bisschen anknabbern.«

Max zögerte einen Augenblick, dann verließ er den Weg und marschierte quer über den Rasen zur Grillstelle, wo etwas Holz aufgerichtet war. Er nahm ein dickes Scheit, wog es in der Hand und schaute erwartungsvoll in Richtung Elli.

Die fixierte ihn mit harten Augen, sagte aber kein Wort. Max legte das Scheit wieder zum Holzstoß und kam zurück auf den Weg.

»Super Nummer«, flüsterte ich ihm zu. »Dafür kriegst du den goldenen Machoorden am Hosenband.«

»Ich lass mich doch von dem Mädel nicht verscheißern«, gab er leise zurück. »Mit ihrem überdimensionalen Schoßhund kann sie vielleicht den Postboten erschrecken. Mich nicht!«

Inzwischen war die Haustür aufgegangen, und Ellis Mutter stand im Türrahmen. »Schön, dass ihr mich besucht. Kommt rein!«

Elli ließ sich von ihrer Mutter umarmen.

»Wir haben den Zettel«, begann Elli, während sie ihre dicke Jacke auszog. »Der Avvocato kommt morgen, und Papa geht's gut.«

242

Frau Guthor überlegte einen Augenblick.

»Sehr schön«, sagte sie knapp, dann wandte sie sich uns zu. »Sie müssen Max sein. Elli hat mir bereits von Ihnen erzählt.« Sie streckte meinem Freund die Hand entgegen.

Der schien von ihrem zerstörten Gesicht nicht irritiert. Sicher hatte ihm Elli bereits davon berichtet.

Wir betraten eine Empfangshalle, von der aus eine geschwungene Treppe zu den oberen Gemächern führte. Ich musste unwillkürlich an eines dieser englischen Landhäuser denken, wie sie bei Edgar Wallace vorkommen. In meinem Magen meldete sich ein merkwürdiges Gefühl.

»Protzige Dreckshütte«, flüsterte Elli mir zu und rollte hinter ihrer Mutter her ins Wohnzimmer. Dort waren sämtliche Möbel in einem hellen Grauton gehalten. Die Ausmaße des Raumes entsprachen denen einer kleinen Turnhalle.

»Ihr habt also das Dokument, das Papas Entführer verlangt hat?«, begann Ellis Mutter.

»Ich sitze drauf«, erklärte ihre Tochter.

»Gut«, hauchte Frau Guthor und fragte routiniert: »Kaffee?«

Warum wollte sie die Papiere nicht sehen, überlegte ich. Warum wollte sie nicht wissen, was so wichtig war, dass es ihren Mann zumindest ein Ohr gekostet hatte? Oder wusste sie mehr, als sie zugab?

»Gerne«, sagte Max und drehte ihr langsam seinen Kopf zu. Offensichtlich hatte er immer noch Schmerzen.

»Ich ruf schnell in der Konditorei an. Die sollen etwas Kuchen bringen«, erbot sich Frau Guthor.

»Machen Sie sich bitte keine Umstände wegen uns«, wehrte ich ab.

243

»Ich freu mich doch, wenn ich Besuch bekomme. Noch dazu von meiner Tochter und ihren Freunden.« Sie ging in die Küche, und ich hörte sie telefonieren.

»Nettes, bescheidenes Heim«, meinte Max und kraulte Doggy hinter dem Ohr.

»Er mag dich«, sagte Elli und rollte zur Sitzecke. An einer Stelle, die sie leicht erreichen konnte, fehlte ein Sessel. Offenbar wurde dieser Platz für ihren Rollstuhl freigehalten.

»Wenigstens einer, der mich mag«, stöhnte Max und setzte sich vorsichtig.

»Ich mag dich auch«, tröstete ich ihn. »Obwohl du mich noch nie hinterm Ohr gekrault hast.«

»Ich auch«, sagte Elli, nahm die Regendecke von ihrem Schoß und warf sie auf den nächstgelegenen Ledersessel.

Frau Guthor kam aus der Küche und hatte Wasser, Cola und Gläser auf einem durchsichtigen Tablett dabei. Sie schenkte uns ein.

»Was passiert jetzt mit dem Schreiben?«, fragte Max.

»Der Avvocato wird die Sache regeln«, gab Ellis Mutter zurück. »Er steht mit den Entführern in Verbindung.«

»Aha«, machte Max und trank einen Schluck.

Ich kannte dieses lang gezogene, kehlige Aha. Max benutzte es, wenn er meinte, belogen zu werden, und darüber entrüstet war, dass ihn sein Gesprächspartner für blöd genug hielt, den aufgetischten Unsinn zu glauben.

»Der Anrufer deponiert also das abgeschnittene Ohr Ihres Mannes im Briefkasten mit der Anweisung, ein bestimmtes Papier zu besorgen. Wenn Sie es haben, sollen Sie sich bei einem italienischen Geschäftsfreund Ihres Mannes melden. Der regelt dann den Rest?«

Der Mund in Frau Guthors Gesicht wurde schmal, und die breiten Narben röteten sich.

»So ist es«, meinte sie knapp, und es war gut erkennbar, dass ihr sein ironischer Ton nicht passte.

»Jetzt ist doch alles geritzt«, freute sich Elli. »Der Avvocato wird morgen Mittag in München sein und bekommt sein Papier. Spätestens dann haben wir unseren Papa wieder, und alles ist in Butter.«

Max warf ihr einen spöttischen Blick zu, und eine Weile sagte niemand ein Wort.

Ellis Mutter ging stumm in die Küche, um den Kaffee zu holen.

»Könnte ich das Ohr sehen?«, fragte Max, als sie zurückgekommen war und ihm Kaffee einschenkte.

»Wieso?«, stammelte die große Frau. »Das Ohr spielt doch jetzt keine Rolle mehr.«

»Könnte ich es trotzdem sehen?«

Frau Guthor presste die Lippen zusammen. »Kommen Sie!«

Max folgte ihr auf den Flur. Wir hörten eine Schranktür auf- und zugehen. Dann kam sie zurück. – Alleine.

Nach wenigen Minuten hörten wir die Schranktür wieder.

Anschließend kam Max zurück ins Wohnzimmer und setzte sich vorsichtig. »Passen Sie gut auf das Ohr auf. Nicht dass es der Hund frisst und sich vergiftet.«

Ich fand diese Bemerkung geschmacklos.

»Sicher haben Sie die Polizei in der Angelegenheit schon eingeschaltet«, bemerkte Max und nahm einen kleinen Schluck Kaffee. Er durfte nicht viel davon trinken, wegen seines Magens.

Frau Guthor schüttelte den Kopf. »Der Anrufer hat mich davor gewarnt. Nachforschungen der Polizei könnten meinen Mann gefährden. Wir sollen das Papier suchen und dann dem Avvocato Bescheid geben. Keine Polizei, auf gar keinen Fall.«

»Aha«, machte Max.

Die Hausglocke klingelte.

»Das ist sicher der Kuchen.« Ellis Mutter sprang auf und eilte zur Haustür.

Wir hörten das Summen des Türöffners. Wenig später stand Inspektor Huber im Wohnzimmer.

»Was machen Sie denn hier?«, fragte Max und grinste breit.

»Ich hab gehört, dass du aus dem Krankenhaus getürmt bist, und dann habe ich überlegt, wo du dich verkrochen haben könntest. Also bin ich erst in die Wohnung in der Kaulbachstraße und dann hierher gefahren. Deine Eltern habe ich in der Klinik getroffen. Sie sind in heller Aufregung, weil du verschwunden bist und niemand weiß, wohin. Um ein Haar hätte dein Vater dem Stationsarzt eine runtergehauen.«

Er ließ sich neben Max in die weiche Couchgarnitur fallen.

»Wie laufen die Ermittlungen?«, fragte Max und schenkte dem Polizisten aus der silbernen Kaffeekanne ein. Frau Guthor hatte ein weiteres Gedeck gebracht.

»Wir kommen kaum weiter«, meinte Huber, und sein kleiner Mund wurde schmal. »Weder bei dem Anschlag auf dich noch bei dem Mord an Horst Lang. Ich habe heute schon versucht, mit der Nachbarin zu sprechen, die im ersten Stock wohnt.«

»Mit Frau Mauler?«, hakte ich nach.

»Genau, mit der.« Huber wurde unterbrochen, da Doggy seine Liebe zur öffentlichen Sicherheit entdeckt und sich direkt vor den Inspektor hingesetzt hatte. Der Hund sabberte ihm die Hose voll und ließ sich dafür ausgiebig von ihm streicheln. »Die will mit der Polizei jedenfalls nichts zu tun haben, solange wir uns nicht darum kümmern, dass der Lärm im Parterre aufhört. – Wisst ihr, was sie damit meint?«

Elli hob die Achseln. »Die Alte spinnt. Wenn ich mal Musik höre, was selten genug vorkommt, steht sie schon auf der Matte und beschwert sich. Ich glaube, die hat ein pathologisch gutes Gehör.«

Huber überlegte eine Sekunde, dann fielen seine schweren Lider wieder über die wasserblauen Augen, sodass nur ein kleiner Schlitz offen blieb. »Jedenfalls ist aus der Frau nichts rauszubringen.«

»Aha«, machte Max. Doch dieses gedehnte Aha bedeutete, dass Max etwas Interessantes erfahren hatte.

Huber wandte sich nun der Gastgeberin zu, die sich auf der Couch neben ihrer Tochter niedergelassen hatte. »Ich sagte gerade, wir wären nicht weitergekommen in dem Mordfall. Das stimmt nicht ganz. Ich war mit einem Foto von Ihnen und Ihrem Mann in der Oper und habe den Platzanweiser für den ersten Rang befragt. Er bestätigte, dass Ihre Plätze am Montagabend besetzt waren, wie er bereits meinem Kollegen Hastreiter gesagt hat. – Aber es waren zwei junge Leute dort gesessen und nicht Sie.« Müde drehte er den Kopf und schaute die Frau prüfend an. »Sie haben einen Platz in der ersten Reihe, und ich habe mir von dem freundlichen Herrn erklären lassen, dass diese guten Plätze sofort von den Leuten aus den hinteren, schlechteren

247

Reihen eingenommen werden, falls der eigentliche Inhaber bis zum Beginn der Oper noch nicht da ist.« Huber nippte am Kaffee.

»Warum sind Sie so sicher?«, fragte Ellis Mutter, ohne den Polizisten anzusehen.

Huber zögerte. »Sie sind eine sehr auffällige Erscheinung«, wisperte er. »Außerdem kommen Sie immer erst wenige Minuten vor Beginn der Aufführung. Doch an besagtem Abend sind Sie gar nicht gekommen. Der Platzanweiser ist sich ganz sicher.«

Eine Weile sagte niemand ein Wort.

»An mich erinnert sich jeder«, murmelte Ellis Mutter plötzlich, und ihre Augen bekamen einen trüben Schleier. Ich hatte Angst, sie würde gleich anfangen zu weinen, und bekam ein flaues Gefühl in der Magengegend. Ich kann es einfach nicht ertragen, wenn Frauen weinen!

Da läutete es an der Tür. Frau Guthor stand auf und ging hinaus. Kurz darauf kam ein junger Kerl in Konditorenkleidung herein und stellte ein großes, buntes Kuchenpaket auf den Wohnzimmertisch. Er stand in der Höhe der Pubertät, und sein Gesicht war übersät mit reifen, eitrigen Pickeln.

»Wollen Sie auch eine Tasse Kaffee?«, fragte ihn Ellis Mutter.

Erschrocken sah der Bote sie an. »Nein, auf keinen Fall. Das würde mein Chef nicht dulden.«

»Ach, kommen Sie, setzen Sie sich«, gurrte Frau Guthor. »Ich werde mit Ihrem Chef reden. Sie bekommen keine Schwierigkeiten, das verspreche ich Ihnen.«

Ratlos stand der junge, blonde Mann da, und seine Pickel begannen zu leuchten. Er schluckte. »Verzeihen

Sie, aber ich muss zurück in die Konditorei. Ich habe noch mehr auszufahren.«

»Aber …« Frau Guthor fiel kein weiteres Argument ein, um den jungen Mann zum Bleiben zu bewegen. Es war auffällig, dass sie ihn auf keinen Fall gehen lassen wollte. Sicher hing es mit dem Inspektor und seinen unangenehmen Fragen zusammen.

Sie ging mit dem Botenjungen in die Küche und gab ihm das Geld für den Kuchen. Er dankte überschwänglich, also hatte er ein gutes Trinkgeld bekommen.

Ich hatte inzwischen die süßen Teile ausgepackt und die Situation überflogen. Auf dem Tisch standen zehn Stück Kuchen unterschiedlicher Gattung und Nahrhaftigkeit. Die drei Obstkuchen kamen für mich nicht infrage. Zu wenige Kalorien, sagte mir mein in langen Internatsjahren geschultes Ernährungsbewusstsein. Ich wählte eine Schwarzwälder Kirschtorte, Max ebenfalls. Elli und dem Inspektor war es egal, was ich ihnen auf den Teller legte. Frau Guthor hatte gar keinen Hunger.

Nachdem wir schweigend unseren Kuchen gegessen hatten – zu Frau Guthors Erstaunen war am Ende der ganze Teller leer –, begann Huber von Neuem: »Sie waren an dem Abend also nicht in der Oper, stimmt's?«

Ellis Mutter legte die Hände hinter den Kopf, streckte den Nacken und sah zur Decke. »Nein, wir waren nicht dort.«

»Warum?«

»Ich hatte einen schrecklichen Migräneanfall«, erklärte sie.

»Warum haben Sie und Ihr Mann gelogen?«

Frau Guthor richtete den Kopf wieder gerade. Sie saß jetzt aufrecht im Sessel und hielt die gefalteten Hände vors

Gesicht. »Er wollte in die Sache nicht hineingezogen werden. – Das können Sie doch sicher verstehen.«

»Kann ich das?«, überlegte Huber, wischte sich mit der Stoffserviette über den Mund und lehnte sich zurück in die weichen Kissen.

Ellis Mutter holte tief Luft. »Mein Mann hat eine sehr gut gehende Kanzlei mit vielen reichen Klienten. Sollte nur der Schatten eines Verdachts auf ihn fallen, wäre es vorbei damit. Wohlhabende Leute mögen keine Skandale.« Jetzt schaute sie Huber in die Augen. »Es hat ihn äußerste Mühe, einige Gefälligkeiten und viel Geld gekostet, die Angelegenheit bis jetzt aus den Gazetten rauszuhalten. Würde er in Erscheinung treten, gäbe es einen Skandal, und diese Art von Werbung kann er nicht brauchen.«

Sie nahm die Hände herunter und verschränkte sie.

Huber sprach jetzt so leise, dass er kaum noch zu verstehen war: »Hier geht es aber nicht um die Befindlichkeiten gut betuchter Klienten, sondern um einen jungen Mann, der in der Wohnung Ihrer Tochter totgeschlagen wurde. Außerdem haben Sie und Ihr Mann die Polizei angelogen. Das ist kein Kavaliersdelikt.«

»Dann sperren Sie mich halt ein«, schrie Ellis Mutter den Inspektor hysterisch an und sprang auf. Ihr Brustkorb hob und senkte sich heftig, so sehr regte sie sich auf.

Huber leckte sich gelassen ein Kuchenbrösel von den Lippen, er war nicht beeindruckt. »Mir würde schon reichen, wenn Sie mir die Wahrheit sagen.«

Mühsam erhob er sich, er war wirklich fett geworden. »Ich werde bald wiederkommen. Bis dahin sollte Ihnen eingefallen sein, was Sie getan haben, während Sie Migräne hatten.«

250

Er dankte für Kaffee und Kuchen, nickte uns zum Abschied zu und wandte sich zum Gehen.

Ellis Mutter begleitete ihn nicht zur Tür, wie angewurzelt blieb sie vor ihrem Sessel stehen. Ihre Hände zitterten, und ihr zerstörtes Gesicht zuckte wieder und wieder.

Elli rollte hin zu ihr und streichelte ihre Hand. Wahrscheinlich hätte sie ihre Mutter jetzt in den Arm genommen, wenn sie nicht im Rollstuhl gesessen wäre.

»Ich denke, wir verabschieden uns besser«, meinte Max und erhob sich.

»Ich bleib noch hier bei Mama«, sagte Elli und sah traurig zu ihrer Mutter hoch.

»Wir können die Straßenbahn nehmen«, schlug ich vor.

Ellis Mutter hob die Augenbrauen. »Wollen Sie mal mit einem tollen Auto fahren?«

Sie hatte sich etwas beruhigt, das Zucken in ihrem Gesicht hatte aufgehört.

»Ich möchte mit meiner Tochter noch einige Dinge besprechen, und der Rollstuhl passt nicht in meinen Porsche. Ich wäre Ihnen also dankbar, wenn Sie damit in die Wohnung zurückfahren würden. Sie können aber auch noch eine kleine Spritztour machen, wenn Sie wollen. Der Tank ist voll.«

Es folgte eine kleine Pause, in der sie sich mit der Zunge über die Lippen fuhr. »Möglicherweise bekommen wir auch Nachricht von meinem Mann. Vielleicht hat Herr Begoni schon Kontakt zu den Entführern aufgenommen. Ich werde gleich in Mailand anrufen.«

Sie ging in die Küche, holte den Autoschlüssel für den Porsche und drückte ihn mir in die Hand. Ich bedankte mich für Kaffee und Kuchen und ging. Max folgte mir. Am

Gartentor verabschiedeten wir uns von Doggy und verließen das Grundstück.

»Warum hat uns Ellis Mutter den Porsche geliehen?«, fragte ich Max, der still geworden war.

»Sie wollte uns schnell loswerden«, meinte Max, und ich wusste, dass er recht hatte.

Respektvoll schloss ich den Sportwagen auf. Max hatte einige Mühe, seine langen Beine auf der Beifahrerseite unterzubringen. Ohne Quengeln ließ er mich fahren. Entweder machte ihm seine Verletzung zu schaffen, oder er wollte über irgendetwas nachdenken. Sonst hätte er mir die Fahrerseite sicher nicht widerspruchslos überlassen.

Ich lenkte in den Süden, Richtung Heimat. Max wandte sein Gesicht nach rechts und schaute stumm aus dem Seitenfenster. Es ging über Straßlach, Deining und Ascholding nach Bad Tölz. Schade, dass ich meine gebrauchte Wäsche nicht dabeihatte, sonst hätte ich sie bei meiner Mutter abliefern können. Aber wir hätten uns eine Weile dort aufhalten müssen, denn niemand verließ unser Haus, ohne dass Mutter ihm etwas auf den Tisch gestellt hätte. Und sie gab erst Ruhe, wenn der Gast alles gegessen und getrunken hatte, ob er wollte oder nicht.

Zwischen Bairawies und Tölz testete ich, was der Porsche hergab, und beschleunigte auf 180 Sachen. Max blieb stumm und blickte weiter unbeteiligt aus dem Fenster in die graue Herbstlandschaft. Die Tage und Wochen ohne Sonnenschein machten jedem zu schaffen. Doch Max war nicht wetterfühlig. Ihm ging etwas anderes durch den Kopf.

»Der Huber hat die Guthors am Arsch«, begann er plötzlich. »Einer von den beiden oder beide zusammen haben den Horst erschlagen, so viel steht fest. Der Huber gibt ihnen bloß noch die Gelegenheit, sich selbst anzuzeigen, damit die Strafe kleiner ausfällt.«

»Wie kommst du darauf?«

»Hast du nicht gesehen, wie Ellis Mutter reagiert hat, als der Huber ihr ins Gesicht sagte, dass sich ihr Alibi in Luft aufgelöst hat?« Max' Stimme klang besorgt. »Morgen werden sie oder ihr Mann oder alle zwei zur Polizei marschieren und alles zugeben. Das ist so sicher wie das Amen in der Kirche.«

»Apropos Kirche. – Gehst du wieder zurück ins Kloster, wenn du gesund bist?«, fragte ich, als wir durch Bad Heilbrunn gekommen waren und uns Heiligenbeuern näherten. »Oder fährst du direkt nach Rom?«

Wir hatten seit Sonntag kein Wort mehr über seine Pläne verloren.

Er verschränkte die Arme. »Ich werd nimmer zurück nach Heiligenbeuern gehen.« Er drehte mir seinen schmalen, lang gezogenen Kopf zu.

»Du fährst also direkt nach Rom?«

»Auch nicht.« Max schüttelte den Kopf. »Nach Rom wollte ich eh bloß, weil es mir der Abt geraten hat.« Max sog die Unterlippe in den Mund und kaute etwas darauf herum. »Seit letztem Freitag hat sich mein Leben grundlegend verändert.« Er musterte mich einen Moment mit seinen jungenhaften, hellen Augen, ehe er fortfuhr: »Ein Mordfall, eine Erpressung, eine Rauferei, eine Messerstecherei und …« Er stockte.

»Und?«

Er drückte herum.

»Und was?«, fragte ich noch einmal.

»Ich hab mich verliebt.«

253

Er drehte den Kopf abrupt weg von mir und sah wieder aus dem Fenster.

»Du hast dich verliebt?« Beinahe wäre ich in den Straßengraben gefahren. »In wen denn? In eine Krankenschwester?«

»In wen wohl?«, raunzte er zurück, hielt aber den Kopf nach rechts gedreht. »In die Elli natürlich.«

»Du spinnst.«

Gott sei Dank kam ein kleines Waldstück, wo ich das Auto anhalten konnte.

Max saß zusammengekauert wie ein verliebter Primaner auf dem Beifahrersitz und sah zwischen den angewinkelten Knien hindurch auf seine großen Füße. »Sie ist das klügste Mädchen, dem ich je begegnet bin.« Er hob den Kopf. »Okay, sie lügt. Ziemlich oft sogar.« Er begann schon wieder an seiner Unterlippe herumzuknabbern. »Ich glaube aber, sie lügt nur, weil sie meint, dass die Wahrheit gefährlich wäre.«

»Gefährlich? Für wen?«

»Keine Ahnung.« Max hob die knochigen, nach vorne gebeugten Schultern. »Jetzt lass mich mal fahren.« Er öffnete die Beifahrertür und wollte aussteigen.

»Kommt gar nicht infrage«, gab ich entschieden zurück. »Du bist ja nicht zurechnungsfähig.«

Weiter ging es nach Kochel und dort den Kesselberg hinauf. Mit dem Motorrad hatten mir die Kurven immer einen Höllenspaß gemacht, doch auch mit dem Porsche brauchte ich nicht viel langsamer zu fahren.

»Ich habe mich oft gefragt, was du im Kloster gesucht hast«, begann ich, nachdem ich den Wagen an der obersten Kehre geparkt hatte und aus dem Autofenster zum dunkelblauen See hinunterschaute. »Du hast früher den

Gottesdienst öfter geschwänzt als jeder andere. Ich kann mir heute noch nicht vorstellen, dass du an Gott glaubst und freiwillig in der Bibel liest.«

Max' Augen veränderten sich, mit der Antwort ließ er sich aber Zeit.

»Auf diese Frage habe ich schon lange gewartet. Ich war gespannt, wann du sie stellen würdest.« Jetzt drehte er mir den Kopf zu. »Du weißt, dass ich alles mag, was logisch ist: Mathe, Physik und gute Krimis. – An Gott zu glauben, sei irreal, sagen viele.«

Jetzt zog ein tiefer Ernst über sein Gesicht. »Dieses Universum muss aber einen lenkenden Geist haben, sonst hätten Millionen von Zufällen seit dem Urknall zusammentreffen müssen, damit wir zwei heute bei diesem Scheißwetter in einem so tollen Auto spazieren fahren können.« Er schaute in Richtung Heiligenbeuern, dessen Umrisse am Horizont undeutlich zu erkennen waren. »Es ist völlig unlogisch, dass all diese Zufälle nacheinander geschehen, ohne dass jemand mit einem Plan dahintersteckt.« Max bewegte beim Sprechen kaum noch die Lippen. »Deshalb ist es auch völlig unlogisch, an Gott zu zweifeln. Viel unlogischer, als an ihn zu glauben. – Irgendjemand muss sich diese Welt doch ausgedacht haben!«

Max war fertig, und ich startete den Wagen.

Schweigend fuhren wir zurück nach München.

In Ellis Wohnung in der Kaulbachstraße war niemand. Max ging ins Wohnzimmer, wo immer noch seine Reisetasche stand. Wenig später tauchte er in vollem Ornat wieder auf. Die Kutte stand ihm wirklich gut. Sie täuschte über seine elende Magerkeit hinweg.

»Was soll das?«, fragte ich.

Max winkte ab. »Ich habe keine Zeit für lange Erklärungen. Ich muss alle Register ziehen, um die Wahrheit zu erfahren, bevor es andere tun.«

»Was hast du vor?«

»Ich geh rauf zur Mauler. Vielleicht hat sie irgendwas mitgekriegt an dem Abend, als Horst erschlagen wurde. Mit der Polizei will sie nichts zu tun haben und mit dir sicher auch nicht, nachdem du mit dem bösen Weibsstück in derselben Wohnung lebst. Vielleicht schüttet sie aber mir das Herz aus. Vor allem in meiner klerikalen Erscheinung.«

Max war wieder das alte Schlitzohr. Aber was war sein Plan?

»Wie willst du an die Alte rankommen? Was hat sie davon, wenn sie dir ihr Herz ausschüttet?«

»Gottes Segen und eine ruhige Zukunft.«

Max war draußen.

Ich ging in mein Zimmer und legte mich aufs Bett. Es gab viel zu überlegen.

Ellis Eltern hatten gelogen, und Inspektor Huber war ihnen draufgekommen. Frau Guthor war äußerst nervös geworden, nachdem er sie zur Rede gestellt hatte. Aber warum hatte er die Situation nicht ausgenutzt und nachgehakt? Sie war angeschlagen, und kein Boxer lässt sich die Chance entgehen, einem schwankenden Gegner den Rest zu geben. Warum hatte der Inspektor nicht nachgesetzt? Warum machte er solche Fehler?

War er alt geworden? Oder sentimental?

Ganz in meinen Gedanken gefangen, hörte ich einen Schlüssel in der Wohnungstür. Gleich darauf öffnete sich die Tür, und die Reifen von Ellis Rollstuhl quietschten über den Flur. Zunächst fuhr sie ins Wohnzimmer, und gleich darauf dröhnte »Rebel, Rebel« von David Bowie in voller Lautstärke durch die Wohnung.

Ich stand auf und ging in die Küche, wo ich Elli mit einer Zigarette in der Hand antraf.

»Darf ich die Musik leiser stellen?«, fragte ich.

»Warum?«, ätzte sie.

»Der Max ist gerade bei der Mauler.«

»Was will er dort?«, keifte sie. So schlecht aufgelegt hatte ich sie noch nie gesehen.

»Er möchte endlich rauskriegen, was am Montagabend hier passiert ist.«

Elli nahm einen tiefen Zug und blies den Rauch in meine Richtung.

»Du kannst dein Zeug zusammenpacken. Spätestens morgen Früh will ich dich hier nicht mehr sehen.« Wieder nahm sie einen tiefen Zug. »Und deinen Spezl nimmst du gleich mit. Der soll zurück ins Krankenhaus, nach Heiligenbeuern oder nach Rom. – Hier möchte ich ihn jedenfalls nicht mehr treffen.«

Ich war fassungslos. »Spinnst du?«

Wie kam sie darauf, uns von einer Stunde auf die andere vor die Tür zu setzen? Einfach so, ohne Grund und ohne Vorwarnung?

»Hier!« Elli hatte in die linke Seitentasche ihres Rollstuhls gegriffen und einige Hundertmarkscheine herausgezogen, die sie achtlos auf den Tisch warf. »Hier ist Geld für die Unannehmlichkeiten, die du mit mir hattest.« Sie sah mich nicht an. »Morgen kommt ein professioneller Pfleger. Jemand, der weiß, was er zu tun hat. Nicht ein Amateur wie du, dem man jede Kleinigkeit hundertmal erklären muss.«

Auf dem Tisch lagen etwa tausend Mark. Das waren zwei Monate BAföG-Höchstsatz. Eine Menge Geld für jemanden, der noch keinen Nachhilfeschüler hatte, aber bald die Motorradversicherung bezahlen musste.

»Steck das Geld ein und pack dein Zeug zusammen.« Elli war um den Tisch herum zur Küchentür gefahren. »Und nimm den seltsamen Klosterbruder wieder mit, den du mir angeschleppt hast. – Der geht mir nämlich gewaltig auf die Nerven!«

Ohne mir Gelegenheit zu einer Äußerung zu lassen, rollte sie ins Wohnzimmer, stellte die Musik ab und schaltete den Fernseher an.

Dumme Ziege, schoss es mir durch den Kopf. Ich holte ein Bier aus dem Kühlschrank, setzte mich an den Tisch und wartete. Max konnte ja nicht ewig bei der Mauler bleiben.

Eine halbe Stunde später stand Max breit grinsend vor der Tür. Sofort steuerte er in die Küche und sah meine Bierflasche auf dem Tisch stehen, daneben das Geld.

»Hast du für mich auch eine Halbe?«, fragte er und setzte sich vorsichtig auf den Stuhl, auf dem eigentlich ich gesessen hatte. Das Geld interessierte ihn nicht.

Ich holte ein Bier aus dem Kühlschrank und stellte es vor ihm auf den Tisch. Mit dem Feuerzeug, das Elli auf dem Tisch liegen gelassen hatte, öffnete er die Flasche und nahm einen langen Schluck.

»Die Sache wäre erledigt.« Er atmete erleichtert aus und lehnte sich zurück. »Die Mauler hat ausgepackt.«

»Wie hast du das angestellt?«, fragte ich ohne große Euphorie.

»Tja«, machte Max und blies die Luft aus den Lungen. »Mit der Polizei will die Mauler nix zu tun haben, denn die haben ihr nie geholfen, wenn die Elli ihre Musik laut aufgedreht hat. Ich habe ihr also versprochen, dass der Lärm aufhört, falls sie mir erzählt, was sie weiß.«

»Und wie willst du das anstellen?«

»Das wirst du schon sehen.« Max hielt einen Moment inne. »Warum läuft der Fernseher?«

»Die Elli ist im Wohnzimmer.« Ich deutete mit dem Daumen die Richtung. »Sie hat uns übrigens rausgeschmissen. Spätestens morgen sollen wir abziehen.«

»Aha«, machte Max, und eine tiefe Zufriedenheit zog über sein Gesicht.

Mit einem zweiten Zug trank er die Flasche leer, rülpste gut hörbar in seine vorgehaltene rechte Faust, erhob sich und ging ins Wohnzimmer.

Ich folgte.

Elli saß vor dem Fernseher und schaute Nachrichten. Man sah Polizisten mit Maschinenpistolen, die den Verkehr kontrollierten. Im »deutschen Herbst« mit seinen RAF-Terroranschlägen herrschte auf den Straßen eine Stimmung des Misstrauens und der Kälte.

Ohne den Blick vom Bildschirm zu nehmen, blaffte Elli meinen Freund an: »Du warst bei der alten Hexe im ersten Stock. Sogar deine Kutte hast du angezogen, damit sie sich vorkommt wie im Beichtstuhl und dir ja alles erzählt.«

Max zog eine Schnute, sein Blick streifte den Fernseher.

»Und? Was Interessantes erfahren?«, nörgelte Elli weiter. »Kann die Alte durch die Decke schauen?«

»Das nicht«, entgegnete Max. »Aber sie hat sehr gute Ohren.«

»Aha«, machte Elli.

»Ich weiß jetzt, wie alles gelaufen ist«, tönte Max. »Horst ist nicht von einem bösen, unbekannten Kiffer umgebracht worden, sondern …«

»Halt den Mund!«, fiel Elli ihm ins Wort und starrte weiter auf den Bildschirm. »Deine Erkenntnisse kannst du dem Kaspar, deinem Friseur oder sonst jemandem erzählen. – Mich interessieren sie jedenfalls nicht.« Jetzt drehte sie uns abwechselnd den Kopf zu. »Ich möchte nämlich, dass ihr beide verschwindet. Am besten gleich. – Meine Mutter hat schon jemanden organisiert, der sich ab morgen um mich kümmert.«

Sie zog ihren Tabak aus der Seitentasche des Rollstuhls und begann sich eine zu drehen.

Max setzte sich auf den Hocker, der zwischen Elli und dem Fernseher stand. »Deine Mutter war's. Sie hat dem Horst eine runtergehauen. Der war zu dem Zeitpunkt wahrscheinlich zugekifft bis unter die Halskrause, ist umgefallen und mit dem Hinterkopf gegen den Bettpfosten geknallt. Die Mauler hat einen lauten Schlag gehört, dann hat deine Mutter angefangen zu schreien, sie hätte das doch nicht gewollt. Anschließend war Ruhe, und eine halbe Stunde später sind deine Eltern weg. Die Mauler hat alles mitgekriegt.«

Elli hatte sich ihre Zigarette angezündet und versuchte, an Max vorbei auf den Bildschirm zu schauen.

»Und warum hat sie das nicht der Polizei erzählt?«

»Die hatte ihr nie geholfen, dass du die Musik leiser stellst. Außerdem schätzt sie deinen Vater sehr und meinte, er hätte den Horst umgebracht und sicher einen guten Grund dafür gehabt. Auf keinen Fall wollte sie Herrn Guthor schaden, der immer so freundlich zu ihr war. Erst als ich ihr erzählte, es wäre ein Unfall gewesen, ist sie rausgerückt mit der Sprache.«

»Ich weiß, was du vorhast, Max Stockmeier. Du willst meiner Mama ans Leder. Genauso wie der seltsame Inspektor, dieser Huber.«

»Schmarrn«, entgegnete Max. »Der Huber will ihr gar nichts. Er hatte sie doch schon am Kragen, aber er hat wieder losgelassen, damit sie sich selbst anzeigen kann. Hast du das nicht kapiert?«

Elli rauchte hastig und in tiefen Zügen, wie sie es immer tat, wenn es in ihr kochte.

»Deine Mutter war's. Sie trug bis vor Kurzem einen Ring mit einem großen Brillanten an der rechten Hand. Davon kommt der tiefe Kratzer auf Horsts linker Wange. Der Kerl wollte dem Schlag wahrscheinlich ausweichen, ist gestolpert und …« Max brauchte den Satz nicht zu beenden. »Wahrscheinlich war er innerhalb weniger Minuten tot, ein Knochensplitter steckte tief in seinem Hirn. Danach habt ihr den Tatort so präpariert, dass es nach einem Überfall ausgesehen hat.«

»Warum ist dem Hauptkommissar Hastreiter das alles nicht aufgefallen?«, spielte Elli ihren letzten Trumpf aus und versuchte dabei einen ironischen Unterton.

»Ihr habt es ja nicht blöd angestellt, und deine Eltern hatten ein gutes Alibi«, erklärte Max. »Außerdem war der Hastreiter bei seinen Untersuchungen überaus vorsichtig, denn er will noch was werden im Polizeidienst. Er hätte es nie gewagt, deine Eltern zu verdächtigen. Dein Papa hat schließlich gute Verbindungen zum Polizeipräsidenten. Er hat die Mauler in Ruhe gelassen und das Alibi deiner Eltern nur oberflächlich überprüft.« Max schnaubte. »Außerdem habt ihr ihm schon einen Tag später eine falsche Fährte gelegt, als das Erpresserschreiben auftauchte. Es gab also jemanden, der den Horst beseitigt hatte und als Nächstes dir ans Leder wollte. Die Motive waren klar: Der Täter wollte Geld. Dein Vater besorgte die Riesensumme ohne zu murren, damit nur ja seinem Töchterlein nichts passiert. Bei der Geldübergabe erweist sich der Erpresser als überaus gerissen. Gerade so, als hätte er gewusst, welche Fallen die Polizei gelegt hat. Er nimmt das Geld aus dem Ranzen und schiebt ein etwa gleich schweres Buch hinein. Der Titel ›Ungeklärte Kriminalfälle‹ ist sicher auf deinem Mist gewachsen.«

Max machte eine Pause, um Ellis Reaktion zu sehen. Doch die tat so, als ob wir gar nicht da wären.

Also fuhr Max fort: »Nachdem das Geld weg ist, macht dein Vater etwas, was kein reicher Mann tut, der gerade hunderttausend Mark verloren hat: Er hakt die Sache ab und gibt Ruhe.«

»Was hätte er denn unternehmen sollen?«, fuhr Elli meinen Freund an. »Den dämlichen Hastreiter und seine unfähigen Mitarbeiter standrechtlich erschießen lassen?«

Sie drehte den Kopf zum Fernseher.

»Das nicht«, lachte Max. »Aber er hätte einen Privatdetektiv engagieren können oder sonst jemanden. Reiche Menschen hängen an ihrer Kohle, sonst hätten sie nicht so viel. – Über die Sache ist aber kein Wort mehr geredet worden. Auch in der Zeitung ist nichts gestanden. Keine Anzeige, keine Belohnung für die Ergreifung des

Erpressers. – Nichts.« Max machte eine kleine Pause. »Ich habe mich von Anfang an gefragt, warum er sich so seltsam verhält. Dein Vater ist doch eigentlich ein intelligenter Mann. Warum hat er nichts unternommen, um seine Kohle wiederzukriegen?«

Elli zuckte die Achseln. »Keine Ahnung.«

Max grinste überheblich. »Es kann nur einen Grund geben: Das Geld war gar nicht in dem Ranzen, der aus dem Zugfenster geflogen ist. Da war nämlich schon das Buch drin. Wann du den Inhalt ausgetauscht hast, weiß ich nicht. Genug Gelegenheit dazu hattest du. Das Geld hat dein Vater in den folgenden Tagen in Sicherheit gebracht. Möglicherweise in die Schweiz.«

»Unsinn!«, schrie Elli. »Unsinn, Unsinn, Unsinn.« Mit bösen Augen fixierte sie Max. »Das Geld war im Ranzen! Frag den Kaspar. Der war beim Verpacken dabei.«

»Das stimmt, aber danach hat er eine Pizza geholt, und du hattest ausreichend Zeit, die Kohle wieder rauszutun und durch ein in Zeitungspapier eingewickeltes Buch zu ersetzen.«

»Jetzt reicht's!« Elli fuhr ihren Rollstuhl einen Meter vor, sodass er frontal zu Max stand. »Ich werde mir deine Fantastereien nicht länger anhören. Ihr verschwindet augenblicklich, du und dein Spezl!«

Max erhob sich langsam, er wirkte sehr imposant in seiner Kutte. Dann lehnte er sich angriffslustig nach vorne über Ellis Rollstuhl.

»Jetzt hör mir mal zu, meine Süße.« Er legte vorsichtig die Hände auf die Armstützen des Rollstuhls, sicher hatte er noch Schmerzen. »Wir sind nicht deine Lakaien. Du kannst uns nicht herbestellen, benutzen und dann wieder rausschmeißen, grad wie es dir passt. Der Kaspar ist gekommen, als du ihn gebraucht hast. Ich bin deshalb da, weil ich Angst um euch beide hatte. Vor zwei Tagen bin ich wegen dir überfallen worden und wäre dabei fast verblutet. Da brauchst du mir jetzt nicht mit deinen Launen auf die Nerven zu gehen!«

Elli sagte kein Wort, sie schien beeindruckt.

Max fuhr fort: »Diese Erpressung war jedenfalls eine kleine Komödie, die du zusammen mit deinem Vater gut genug gespielt hast, dass sie dir von der Polizei, vom Kaspar und bis vor Kurzem sogar von mir abgenommen wurde. Mit diesem Ablenkungsmanöver hast du dein Ziel erreicht: Die Polizei war auf der falschen Fährte und vom eigentlichen Verbrechen abgelenkt, wenn man eine Ohrfeige mit Todesfolge überhaupt so nennen kann. Für deine Eltern und dich war die Sache erledigt. Die Ermittlungen waren kein Problem mehr, sie würden irgendwann im Sande verlaufen.«

Elli saß jetzt ruhig da und schaute mit geröteten Augen zum Poster von David Bowie, dem Horst so ähnlich gewesen war.

Max richtete sich langsam wieder auf. »Doch da wurde in deine Wohnung eingebrochen. Damit hattest du nicht gerechnet. Es gab Leute, die ungeduldig wurden, weil sie das gestohlene Papier endlich zurückhaben wollten. Horst konnte nicht mehr sagen, wo er es versteckt hatte. Er war ja tot. Doch das Dokument war sehr wichtig, auf keinen Fall durfte es diesem Breecker oder sonst jemandem von der Presse in die Hände fallen. Mit dem Latin Lover Celio Adriano sind jedes Jahr Millionen zu verdienen. Mit einem hüftlahmen Italiener keine tausend Lire. Der Avvocato brauchte das Papier. Um den Druck zu erhöhen, verschwand dein

Papa von der Bildfläche. Außerdem schickte er deiner Mutter ein Ohr, das von ihrem Mann sein sollte. Der Avvocato traut niemandem, und jetzt konnte er sicher sein, dass ihr alles unternehmen würdet, um ihm das Papier zu besorgen. Ob deine Mutter und du geglaubt haben, das Ohr wäre wirklich von deinem Vater, ist egal. Das Papier ist gefunden, also wird der Italiener Ruhe geben.«

Elli sah stumm zu Boden. Von Rausschmeißen war keine Rede mehr.

»Das Ohr hat leicht nach Formalin gerochen, wenn man es sich direkt vor die Nase hielt. Wahrscheinlich stammt es von einer Leiche aus der Gerichtsmedizin oder vom Anatomiekurs. Dein Vater hat sicher noch seine Lauscher und wird schnell heimkommen, sobald der Avvocato sein Dokument hat.«

Max setzte sich wieder auf den Hocker und brachte die Sache nun zu Ende.

»So weit wäre alles in Butter. Doch dann taucht dieser dicke Polizeiinspektor auf und findet raus, dass das Alibi deiner Eltern getürkt ist. Der Mann stellt im Augenblick eine echte Gefahr dar, aber dein Vater hat gute Beziehungen und große Routine im Umgang mit Polizisten. Wahrscheinlich wird er mit dem Kerl fertig, wenn es hart auf hart kommt. Aber seine zwei Informanten in deiner nächsten Umgebung – das sind der Kaspar und ich –, die müssen sofort weg, damit der Inspektor auf dem Trockenen sitzt. Deshalb führst du dich gerade so blöd auf und willst uns loswerden.«

Max drehte sich um und schaltete den Fernseher aus. Elli reklamierte nicht.

»Aber wir werden nicht verschwinden, sondern wir werden dir helfen. Der Inspektor braucht nämlich bloß

265

einen Täter, damit er den Fall abschließen kann. Es ist seine große Chance, denn bald wird eine Stelle in Starnberg frei. Mit einem gelösten Mord hätte er gute Chancen, befördert zu werden und die Leiterstelle dort zu bekommen.«

»Einen Prozess würde meine Mutter nicht aushalten«, flüsterte Elli. »Auch wenn sie nicht verurteilt würde.«

»Ich weiß. Sie braucht auch nicht vor Gericht zu erscheinen.« Max betrachtete eine Weile seine langen Finger. »Unser Täter muss ja nicht dieselbe Person sein, die dem Horst wirklich eine geklebt hat.«

Eine knappe Stunde später standen wir in Grünwald vor dem Haus von Ellis Eltern.

Ihre Mutter öffnete, und Doggy freute sich ungemein, uns wiederzusehen. Wir hatten ihm ein Stück Geselchtes mitgebracht.

»Was wollt ihr?«, fragte Frau Guthor frostig an der Eingangstür.

»Max hat eine schicke Idee, wie wir aus der Geschichte rauskommen«, meinte Elli und steuerte ins Wohnzimmer zu ihrem Platz in der Couchgarnitur.

Dort im Halbschatten saß bereits ihr Vater mit einer halb vollen Flasche Whiskey und einem leeren Glas vor sich auf dem Tisch. Er schien schwer besoffen, besaß aber noch beide Ohren, wie Max bereits vermutet hatte.

»Schönen guten Abend zusammen«, lallte er.

Wir grüßten zurück.

»Aus welcher Geschichte sollen wir rauskommen?«, stellte sich Frau Guthor blöd.

»Sie wissen genau, was Elli meint.« Max war nicht nach Spielchen zumute. »Sie haben Horst Lang einen Schlag versetzt, der ist umgefallen und hat sich den Schädel am Bettpfosten eingeschlagen. Wenig später war er tot.«

Frau Guthor bemühte sich um ein Lachen, es klang jedoch blechern. »Sie sollten sich mit dem dicken Polizisten zusammentun. Der erzählt auch solchen Unsinn.«

»Der dicke Polizist wird bald wiederkommen und wissen wollen, was Sie zur Tatzeit getrieben haben.« Max blieb stockernst. »Haben Sie schon eine Idee, was Sie ihm antworten werden?«

»Klar!« Frau Guthors Augen wurden kalt. »Aber meine Antwort geht Sie nichts an.«

Max stand auf und drehte sich zu den drei großen Familienporträts, die über einer altenglischen Kommode hingen. Dieses Möbelstück war als einziges im Raum nicht hellgrau.

»Auf allen drei Fotos haben Sie einen dicken Brillantring an der rechten Hand, den Sie anscheinend nicht mehr tragen. Ein ähnliches Bild war wahrscheinlich auch in dem Wohnzimmer in der Kaulbachstraße. Elli hat es runtergenommen und ein Poster von David Bowie hingehängt, damit niemand draufkommt, dass Ihr Ring für die Schnittverletzung im Gesicht von Horst Lang verantwortlich ist.«

Frau Guthors Miene verdüsterte sich.

»Sie waren es! Sie haben Horst eine geklebt, und er ist nach hinten umgefallen. – Wenn Sie es gleich zugegeben hätten und zur Polizei gegangen wären, hätten wir jetzt keine Probleme. Ein Unfall, mehr nicht. – Aber Sie haben gelogen, Sie haben die Polizei in die Irre geführt und eine Erpressung vorgetäuscht.« Max schaute zu dem besoffenen Guthor hinüber. »Ganz schlecht fürs Geschäft, wenn Sie überhaupt ohne Verurteilung davonkommen.«

Max machte eine Pause, die ihre Wirkung tat. Guthor grunzte etwas, was sich wie ›hat er verdient‹ anhörte, und erntete dafür einen bösen Blick seiner Frau.

»Am besten wäre es, wenn sich jemand anderer bei unserem Inspektor meldet und zugibt, dass er es war, der dem Horst eine verpasst hat.«

»Und wer sollte das sein?«, lallte Guthor. »Körperverletzung mit Todesfolge, das gibt mindestens ein Jährchen im Knast.«

»Und was gibt's für Mordversuch?«, fragte Max zurück.

Guthor brauchte trotz seines Zustands nur einen Augenblick zu überlegen. »Drei bis fünfzehn Jahre. Ohne Bewährung, versteht sich!«

»Zu einem solchen Geschäft kann doch kein vernünftiger Mensch Nein sagen«, meinte Max und sah sich in der Runde um.

Dann erzählte er in allen Einzelheiten, was er vorhatte.

Zwei Stunden später waren wir wieder zu Hause. Ich ging gleich ins Bett, hundemüde.

Max blieb auf. Er habe mit Elli noch ein Hühnchen zu rupfen, sagte er.

10

Deine Gestalt ist der Palme gleich,
deine Brüste sind wie Trauben.
Ich dachte, ich will auf die Palme klettern,
will pflücken die Dattelrispe,
und deine Brüste sollen mir sein
wie die Trauben des Weinstocks,
der Duft deines Atems wie Apfelduft.

(Hohelied Salomos)

Mittwoch

Ich erwachte und schaute auf den Wecker. Es war schon nach acht.

Langsam schälte ich mich aus dem Bett und ging in die Küche. Natürlich war noch kein Mensch auf. Sicher nutzte Max die Gelegenheit, endlich mal ausschlafen zu können. Fast zwei Jahre lang war er täglich um halb fünf aufgestanden.

Ich setzte das Kaffeewasser auf und ging ins Bad, um mir die Zähne zu putzen. Als ich zurückkam, traf ich Max auf dem Gang. Er kam aus Ellis Zimmer.

Ich weiß, wie Max aussieht, wenn er bei etwas erwischt wird. Ich hatte oft genug zusammen mit ihm etwas angestellt, und einige Male waren wir erwischt worden. Zuerst zuckt er zusammen und blinzelt, dann richtet er sich zu voller Größe auf und macht dicke Backen. – An diesem Morgen machte er sehr dicke Backen.

»Hast du was in Ellis Zimmer gesucht?«, fragte ich. Offensichtlich war ich noch nicht ganz wach.

»Gesucht?« Max schüttelte den Kopf. »Gesucht habe ich eigentlich nichts.«

Jetzt erst kapierte ich, was passiert war.

»Hast du mit Elli …?«, brachte ich zögernd hervor.

Max schluckte, schließlich nickte er.

Ich ging zurück in die Küche. Ich brauchte einen Stuhl, um das zu verdauen. Max kam nach.

»Ich war doch am Samstag in Heiligenbeuern und habe dem Abt erklärt, dass ich nicht mehr im Kloster bleiben kann.« Er nahm heißes Wasser vom Herd, goss es in eine überdimensionale Tasse und hängte einen Teebeutel hinein.

»Was hat er gesagt?« Ich hatte mich gefangen und stand auf, um das Frühstücksgeschirr auf den Tisch zu stellen.

Max setzte sich. Er hielt es nicht für nötig, mir beim Decken zu helfen.

»Er war froh.« Max stützte das Kinn auf seine rechte Hand. »Ich glaube, er war einfach froh, mich los zu sein.«

»Was heißt: Ich glaube, er war froh?«

»Er hat es nicht so gesagt.« Max, dem es sonst sehr leicht fiel, Sachverhalte zu schildern, suchte hier die richtigen Worte. »Er sagte, er könne mich gut leiden. Er sagte auch, ich solle es mir noch einmal überlegen.«

»Aber?«

»In Wirklichkeit war er froh. – Ich war immer ein Fremdkörper in seinem Konvent gewesen, von Anfang an. Die Mitbrüder haben sich bemüht, ich auch. Aber ich habe jeden Tag gespürt, dass ich nicht dorthin gehöre.«

»Warum bist du dann nicht früher gegangen?«

»Wohin denn?« Max sah mich neugierig an. Er wusste anscheinend wirklich nicht, was er sonst hätte anfangen können.

»Wohin denn?«, wiederholte ich und verdrehte die Augen. Dann goss ich das restliche Kaffeewasser nach. »Deine Eltern hätten der schwarzen Madonna in Altötting eine zwei Meter hohe Kerze spendiert und fünfhundert Messen lesen lassen, wenn du zurückgekommen wärst.«

»Das wäre nie infrage gekommen. Außerdem war ich gerne in Heiligenbeuern, ob du's mir glaubst oder nicht. Zumindest nachdem ich mich einmal an das frühe Aufstehen und die Chorgebete gewöhnt hatte.«

»Und warum willst du jetzt das Kloster verlassen?« Ich brauchte nicht lange zu überlegen. »Wegen Elli?«

Max nickte, probierte den Tee, verbrannte sich den Mund und nickte erneut.

»Wir werden heiraten«, sagte er leise.

»Du spinnst!«

»Wir werden heiraten, und heute Vormittag fahren wir zu meinen Eltern, um es ihnen zu sagen.«

»Die wissen noch nix?«

Max schüttelte den Kopf.

Ich hörte die Tür zu Ellis Zimmer aufgehen, dann das Geräusch der gummibereiften Räder auf dem Parkettboden. Schließlich tauchte der Rollstuhl im Türrahmen auf.

Elli schaute neugierig in die Küche. Ihr Gesicht war blass und unausgeschlafen, doch die hellbraunen Augen glänzten wie frisch poliert.

»Max hat mir alles gestanden«, sagte ich, anstatt ihr guten Morgen zu wünschen.

»Alles?«, fragte sie gähnend.

»Alles«, bestätigte ich. »Ihr wollt heiraten.«

Sie deutete auf ihr Schlüsselbein, auf die Stelle, wo Max verletzt worden war, und machte ein strenges Gesicht. »Ich nehme ihn aber bloß, wenn er richtig gesund ist. Mit einem Wrack kann ich nichts anfangen!«

Als wir Elli wenig später in den Bus schoben, sah ich Unsicherheit und Angst in ihren Augen. War es wegen Max' Eltern, die sie in Kürze kennenlernen sollte, oder wegen des Avvocato, den wir gegen Mittag treffen würden?

Auf dem Weg nach Wolfratshausen sprachen wir kaum. Max saß stumm neben mir auf dem Beifahrersitz und klaubte in seinem Kopf die Worte zusammen, die er sich für seine Eltern zurechtgelegt hatte. Elli sah aus dem Fenster und summte eine kleine Melodie, obwohl das Radio Lieder aus der Hitparade spielte.

Beim Bräu fuhren wir in den Hof, wo sich die Parkplätze und der Pferdestall befanden.

Ich erschrak über die Unordnung. Beschädigte Bierfässer lagerten an der Hausmauer. Warum wurden sie nicht repariert oder weggeworfen? Die Stalltür stand offen, die beiden Boxen für die schweren Rösser waren leer. Der Bräu hatte zwei bildschöne Rappen besessen, die bei Umzügen seinen prachtvollen Wagen mit den Bierfässern zogen. Er war sehr stolz auf seine Rösser gewesen. Wo waren die hingekommen?

»Es ist schon verdammt lange her, dass ich das letzte Mal hier war«, bemerkte Max, als ich den Motor abstellte.

»Wie lange?«, fragte Elli.

»Fast zwei Jahre.«

Wir holten sie aus dem Wagen. Sie sagte kein Wort und wirkte im Augenblick noch kleiner und zerbrechlicher, als sie ohnehin schon war.

»Wird Zeit, dass du dich mal wieder blicken lässt«, rief eine bekannte Stimme vom Hintereingang der Wirtschaft her. Ich schaute mich um. Die Stimme gehörte der Köchin Zenzl, die in der Küchentür stand und uns beobachtete.

Sie war immer noch so breit und wuchtig wie früher. Bloß ein klein wenig grau war sie geworden.

»Grüß dich, Zenzl«, sagte Max und ging ohne Eile zu ihr hin.

Elli und ich folgten und gaben ihr die Hand.

»Kommt rein«, meinte sie und machte Platz. »Ich hab gestern einen Nusszopf gebacken. Den hat noch niemand angerührt. Und ihr mögt doch gerne was Süßes, wenn ich mich recht erinnere.«

Wir betraten die Küche. Hier hatte sich nichts verändert. Immer noch standen eine Menge Töpfe auf dem riesigen Küchenherd. Der große Tisch, an dem ich schon so viele gute Sachen gegessen hatte, war auch noch da. Zeitungen und Briefe lagen immer noch am Ende der langen Eckbank.

»Wer ist die junge Dame?«, fragte Zenzl. »Wollt ihr sie mir nicht vorstellen?«

Max stotterte: »Das ist die Elli, eine Studienkollegin vom Kaspar.«

Feigling, dachte ich. Elender Feigling!

»Freut mich, dich kennenzulernen, Fräulein Elli.« Während sie den Zopf auftrug, warf Zenzl ihr mehrere ungenierte Blicke zu. Sie siezte kaum jemanden, nicht einmal den Pfarrer oder den Landrat, wenn sie zum Essen da waren.

»Wir werden heiraten«, sagte Elli plötzlich.

»Das freut mich«, lächelte die Köchin. »Mit dem Kaspar hast du einen guten Fang gemacht. Er ist wirklich ein netter Kerl.«

Elli richtete sich in ihrem Rollstuhl auf. »Ich werde nicht den Kaspar heiraten, sondern den Max«, sagte sie mit Nachdruck.

Das verfehlte nicht seine Wirkung. Zenzl stellte die Teller ab, dann musste sie sich setzen. Nun erst betrachtete sie das Mädchen im Rollstuhl ausgiebig. Anschließend dachte sie nach. Ohne Eile und ohne sich weiter um unsere Bewirtung zu kümmern.

Als sie mit dem Nachdenken fertig war, begann sie: »Seit zwei Jahren warte ich auf den heutigen Tag. Als ich gehört hab, dass der Max ins Kloster geht, hab ich's einfach nicht geglaubt. Erst als er wirklich nicht mehr heimgekommen ist, wurde mir klar, dass er es ernst meint. – Aber ich hab gewusst, dass er nicht für immer dort bleibt. Seine männlichen Vorfahren haben das halbe Loisachtal geschwängert, und ausgerechnet er macht einen Klosterbruder. Eines Tages wird er heimkommen, hab ich oft gedacht. Ein paar Kerzen habe ich schon angezündet deswegen. Jetzt bin ich froh, dass er endlich da ist, der Max. Und eine junge Wirtin hat er uns auch noch mitgebracht.«

»Ich sitze im Rollstuhl, falls Ihnen das noch nicht aufgefallen ist«, meinte Elli und warf ihren Kopf mit den störrischen Locken in den Nacken.

»Und ich habe einen Zentner Übergewicht, falls dir das noch nicht aufgefallen ist«, gab Zenzl ruhig zurück. »Ich arbeite besser und schneller als die meisten Köche, die halb so viel wiegen wie ich. – Wenn du willst, mein liebes Fräulein, dann kannst du den Laden hier wieder in Schwung bringen. Ob du im Rollstuhl sitzt oder gesunde Füße hast, spielt keine Rolle.«

»Wo sind meine Eltern?«, fragte Max.

»Die machen einen Besuch in Tölz. In ein, zwei Stunden sind sie wieder daheim.«

»So lange können wir nicht warten«, meinte er. Wahrscheinlich war er sogar froh, ihnen nicht direkt begegnet zu sein. Die Zenzl war auf seiner Seite und würde alles bestens ausrichten.

»Dann zeig ich euch noch schnell den Betrieb. Oder zumindest das, was davon übrig geblieben ist.« Zenzl erhob sich schwerfällig. »Den Nusszopf pack ich euch ein. Den könnt ihr daheim essen.«

Wir gingen zuerst durch die schwach besetzte Gaststube. Dann zeigte sie uns die Brauerei, in der es schlimm aussah. Der Bräu sei in erster Linie deshalb in Tölz, weil er seine Brauerei verkaufen wolle, sagte sie.

Max fragte nach den beiden Rappen, und Zenzl erklärte, der eine sei an einer Kolik gestorben. Den anderen habe man hergegeben, damit er nicht alleine im Stall stehen muss. Sie bekam ein trauriges Gesicht, als sie von den Pferden sprach.

Nach der Betriebsbesichtigung hinterließ Max Ellis Adresse in der Kaulbachstraße. Er sagte, er wolle heute Abend noch anrufen und mit seinen Eltern reden.

Zenzl blieb beim Abschied neben dem VW-Bus stehen, bis wir alle drei gut verstaut waren. Dann winkte sie, bis wir den Hof verlassen hatten.

Pünktlich um zwölf klingelte es, und Signore Begoni stand vor der Tür.

Er wirkte aufgeräumt und erzählte von einem neuen Geschwindigkeitsrekord, den er mit seinem Ferrari zwischen Mailand und München aufgestellt hatte.

»Cinque ore, funf Stunden«, sagte er, setzte sich an den Küchentisch und schlug die mageren Beine übereinander.

Ich hatte keinen Nerv für Small Talk und kam gleich zur Sache: »War's der Günther?«

Der Avvocato sah kurz auf. »Erst die Papier, dann bekommen Sie Auskunft.«

Elli fuhr in ihr Zimmer und kam mit dem Dokument zurück. Es steckte in einem Kuvert.

Begoni öffnete es, warf einen Blick auf die beiden Seiten, dann faltete er die Papiere ohne Eile und schob sie in die Innentasche seines dunklen Jacketts.

»Und?«, fragte ich.

»Er war es.« Begoni lehnte sich zurück. »Er war in seiner Ehre verletzt, hat er gesagt.« Der Avvocato wandte sich zu Max. »Sie, Herre Stockemeier, haben ihn gedemutigt. Er konnte nicht mehr schlafen und dachte Tag und Nacht nur noch daran, wie er es Ihnen heimzahlen könnte. Er hat Marihuana geraucht und Amphetamini geschluckt. Così drogato ist er hierher gekommen. Vor dem Haus wusste er schon gar nicht mehr, was er eigentlich wollte. Da sind Sie plötzlich aus der Tur gekommen. – Wie in einer klassischen Tragödie. – Ihr Auftreten, die Wut und die Drogen, das waren eine explosive Mischung. Er wollte Ihnen mit dem Messer nur Angst machen, vielleicht ein bisschen in den Arm schneiden. Aber dann sind Sie auf ihn losgegangen und im nassen Gras hingerutscht.« Begoni hob die Schultern, als könne so etwas schon mal vorkommen. »Plötzlich war das Messer in Ihrer Schulter gesteckt, und Sie haben geblutet wie ein Schlachteschwein. Als Herre Gunther das Blut gesehen hat, ist er weggelaufen. – Ah, die Sache tut ihm sehr leid, sagt er.«

»Davon habe ich nichts«, meinte Max. »Bei der Polizei hat er gelogen. Und seine Freundin auch.«

»Er ist vorgestraft.« Begoni ließ seinen Blick über unsere Gesichter schweifen. »Wenn ihm die Geschichte als versuchter Mord ausgelegt wird, geht er lange ins Gefängnis. Tanto tempo.«

»Deshalb das falsche Alibi von seiner Freundin«, so Max.

Begoni nickte.

»Wie haben Sie das alles erfahren?«, wollte ich wissen.

Begoni machte eine Schnute, schaute mir ins Gesicht und schwieg.

»Er wird es Ihnen nicht freiwillig erzählt haben«, mutmaßte mein Freund.

Begoni schwieg weiter.

»Aber es stimmt, was Sie uns gesagt haben?«

»Certo«, brummte der Italiener. »Wir haben eine Vertrag: Sie besorgen mir die Papier, und ich sage Ihnen, ob es der Herre Gunther war. Dino, mein Mitarbeiter, hat Herre Gunther gefragt, und glauben Sie mir: Niemand belugt Dino. Er hat eine Art zu fragen: Incredibile. – Außerdem betruge ich keine Geschäftspartner! Niemals!«

Er erhob sich und wollte gehen.

»Einen Moment noch«, hielt Max ihn auf. »Warum ist dieses Papier so wichtig für Sie?«

Begoni überlegte. »Sie haben den Dokument gelesen?« Er wartete unsere Antwort nicht ab, denn sie stand eh fest. »Ich arbeite für sehr unterschiedliche Firme. Große Firme,

277

kleine Firme. Es interessiert mich nicht, was sie produzieren oder verwalten. Ich bin nur fur besondere Aufgabe zuständig, der Rest ist nicht meine Sache.«

»Aber warum interessieren Sie sich für die Blutwerte eines Schlagersängers?« Mir lag die Frage schon lange auf der Zunge.

Begoni lächelte und zeigte dabei eine Reihe auffallend schöner, regelmäßiger Zähne. »Wie gesagt, ich ubernehme besondere Aufgaben. Und hier hatte ich den Auftrag einer Plattenfirma, Celio Adriano dazu zu bewegen, die Plattenfirma zu wechseln.«

Begoni ließ uns ein wenig Zeit, um das Gesagte zu begreifen.

»Herre Adriano wollte erst nicht, dann verlangte er ein Menge Geld, zu viel Geld. Also brauchten wir einen Grund, um ihn zum Wechsel zu bewegen, ohne ein Vermöge dafur auszugeben. – Was ist die schwache Stelle von uns Männern?« Er hielt einen Moment inne und streckte uns beide Hände entgegen. »Die Frauen, le donne.« Er nahm die Hände wieder nach unten. »Ich hörte mich um und erfuhr von vielen Affären, die Celio gehabt haben soll. Aber an keiner war etwas dran. Ich uberlegte, warum. Die Frauen waren alle bellissime, ich kenne einige der Damen. Die meisten von ihnen waren sicher interessiert an einem Flirt mit ihm. Celio Adriano ist ein bell'uomo, und er ist sehr beruhmt.«

Herr Begoni kam zurück an den Tisch, blieb aber stehen.

»Ich fragte eine gute Freundin, die eine bekannte Nachtclub in Mailand betreibt. Sie sagte mir, sie kenne alle Sorten Männer und in diesem Fall gibt es nur zwei Möglichkeiten: Entweder er mag keine Frauen oder er kann nicht …«

278

Begonis Mundwinkel gingen nach unten, das Folgende schien ihm unangenehm. »Italia ist voller Paparazzi. Wenn Celio Interesse an Männern hätte, gäbe es Fotos. Also blieb nur die andere Variante: er kann nicht.« Den Kopf hoch erhoben, sprach er weiter. »Wenn wir einen Beweis für seine Schwäche hätten, wäre das ein ideales Druckmittel. Kein Italiano kauft die Platten von jemandem, der nicht mehr …« Er brauchte den Satz nicht zu vervollständigen. »Doch wie kamen wir an Beweise? Difficile, molto difficile.«

Er machte eine dieser für Italiener so typischen Handbewegungen, bei denen ich nie weiß, was sie bedeuten. »Glucklicherweise fand ich heraus, wer sein Arzt war und wann eine Untersuchung anstand. Wir organisierten uber eine Assistentin des Dottore ein bisschen Blut und brachten es an ein Laboratorio hier in Munchen. Das Ergebnis kennen Sie.«

Max verschränkte die Arme. »Mit dem Resultat haben Sie den Celio anschließend dazu überredet, die Plattenfirma zu wechseln, ohne dass es ein Vermögen kostete. Den Laborbefund haben Sie hier bei Herrn Guthor gelassen. Der sollte drauf aufpassen, falls Celio mal Zicken macht.«

»Sie habe schön aufgepasst, Herr Stockemeier.« Begoni wandte sich zur Tür. »Ich wunsche Ihnen eine gute Besserung. ArrivederLa!«

Wenig später fuhr Max mit Ellis Bus ins Krankenhaus, um sich den Verband wechseln zu lassen. Er wollte bald wieder da sein.

Elli war bester Stimmung. Sie legte eine Platte auf und stülpte sich den Kopfhörer über die Ohren.

Fröhlich saß sie vor der Stereoanlage und bog ihren schlanken Oberkörper zur Musik von Patty Smith. Die Arme hatte sie zum Himmel gestreckt und die Augen geschlossen.

Ich hatte mir ein Bier aufgemacht, an Lernen war heute eh nicht mehr zu denken. Außerdem fielen die Vorlesungen noch die ganze Woche aus.

Da hörte ich die Klingel.

Das war sicher Max. Wahrscheinlich hatten sie ihn aus dem Krankenhaus rausgeworfen. Ohne Eile schlurfte ich an die Tür.

Ich war auf vieles gefasst, aber nicht auf das, was jetzt kam: Vor der Tür standen die Eltern von Max im Sonntagsstaat. Frau Stockmeier trug ein elegantes hellgrünes Kostüm, das gut zu ihrer schlanken Figur und den blonden Haaren passte. Sie war mager geworden, die Wangen waren eingefallen und die früher so aufrechte Erscheinung schien etwas nach vorne gesunken. Sie hatte Sorgen.

Auch Max' Vater wirkte verändert. Er war immer noch ein großer, breitschultriger Mann, doch sein Gesicht schien aufgeschwemmt. Dicke Hängebacken zogen die Augenlider nach unten und gaben ihm ein schläfriges Aussehen. Er schnaufte angestrengt, als er mich kurz grüßte und schließlich ohne Zögern in die Wohnung trat. Seine Frau gab mir die Hand, wobei sie scheu lächelte, dann folgte sie ihm.

»Ist das Fräulein Guthor da?«, fragte Stockmeier kurzatmig, doch in einer beachtlichen Lautstärke.

Ich nickte und ging an ihm vorbei ins Wohnzimmer, wo es Elli auf ihrem Rollstuhl immer noch hin und her warf vor Begeisterung. Ich sagte ihr, dass Max' Eltern gekommen wären.

»Schön«, meinte sie. »Dann wollen wir uns doch von unserer besten Seite zeigen.«

Mit einem Griff holte sie die Haarbürste aus der linken Tasche des Rollstuhls und kämmte ihre widerspenstigen Locken in Form.

»Und?«, strahlte sie mich an. »Wie schau ich aus?«

Kaum zu glauben, dass mir dieses Mädchen noch vor Kurzem wie ein Herbstkätzchen vorgekommen war. Jetzt konnte man meinen, sie sei gerade vom Catwalk einer Modenschau gekommen und säße in dem Rollstuhl, um sich ein bisschen auszuruhen. Sie sprühte vor Lebensfreude.

Schon war sie aus der Tür und rollte im Gang auf die Stockmeiers zu.

Max' Vater hielt sie zuerst die Hand hin, da er vor seiner Frau stand.

»Sehr angenehm, Stockmeier«, murmelte der Bräu und sah in den Boden.

Seiner Frau gelang es, ein wenig zu lächeln, während sie Elli zaghaft die Hand schüttelte.

»Es freut mich sehr, Sie kennenzulernen«, strahlte Elli. »Kann ich Ihnen etwas zu trinken anbieten? – Einen Kaffee, oder ein Bier?«

Die Zenzl hatte uns neben dem Nusszopf auch noch einen Träger Dunkles mitgegeben.

»Nein, danke.« Stockmeier machte eine abwehrende Geste. »Was ich zu sagen habe, wird nicht lange dauern. – Und ich bleib lieber stehen.«

Ein Schatten zog auf Ellis Gesicht, es wurde spitz.

»Ich sag es nicht gerne«, Stockmeier wand sich, »aber ich will nicht lange drum rumreden. – Ich glaub, Sie sind nicht die richtige Frau für meinen Buben.«

Jetzt war es heraus, und Max' Vater schnaufte erleichtert auf. In den folgenden Augenblicken hätte man eine Stecknadel auf den Boden fallen hören.

»Warum?«, fragte Elli bockig.

»Warum, warum?«, wiederholte Stockmeier und drehte den Kopf hin und her. »Sie wissen genau, warum Sie nicht die richtige Frau für meinen Sohn sind.«

»Nein!«, ätzte Elli. »Das weiß ich nicht.« Ihr Blick wechselte zwischen den Eheleuten hin und her. »Aber es würde mich sehr interessieren.«

Wieder Totenstille, diesmal länger.

»Eine Wirtin muss gut auf den Beinen sein«, presste Stockmeier schließlich heraus. »Wegen dem Geschäft, verstehen Sie?«

Ihm war die Situation elend peinlich, und er trat von einem Bein auf das andere.

»Aha«, stieß Elli spitz hervor. »Und Sie meinen, ich würde mich vor der Arbeit drücken, weil ich eine gute Ausrede habe.«

»Nein, das nicht. Aber ...« Weiter kam Max' Vater nicht. Denn nun schleuderte Elli ihm alles entgegen, was an Frust und Ärger in ihr steckte.

»Jetzt passen Sie mal auf: Ich sitze hier nicht, weil ich zu faul zum Laufen bin.« Ihre Augen sprühten Gift. »Ich sitze in diesem Scheißstuhl, weil ich einen schweren Unfall hatte, den ich meinem schlimmsten Feind nicht wünsche. Seitdem kann ich mit meinen Beinen nichts mehr anfangen, damit habe ich mich abgefunden.« Sie rollte ein wenig näher zu Herrn Stockmeier hin. »Aber ansonsten ist noch alles in Ordnung: die Arme, die Schultern, der Hals und der Kopf. Alles in Ordnung. Haben Sie das kapiert?«

Jetzt rollte sie wieder zurück, um ihrem Gegenüber besser in die Augen schauen zu können.

»Ihren Sohn werde ich heiraten, ob's Ihnen passt oder nicht. Und dann werde ich jede Nacht mit ihm vögeln, als wenn es kein Morgen gäbe. Das können Sie mir glauben.« Ihre gelben Augen wurden zu schmalen Schlitzen. »In den nächsten Jahren werde ich mich drauf konzentrieren, eine Stange Kinder zu machen. Eines nach dem anderen, und eines schöner als das andere. Und wenn Sie Glück haben, schicken wir Ihnen zu Weihnachten ein Bild von den Enkeln. Mehr nicht. – Ihre Wirtschaft, die Brauerei und Ihre Kohle – wissen Sie, was Sie damit machen können?« Sie wartete, um das Folgende besser wirken zu lassen. »Das können Sie sich alles in den Arsch stecken, Herr Stockmeier.«

Sie drehte den Rollstuhl Richtung Wohnzimmer und fuhr die vier Meter bis zur Tür.

»Ich kann Griechisch, Latein und noch ein paar andere Sachen. Und ich wäre sicher eine gute Wirtin. Aber mit Ihnen«, sie deutete auf den Wirt, »mit Ihnen möchte ich nichts mehr zu tun haben. Gehen Sie!«

Sie stieß die Wohnzimmertür auf, fuhr hinein und knallte die Tür hinter sich zu.

»Spinnt die?« Stockmeiers rot geäderte Augen drohten den für sie vorgesehenen Platz in den Augenhöhlen zu verlassen. »Wie redet die überhaupt mit mir?« Er war kreidebleich geworden.

»Was hast du erwartet?« Frau Stockmeier drehte sich um und ging zur Wohnungstür.

»Ich wollt vernünftig mit ihr reden«, stotterte der Wirt. »Aber dass sie sich gleich so hysterisch aufführt, hätt ich nicht geglaubt.«

»Weil du ein Hackstock bist, ein damischer«, fuhr seine Frau ihn an. »Das Mädel hat schon einiges mitgemacht.« Sie nahm den Türknauf in die Hand. »Und jetzt kommst du daher und sagst ihr, dass sie für deinen Sohn nicht infrage kommt, weil sie nicht mehr laufen kann.« Sie öffnete die Tür und war schon draußen. »Mannsbild, saudummes«, hörte ich sie noch im Hausflur schimpfen.

Max bemerkte gleich Ellis miese Stimmung, als er in die Wohnung zurückkam. Sie schob ihn weg, als er sie küssen wollte.

Wir saßen in der Küche, und ich war schon beim zweiten Bier, obwohl es gerade erst dämmerte.

»Was für eine Laus ist euch denn über die Leber gelaufen?« Max machte sich auch eins auf.

Elli erzählte, und es kostete sie Mühe, den Besuch der Stockmeiers zu schildern. Sie ließ aber nichts aus, jedes Wort hatte sie sich gemerkt.

»Gut«, meinte Max, nachdem er eine Weile über Ellis Worte nachgedacht hatte. »Es läuft besser, als ich gedacht hätte.«

»Spinnst du?« Ellis Stimme überschlug sich. »Dein Vater ist für mich gestorben, und zwar für alle Zeiten!«

»Der kann mit seiner Genetik gar nicht anders«, sagte Max nüchtern. »Noch nie war ein Stockmeier zufrieden mit der Wahl der Schwiegertochter. – Noch nie!« Er trank einen großen Schluck. »Meine Mutter war eine sehr schöne Frau, und sie hat auch ein nettes Sümmchen mit in die Ehe gebracht. Aber der Opa wollte sie nicht haben. Weißt du warum?«

Elli gab keine Antwort, und ich war eh nicht gefragt.

284

»Der eine meiner Opas hatte den anderen beim Pferde-
handel einmal übers Ohr gehauen. Die Sache ist vor Gericht
gegangen und hat letzten Endes viel mehr Geld gekostet,
als der Gaul wert war. Meine Großväter haben danach nie
wieder ein Wort miteinander geredet, auch nicht als meine
Eltern schon verheiratet waren. Meinen Vater hat das nicht
im Geringsten interessiert. Er wollte meine Mutter, und er
hat sie auch bekommen. Sollten die Alten doch streiten,
wenn es ihnen Spaß machte.« Man merkte Max an, dass
ihn der Auftritt seiner Eltern vollkommen kalt ließ. »Wie
gesagt, diese primäre Ablehnung hat gewissermaßen Tra-
dition in meiner Familie. Kein Grund zur Beunruhigung.
– Jetzt aber zu den wesentlichen Dingen: In einer Stunde
treffen wir die Guthors und Günther in der Engelsburg.
Ich habe alles arrangiert und den kleinen Nebenraum reser-
vieren lassen.«

»Wofür?«, fragte ich.

»Für den letzten Akt.« Max erhob sich und ging aus der
Küche.

Pünktlich um sieben trafen wir in der Kneipe ein.

Günther war schon da. Er saß alleine an einem großen,
runden Tisch hinter einem halb vollen Bierglas und sah
nicht gut aus. Das letzte Mal hatte er noch zwei Schnei-
dezähne mehr im Mund gehabt, außerdem war die Nase
anders gestanden und wesentlich kleiner gewesen. Ich
überlegte, wie groß Max' Anteil an diesen Veränderungen
war und wie man sich diesen Dino vorzustellen hatte.

Günther grüßte nicht, als wir hereinkamen, sondern
bewegte die aufgeschwollenen Lippen ein wenig, als sprä-
che er mit sich selbst. Seine dunklen, unruhigen Augen

wirkten verängstigt. Möglicherweise hatte er einen Trip eingeworfen.

»Na, Günther.« Max hatte offensichtlich keine Scheu, ihm zu begegnen. »Eigentlich sollte ich stocksauer sein auf dich. Aber Schwamm drüber, du siehst eh nicht besonders glücklich aus.«

Günther reagierte nicht.

Elli fuhr an den Platz, der am weitesten von ihm weg war, also direkt gegenüber. Ich setzte mich links neben sie, Max rechts.

Wir saßen noch keine zwei Minuten, da kamen Ellis Eltern herein. Sie setzten sich zwischen Max und Günther, und jeder konnte ihnen ansehen, wie unwohl sie sich hier fühlten. Sie bestellten Getränke für alle Anwesenden.

»Wenn jemand was essen will, bitte. Ihr seid eingeladen.« Guthor bemühte sich mit seinem breiten, unechten Grinsen vergeblich um eine lockere Atmosphäre.

Max wollte dennoch ein Wiener Schnitzel, ich eine Roulade. Die anderen hatten keinen Hunger, Günther litt wahrscheinlich noch an Zahnweh.

»Wir sind hier, um Günther ein Geschäft vorzuschlagen«, begann Max, er hatte das Treffen schließlich eingefädelt. »Der Ärger, der mit Horsts Tod begann, muss aufhören.« Er warf Günther einen langen Blick zu. »Noch immer hat die Polizei keinen Täter gefunden, und ein gewisser Inspektor Huber schnüffelt inzwischen überall herum und macht die Leute nervös. – Das hat negative Auswirkungen auf die Anwaltskanzlei Guthor, die mit der Angelegenheit immer wieder in Verbindung gebracht wird.«

Max machte eine kleine Pause und trank einen Schluck. »Wer mich vor zwei Tagen mit dem Messer beinahe um-

gebracht hätte, haben gute Bekannte inzwischen rausgefunden.«

»Ich wollte das nicht«, fiel Günther meinem Freund ins
Wort. »Ich schwöre, ich hatte nicht vor, dich zu verletzen
oder gar umzubringen. Angst wollte ich dir machen, das
gebe ich zu, aber nicht mehr.« Verzweiflung spiegelte sich
in Günthers flackernden Augen. »Du bist ausgerutscht und
mir ins Messer gefallen. Das musst du mir glauben.«

Max hob beschwichtigend beide Hände. »Du hast ver-
dammtes Glück, dass ich noch lebe.«

Unser Essen kam, und Max steckte sich die Serviette in
den Hemdkragen, denn er kleckerte sich gerne an. Dann
schob er den ersten Bissen in den Mund.

»Ich bin dir nicht böse, dass du bei der Polizei gelogen hast. Hätte ich auch gemacht an deiner Stelle.« Max
kaute und redete abwechselnd, währenddessen er mit dem
Besteck gestikulierte. »Am besten wir vergessen die Sache.
– Vorher gehst du aber zur Polizei und erklärst, dass du
dem Horst am Montagabend eine runtergehauen hast. Dein
Freund ist umgekippt und hat sich den Schädel am Bettpfosten eingeschlagen.«

»Spinnst du?«, schrie Günther und sprang auf. »Dann
wäre ich der Angeschissene! Der Horst ist tot, und einen
Mord lasse ich mir nicht unterjubeln. Das könnt ihr mit mir
nicht machen. Keinen Mord.«

Die Kneipe nebenan war randvoll, und es herrschte ein
unglaublicher Lärm, der gedämpft bis ins Nebenzimmer
drang.

»Setz dich wieder hin«, beruhigte ihn Max. »Ich mein's
doch gut mit dir. Von Mord kann auch gar keine Rede sein,
höchstens von Körperverletzung mit Todesfolge. Aber die

287

Einzelheiten wird dir Herr Guthor erklären. Nicht umsonst ist er einer der besten Anwälte in München.«

Mit einem leichten Kopfnicken gab er das Wort an Ellis Vater weiter.

»Wie Herr Stockmeier schon sagte: Beim gewaltsamen Tod von Herrn Lang geht's sicher nicht um Mord.« Guthor strahlte Ruhe und Überlegenheit aus. Seine selbstbewusste, sonore Stimme klang, als müsse automatisch alles richtig sein, was er von sich gab. »Die Messerattacke auf Herrn Stockmeier ist da schon ein anderes Kaliber. Das war ein Angriff mit eindeutiger Tötungsabsicht.« Guthor fielen nun wie auf Befehl die Mundwinkel herunter, und er bekam ein tieftrauriges Gesicht, als müsse er die langjährige Haftstrafe selbst absitzen. »Bei Mordversuch kommt man nicht unter fünf Jahren davon. Mit Vorstrafen gibt's garantiert mehr. Sieben, vielleicht acht.«

Er lehnte sich zurück und sah mit kalten Augen in die Runde. An Günthers geduckter Gestalt blieb sein Blick hängen.

»Der Tod von Horst Lang ist eine ganz andere Geschichte, wahrscheinlich ein Unfall. Ihr Freund, Herr Lang, fällt nach einem Schubser unglücklich auf den Kopf und rührt sich nicht mehr. Sie sind schockiert, wollen dem Verletzten helfen, aber der hört in seiner Blutlache plötzlich auf zu atmen. Was wollen Sie machen? Zur Polizei gehen? Man wird Ihnen womöglich nicht glauben, Sie hatten ja schon öfter mit dem Gesetz zu tun. Sie geraten in Panik – das ist ganz verständlich – und rennen weg.« Guthor war mit seinem Plädoyer fertig. »Das knick ich Ihnen trotz Vorstrafen runter auf zwei Jahre, mit Glück eineinhalb oder noch weniger!«

Voller professioneller Zuversicht blickte er in Günthers verwüstetes Gesicht. Der arme Kerl schaute drein wie eine Bisamratte, der man schon zu Lebzeiten das Fell abzieht.

Er stammelte: »Ich soll also eine Tat gestehen, mit der ich nichts zu tun habe?«

Guthor nickte.

»Dafür lassen Sie die Sache mit dem Messer unter den Tisch fallen?«

»Genauso haben wir uns das vorgestellt«, murmelte Max mit vollem Mund, kaute nachdenklich, schluckte und spülte mit Mineralwasser nach.

»Ist das gerecht?«, murmelte Günther und sah hoch in die Runde.

»Gerecht«, echote Guthor und lachte hohl. »Hören Sie mir auf mit dieser Gefühlsduselei. Wir sind hier nicht auf dem Kinderspielplatz. Vor Gericht zählt ein für mich und meinen Mandanten akzeptables Urteil, keine Gerechtigkeit.«

Mir wäre beinahe ein Stück Roulade wieder aus dem Mund gefallen. Ein solches Statement hatte ich noch nie gehört.

»Wissen Sie, warum ich ein erfolgreicher Anwalt bin?« Er sah sich um, und sein Blick blieb wieder bei Günther hängen. »Ich bin erfolgreich, weil ich die Gesetze benutze, nicht weil ich sie liebe. Ich suche mir aus der Unmenge von Rechtsvorschriften raus, was ich brauche, und damit zieh ich in den Kampf wie ein Gladiator, der sich auch das beste Schwert und den besten Schild aussucht, um sich gegen seinen Gegner durchzusetzen.«

»Aber …«, wollte Günther einwenden, doch Guthor fuhr fort.

»Mein lieber Herr Grobbe, ich rate Ihnen: Nehmen Sie die Körperverletzung mit Todesfolge, auch wenn Sie nichts damit zu tun haben. Es ist das billigere der beiden Vergehen. Und nehmen Sie mich als Anwalt. Bei Ihnen arbeite ich pro bono, verlange also kein Honorar, damit die elende Sache endlich aus der Welt geschafft ist.« Er machte eine kleine taktische Pause. »Ein besseres Angebot kriegen Sie nicht!«

Günther saß immer noch da wie ein Häuflein Elend.

Guthor lächelte ihn zuversichtlich an. »Sie kommen morgen zu mir in die Kanzlei, dort besprechen wir alles Wesentliche. Mit diesem Huber reden Sie aber kein Wort mehr, der Kerl ist gefährlich!«

11

Dein Schoß ist ein rundes Becken,
es mangle ihm nie der gewürzte Wein.
Dein Leib ist ein Weizenhaufen, von Lilien umhegt.
Dein Hals ist wie ein Elfenbeinturm,
deine Augen wie die Teiche von Hesbon
am Tor von Bat-Rabbim.

(Hohelied Salomons)

Epilog

Der Prozess verlief, wie Guthor es vorhergesagt hatte.

Ein uninspirierter Staatsanwalt unterstellte dem armen Günther Tötungsabsicht.

Doch die Zeugen, darunter Beamte aus der Vollzugsanstalt, berichteten über die Freundschaft zwischen Horst und seinem vermeintlichen Mörder. Niemand konnte sich vorstellen, dass Günther seinen Freund mit Absicht totgeschlagen hatte.

Sie hätten an dem Montagabend zusammen ein Bier getrunken, behauptete Günther bei seiner Befragung durch den Richter. Schließlich wären sie ins Streiten gekommen, er habe Horst eine runtergehauen, der wäre nach hinten gestürzt und besinnungslos liegen geblieben. Günther sei eine Weile neben seinem Freund auf dem Boden gekniet, bis dieser aufhörte zu atmen. Dann habe er eine Höllenangst bekommen und sei davon. Zu Hause zog er die Klamotten aus und warf sie weg, damit die Polizei keine Blutspuren finden konnte. Er war halb wahnsinnig vor Furcht, die nächsten Jahre im Gefängnis zu verschwinden. Also habe er sich bedeckt gehalten, bis ihm sein schlechtes Gewissen so schwer zusetzte, dass er schließlich zu Herrn Guthor gegangen sei, der ihm riet, sich zu stellen.

Nun begann er zu schluchzen und brach schließlich in einem Weinkrampf zusammen. Zwei Polizisten stützten ihn auf dem Weg zurück zur Anklagebank.

Ich überlegte, wie viel von dieser Choreografie echt war und wie viel einstudiert. Guthor überließ vor Gericht nichts dem Zufall und hatte Günthers Auftritt und Aussage sicher genauestens geplant.

In seinem Plädoyer ließ er nichts aus: Nicht Günthers traurige Jugend in Giesing, einem Arbeiterviertel; nicht den versoffenen Vater, einen Brauereiarbeiter; nicht den frühen Kontakt mit Drogen und falschen Freunden und natürlich auch nicht die schädlichen Einflüsse im Gefängnis, wo er sich aber vorbildlich benommen hatte. – Er schilderte Günthers Panik nach Horsts Tod und seine nicht akzeptable, aber zutiefst menschliche Reaktion. Wenn all diese Einzelheiten zusammengefasst würden, so hätte Günther eigentlich nichts angestellt. Gar nichts. Jeder junge Mann aus unbescholtenen Verhältnissen würde mit einem Freispruch oder einer Bewährungsstrafe nach Hause gehen. Aber Herr Grobbe sei eben schon in die eine oder andere Sache hineingeraten, deshalb würde unsere Rechtsprechung eine Strafe verlangen. Diese hätte jedoch milde auszufallen, damit einerseits der Gerechtigkeit genüge getan und andererseits einem jungen Menschen nicht die Zukunft zerstört wird.

Der Richter hatte ein Einsehen und verhängte wegen leichter Körperverletzung mit Todesfolge die Mindeststrafe von einem Jahr. Dazu kamen einige Monate Bewährung.

Elli und Max heirateten im Juni. Es war sehr heiß.

Elli trug ein weißes Kleid, das um die Mitte herum weit genug geschnitten war, dass sie zusammen mit ihrem imposanten Bauch hineinpasste. Ihr erstes Kind sollte in zwei Monaten zur Welt kommen. Wie ein graziöser Halm schaute ihr Hals aus dem Kleid, und die wachen honiggelben Augen in ihrem zierlichen Gesicht nahmen jede Kleinigkeit wahr.

Ihr Rollstuhl war mit Blumen verziert, und zwei kleine rothaarige Mädchen trugen den langen Schleier, den ihr niemand hatte ausreden können. »Eine Hochzeit ohne weißen Schleier ist wie ein Sonntagsbraten ohne Nachtisch«, meinte Elli und war nicht davon abzubringen.

Max stand im Trachtenanzug vor dem Altar. Er war nicht mehr so mager, die Zenzl hatte ihn ein gutes halbes Jahr lang für den Anlass gemästet wie einen Pfingstochsen.

Der Abt von Heiligenbeuern zelebrierte die Messe mit all seiner wohlwollenden Autorität. Er hatte Pater Zeno, unseren früheren Präfekten, und den Lateinlehrer Pater Ignaz mitgebracht.

Max mutmaßte, die beiden seien bloß gekommen, um sicherzugehen, dass er wirklich unter die Haube käme und keine Gefahr mehr bestünde, er würde ins Kloster zurückkehren.

Nach der Trauung marschierte ein fröhlicher Festzug von der Kirche zum Bräu: die Blaskapelle, das Brautpaar, die Verwandten und zum Schluss die restlichen Gäste.

Manch großbürgerliche Mutter einer heiratsfähigen Tochter schaute dem Zug missvergnügt hinterher. Wieder eine gute Partie beim Teufel!

Max' Eltern lachten und grüßten herzlich in die Gesichter der Menschen, die den Weg säumten. Der Vater wollte den Betrieb bald übergeben und sich aus dem Geschäft zurückziehen. Natürlich würde er sich weiterhin zu den Stammgästen an den runden Tisch neben der Küchentür setzen. Und natürlich würde er seine Schafkopfrunde beibehalten. Bloß gemütlicher wollte er es sich machen und gelegentlich mit seiner Frau wegfahren, damit sie endlich Ruhe gab. Nach Rom zog es sie und nach Ägypten.

Vor der Wirtschaft wartete die Zenzl an der Tür. Ihr Gesicht glänzte vor Schweiß und Aufregung. Der Max hatte eine Frau, und die war noch dazu schwanger. Also würde es beim Bräu weitergehen, wie es immer weitergegangen war seit Hunderten von Jahren. Bald könnte sie einen kleinen Maxl auf den Schoß nehmen und verpäppeln, wie sie es vor gut zwanzig Jahren mit dem heutigen Hochzeiter getan hatte.

Gefeiert wurde im großen Festsaal im ersten Stock. Die Verwandtschaft setzte sich zusammen an die großen Tische, die Honoratioren ließen sich bitten. Wer würde die Ehre haben, am Brauttisch Platz zu nehmen?

Ich hatte den Auftrag, mich um die Gäste zu kümmern, die niemanden in der Gesellschaft kannten.

Also setzte ich mich neben Inspektor Huber, der einen zu eng geschnittenen hellbraunen Anzug trug. Wie konnte ihn seine Frau in einem solchen Aufzug aus dem Haus lassen? Aber wahrscheinlich hatte sie es bereits aufgegeben, ihren Mann optisch aufbereiten zu wollen.

»Jetzt ist der Max endlich weg von der Straße«, meinte Huber, der wegen der Hitze einen hochroten Kopf aufhatte. »Daheim in der Brauerei kann er nicht mehr viel anstellen.«

Er hob sein Glas, prostete mir zu und trank dann einen großen Schluck.

»Den Messerstecher haben wir immer noch nicht.« Huber beobachtete genau meine Reaktion. »Der Grobbe kann's nicht gewesen sein. Max ist sich mittlerweile sicher, dass der Kerl viel größer und schwerer war.«

»Hmm«, brummte ich und zog mein Sakko aus. »Was machen Sie eigentlich in Zukunft, wenn Sie in einem Fall nicht mehr weiterkommen?«

»Den Max brauche ich nicht mehr«, lachte Huber. »Seine Instinkte haben schwer nachgelassen, meine übrigens auch. Wir waren uns beide sicher, dass dieser Günther nichts mit dem Tod von Horst Lang zu tun hat.« Jetzt lockerte er seine Krawatte, holte ein frisches kariertes Taschentuch aus dem Hosensack und wischte sich den Schweiß von Stirn und Nacken. »Nachdem die Guthors nicht in der Oper waren, hätte ich auf einen der beiden getippt. Die Frau war kurz vor einem Geständnis, dachte ich, als sie in ihrer Villa vor dem zerbröselten Alibi hockte. Vielleicht hast du das bemerkt?« Huber ließ seinen kurzen Hals zwischen den Schultern verschwinden und zog die Stirn in Falten.

»Es war nicht zu übersehen«, antwortete ich und fühlte, wie sich auf meinem Rücken ein Schweißbächlein bildete. »Ich hab mich gewundert, dass Sie nicht gleich schärfer nachgefragt haben.«

Huber zündete sich eine Zigarette an. »Ich hätt's tun sollen, nicht?« Er sah mich an, als wäre ich – und nicht Max – sein Lieblingsschüler. »Aber irgendwas hat mich abgehalten.

Grad als wenn eine Stimme gesagt hätte: ›Tu's nicht!‹« Er nahm einen tiefen Zug. »Es hat mir nicht pressiert. Ich war mir sicher, dass einer der Guthors am nächsten Tag zu mir kommt und den Mord zugibt.« Der Rauch verließ seine Lungen während des Redens durch Mund und Nase. »Stattdessen ist der Guthor zusammen mit dem Grobbe aufgetaucht. Aber wenigstens hatte ich mein Geständnis. Dafür hat's eine Belobigung vom Polizeipräsidenten gegeben, und mit der Stelle in Starnberg schaut's gar nicht schlecht aus.«

»Herzlichen Glückwunsch«, gratulierte ich.

»Nicht so schnell«, wiegelte Huber ab. »Den Job möchten auch andere Leute. Darunter einige mit Beziehungen! – Daran hat es mir immer gefehlt.«

»Max könnte mal mit seinem Schwiegervater reden, der kennt allerhand Leute.«

Hubers beinahe lippenloser Mund kräuselte sich, und er drückte die Zigarette mürrisch in den Aschenbecher. Er hielt das für keine gute Idee.

Jetzt kamen ein Tusch und dann die Ansprachen.

Zunächst erhob Max' Vater seine gewaltige Stimme und erzählte einige Anekdoten aus der Kindheit und Jugend seines Sohnes. Die zwei Jahre im Kloster ließ er weg. Dann lobte er seine Schwiegertochter über den grünen Klee. Innerhalb weniger Wochen hatte sie die Buchführung von Brauerei und Wirtschaft auf Vordermann gebracht. Bloß Schafkopfen wolle er nicht mehr mit ihr. Über siebzig Mark hätte ihm das Weibsstück am Kartentisch schon abgenommen. So was gehört sich nicht!

Anschließend sprachen Pfarrer, Bürgermeister und Landrat. Alle drei wünschten Gesundheit, viele Kinder und gute Geschäfte.

Danach wurde getanzt. Damenwahl. Ich lehnte mich entspannt zurück, denn ich fühlte mich nicht gefährdet. Karin konnte erst am Abend kommen, und wer sonst sollte mich auffordern?

Da tippte mir jemand auf die Schulter, und ich wandte den Kopf. Frau Guthor stand hinter mir und bat um den Tanz.

»Gerne«, meinte ich. »Aber ich kann's nicht besonders.«

»Sicher nicht schlechter als der Max. Wir haben letzte Woche geübt, damit er sich auf seiner Hochzeit nicht allzu sehr blamiert, aber es hat nichts geholfen. Er tanzt so schlecht, dass man direkt auf den Gedanken kommen könnte, er hätte sich Elli auch deshalb rausgesucht, weil er sich mit ihr den Brautwalzer spart.«

Einen solchen Scherz hätte ich ihr gar nicht zugetraut.

Wir gingen auf die Tanzfläche, dort nahm Ellis Mutter meine linke Hand und legte mir ihre linke auf die Schulter. In dieser Position führte sie mich durch die kommenden drei Musikstücke. Meine Kenntnisse waren mager, doch es ging.

»Warum haben Sie dem Horst eine runtergehauen?«, fragte ich, als ich etwas Sicherheit in den Bewegungen gefunden hatte.

»Das werde ich Ihnen nicht erzählen«, antwortete sie unbeschwert.

»Und warum haben Sie die Angelegenheit nicht der Polizei gemeldet? Es war doch ein Unfall.«

Sie lächelte, inzwischen konnte ich ihre Mimik trotz der Narben gut lesen.

»Wie hätten wir den Unfall erklären sollen? War Horst von alleine gestürzt, oder war er gestoßen worden? Und von wem?« Sie schüttelte energisch den Kopf mit der teuren Frisur. »Wir hatten keine Beweise für einen Unfall. Also hätten Polizei und Zeitungen nachgebohrt, sicher auch in unserem Privatleben. Das wollten wir vermeiden, denn wir haben genug durchgemacht seit Ellis Unfall. Sie war es auch, die auf die Idee kam, es einem unbekannten Besucher in die Schuhe zu schieben, um uns die Scherereien vom Hals zu halten.« Frau Guthor machte eine kleine Pause, und der warme Unterton in ihrer tiefen Stimme war plötzlich verschwunden. »Außerdem war Horst ein Dreckskerl, eine Lüge passte gut zu seinem Abgang.«

»Warum war er ein Dreckskerl?«

»Horst sagte an dem Abend etwas Ungeheuerliches. Wir waren fassungslos, und Elli ist gleich auf ihn losgegangen. Sie hätte ihm gerne eine runtergehauen, konnte aber nicht. Also habe ich es an ihrer Stelle getan. – Mit aller Kraft habe ich dem Ekel eine Ohrfeige verpasst. Ich wollte aber nicht, dass er dabei ums Leben kommt. Nur wehtun wollte ich ihm. – Als sein Kopf krachend auf dem Bettpfosten aufschlug und anschließend das viele Blut aus seinem Kopf rann, wurde ich völlig hysterisch. Elli nicht.«

Sie machte eine kurze Pause. »Mein Mann wollte gleich die Polizei holen und den Beamten erklären, was geschehen war. Doch Elli war dagegen. Niemand durfte erfahren, was der Mistkerl zu ihr gesagt hatte. Sie erklärte uns sofort ihren Plan, wie sie die Polizei an der Nase herumführen konnte. Mein Mann und ich hatten Opernkarten für den Abend, ein perfektes Alibi. Also schickte Elli uns weg und sagte, sie wolle einen Studienkollegen anrufen, der sicher kommen und sich um sie kümmern würde.«

»Wie kam sie darauf?«

»Sie sagte, dieser junge Mann sei recht nett.« Frau Guthor probierte ein Lächeln. »Außerdem wäre der Kerl vom Land und so naiv, dass er nie draufkäme, was in der Wohnung wirklich passiert war.«

»Aha«, machte ich.

Der Tanz war zu Ende, und ich brachte Frau Guthor zurück an den Brauttisch.

Dort saß Elli schwer atmend. Sie brauchte dringend frische Luft und bat mich, sie nach draußen zu begleiten. Max konnte nicht, er hatte sich um die Gäste zu kümmern. Wir verließen das Gebäude durch den Hinterausgang, und ich schob den Rollstuhl über den gepflasterten Hof zu den Pferdeställen, wo die zwei Rappen standen, die der alte Bräu vor einem Monat beim Höcherl in Oberbiberg gekauft hatte. Elli freute sich schon darauf, im Winter mit dem Schlitten durch die Isarau zu fahren.

»Warum hat deine Mutter dem Horst eine geschmiert?«, kam ich gleich zur Sache.

Elli legte beide Hände um ihren runden Bauch wie ein alter Bierkutscher und sah ruhig zu mir hoch. »Er wollte Geld.«

»Das weiß ich.«

»Er wollte Geld für das Papier, und er wollte extra Geld für zusätzlich geleistete Dienste.«

»Welche Dienste?«

»An der Ingolstädter Landstraße kostet jede Nummer fünfzig Mark«, sagte sie nüchtern. »Also würde ihm mein Papa noch über zweitausend Mark schulden.«

Ich brauchte eine Sekunde, um zu kapieren, was sie meinte. Doch dann verstand ich, warum ihre Mutter Horst einen Dreckskerl genannt hatte.

»Und dann?«

»Dann hat meine Mama das erledigt, was ich in diesem Augenblick gerne selbst getan hätte.« Sie schluckte. »Sie hat ihm eine Ordentliche gewischt.«

Eine Weile schaute sie zu den Pferden, dann begann sie erneut: »Irgendwie war der Horst ein Arschloch. Ein hübsches, skrupelloses Arschloch.« Ihre Stimme war ohne Mitleid.

Ich nickte betroffen. »Weiß Max davon?«

»Nein. Ich habe ihm gesagt, dass er den Grund für die Ohrfeige nicht erfahren wird.«

»Warum?«

Sie zögerte. »Weil Arschlöcher nicht das Recht haben, unser Leben zu zerstören.«

Derlei Ungeheuerlichkeiten kamen ihr zwanglos über die Lippen.

Eineinhalb Monate später wurden Zwillinge geboren, es waren Mädchen.

Die Zenzl musste also noch ein Weilchen auf den Stammhalter warten.

Hiob bekam sieben Söhne und drei Töchter.
Die erste nannte er Täubchen,
die zweite Zimtblüte
und die dritte Schminkhörnchen.
Man fand im ganzen Land keine schöneren Frauen
als die Töchter Hiobs.

(Hiob)

Danke an:

Stephanie Bruderhofer
Bernhard Edlmann
Martina Gartner
Walter Lax
Eva Lensing
Dr. Daniela Mc Laughlin
Dr. Bettina Maurer
Andrea Poloczek
Fritz Reithmayr
Dr. Sandra Schönreiter
Angelika Unterholzner
Brigitte Unterholzner
Hubert Unterholzner

Eure Ratschläge waren sehr wichtig, zumal mir in Ermangelung des zweiten X-Chromosoms entscheidende Einblicke in die weibliche Gedankenwelt fehlen. Auch kriminaltechnisch, juristisch und nicht zuletzt in Sachen Handicap war Eure Hilfe äußerst wertvoll.

Vielen Dank!
Schorsch